# Terres de Prudhomgon

*Prud*ence-*Hom*ininés-drag*Gons*

## Nymphéa et Hélias

Éva Cayeux

« Le cri », Edvard Munch - 1910 réalisé avec de la tempera et huile sur carton. 83,5 x 66.

# Remerciements.

Merci à mes ami-e-s d'avoir enduré mes baisses de moral. Grâce à vos encouragements, ce roman voit le jour.

Merci à Gwen A. et Éléonore D. pour leurs conseils judicieux, ignorant mon entêtement.

Merci à Chrys Gallia pour son enthousiasme et sa relecture.

Merci à Larsen d'avoir composé la couverture de cette Romance Fantasy, ma première expérience dans ce genre littéraire.

Merci à Yolli Mousin pour ses deux tableaux qui traduisent ma vision de Prudhomgon.

Merci à tous les lecteurs, leur famille, qui me font confiance à travers ce texte, pour démarrer une autre phase de mon art.

Merci à Gabriel Martinez qui a réalisé la photo de ma biographie.

Mais, surtout, un grand merci à mes enfants. Vous à qui ma sensibilité de mère se réfère pour donner et créer. Mes Amours à jamais.

Éva.

# Avertissement

La forme est une Romance Fantasy, en un langage parfois soutenu, mais accessible.

J'y aborde l'eugénisme, les religions et les sectes (tout du moins un aspect de ce type de mouvement), le racisme, le féminisme, la sécurité militaire et policière. Sans parler des scènes de romances.

Quelques notions de géologie, biologie moléculaire et animale.

# Présentation

L'amour est le sentiment le plus noble et le plus puissant qui puisse exister. Il ne connaît ni le temps, ni la distance, ni les formes.

Curieusement, il naît de peu. Un regard échangé en silence, mais qui en dit plus qu'un long discours, une voix dont le timbre nous fait vibrer jusqu'au plus profond de nous-mêmes, deux mains brûlantes qui s'effleurent intentionnellement… La mèche allumée, nul ne peut l'éteindre, la foudre embrase les corps et les âmes. Il a fait couler beaucoup d'encre, il a fait jeter l'ancre. Mais laissons les études aux prétentieux, ce sentiment est trop magique pour en dévoiler les secrets.

# Chapitre 1

Bienvenue sur Prudhomgon, monde lointain dans l'univers d'Utopie !

Et si cet espace se dévoilait à vos yeux ? Que verriez-vous ?

Une galaxie somme toute très classique, elle se réduisait à deux globes, Absurdie et Prudhomgon. Ces sphères, appelées planètes jumelles, se caractérisaient par des composantes géologiques et biologiques rigoureusement identiques. Leur aspect pouvait se décrire ainsi : des terres continentales à la végétation variée et giboyeuse, cernées de mers et océans poissonneux, où des colliers d'îles formaient des archipels.

Les deux mondes, proches l'un de l'autre, s'influençaient mutuellement par leur gravité, leur pesanteur.

La lune, satellite commun aux deux astéroïdes, mais plus près de Prudhomgon, alternait dans les cieux avec l'astre du jour. Source d'énergie, d'inspiration religieuse pour certains, et d'émergence de la vie sur leur sol respectif, mais de manière différente : Absurdie était dépourvue d'homininés et de dragons intelligents, contrairement à sa « sœur ».

☆

Elle, la goutte de rosée sentait la douceur d'un rayon solaire la réchauffer, la consumer lentement. Sa surface brillait, irradiait, translucide et fragile, accrochée à la pointe d'une feuille d'un mûrier sauvage. Sphérique, elle se laissait tendrement caresser. Nymphéa renaissait chaque jour en cet endroit.

En ce lieu, tous les jours, il revenait, lui, cet élément à la sensuelle et chaude présence. Et, quand la pluie venait arrondir ses formes, elle s'enflait de chagrin, sachant que les nuages dissimuleraient bientôt cette raie flamboyante. Il avait captivé son âme récemment malmenée. Lui, toujours le même la rejoignait dès l'aube, et ce, tant qu'elle restait agrippée à l'extrémité lancéolée. Lors de cette saison froide, elle pendait au bout de la brindille terminale. Mais lui, Hélias, son dard de lumière, la dénichait à chaque fois.

Leurs caresses légères, des souffles délicats, ne s'exprimaient pas par des sons, ou des pensées, à ce stade. Mais dans un monde où le fantastique et la magie étaient contenus dans l'atmosphère, qui pouvait le savoir ?

Le dard de l'astre de feu, impatient, arrivait enthousiaste à leur rendez-vous matinal. En fait des mois auparavant, le conflit, entre les peuples homininés contre celui des dragons, avait conduit à la disparition de nombre des habitants de Prudhomgon.

Ces populations, gouvernées par des monarques, ou des dignitaires élus, depuis des temps immémoriaux, se disputaient peu en règle générale.

Ce n'était pas non plus le paradis ni l'harmonie permanente sur cette planète, mais une entente entre les divers ethnies et genres y régnait. *(Ne pas confondre : le genre regroupe plusieurs espèces. Logique classique : l'espèce est une division du genre).* Les échanges économiques, les relations diplomatiques, souvent menés par les dirigeants eux-mêmes, parfois les Archimages expérimentés, personnalités de confiance, aux talents exceptionnels renforçaient cet équilibre.

☆

Arrivée sur la scène politique, par un quasi-putsch, à la suite de manœuvres de magie noire, la pseudo reine dragonne, Asmodèle, aspirait à la domination totale de tous les espaces. Elle avait renversé les élus sauriens pour se proclamer régente, puis souveraine de ces mastodontes après avoir dévoré le cœur adolescent des princes-dragons. Elle avait éteint toute succession légitime, facilitant ainsi son accession au pouvoir et la captation d'une partie de leurs facultés.

Sa détermination n'égalait que son ambition. La dragonne convoitait la maîtrise des territoires cibles et l'asservissement de leurs dirigeants et héritiers. Son but d'étendre sa malveillance pour permettre aux reptiles de revenir en masse sur ces espaces qu'ils habitaient naguère, avant l'avènement des homininés.

— Éradiquer cette engeance bipédique ! De nouveau tout détenir, et par la destruction de ces freluquets, légitimer ma position de reine sur ces territoires ! Ceux de mes ancêtres.

L'hybride, à l'esprit perturbé, haranguait son reflet, comme un besoin d'autostimulation ou autopersuasion. Elle se dédouanait de ses ambitions. La sorcière noire possédait un ego démesuré, et une mégalomanie sans bornes.

Les dragons étaient subdivisés en trois catégories :

— Les dragons-feux, proligrognes, maîtres des terres et des sous-sols. Le nom de leur société provenait de leur attitude à grogner toujours de manière prolixe. Rudes guerriers massifs, imposants et lourds, ils comptaient sur leur puissance de « lance-flammes » et leur capacité physique pour détruire tout obstacle sur leur passage. Peu enclins à la diplomatie, ils étaient les forces de combats au corps à corps par excellence. Leurs vols étaient peu fluides, tandis que leurs mouvements aux sols, même bruyants, étaient d'une grande rapidité, leur conférant une position décisive dans les incursions à l'air libre et souterraine.

— Les dragons-eaux, ou infomnèmes régnaient sur les marécages, les tourbières et les lacs. Leur faculté mimétique était un atout essentiel pour se déplacer où que ce soit, sans se faire remarquer. Leurs yeux agissaient comme des émetteurs. Par l'intermédiaire de leur vision, avec un effet miroir de la réalité, ils donnaient toutes sortes d'informations, obtenaient ainsi une situation stratégique au sein des peuples dragons. Par la transmission collective, un peu sur le principe de télépathie, tous savaient à l'instant précis ce qui se produisait, quel événement majeur se déroulait et en quel lieu. Ils avaient toutefois la possibilité d'occulter la liaison avec leur ethnie propre. Le libre arbitre et la liberté individuelle étaient essentiels à leur survie. La communication par la pensée et la téléportation étaient les évolutions maximales, rarement atteintes, de leurs capacités. Les spiritailes les maîtrisaient de manière plus intuitive et rapide.

— Les dragons-airs, ou spiritailes vivaient aux confins des nuages et résidaient sur les hauts sommets couverts de neiges éternelles. Leur aspect fuselé et gracieux leur apportait vitesse et légèreté. La virtuosité de leur vol leur conférait une agilité dans leur déplacement. Ils avaient évolué vers la téléportation. Certains d'entre eux présentaient une amélioration, une amplification de ces caractéristiques : l'ubiquité de lieux, où comment être à deux endroits en même temps. Cette propriété s'était aussi insinuée au niveau de leurs facultés intellectuelles. Les spiritailes possédaient la vivacité de l'esprit et le don de voir l'avenir à court terme. Ils étaient les dirigeants de l'ensemble des ethnies dragonnes.

Asmodèle était le croisement d'une femelle reptile des airs et d'un infomnème. Comme beaucoup d'hybrides sauriens de Prudhomgon, elle ne pouvait avoir de descendance, mais cumulait les capacités des deux espèces. Sa soif de pouvoir était si forte qu'après de multiples tentatives de sorcellerie, elle avait réussi à s'approprier les facultés des proligrognes. Mais elle n'avait nullement la possibilité de procréer, de se reproduire, de donner la vie, en trois mots comme en cent, et cela à son grand désespoir... Ce facteur avait déclenché sa psychose, les mastodontes, ou plutôt l'idée d'une puissante Nation Dragon était alors devenue son enfant, sa raison d'être, son leitmotiv. Elle lui devait de tout mettre en œuvre, tout lui apporter. Avec ses capacités peu honnêtement acquises pour certaines. Mais toutes intensément exploitées pour voir prospérer son peuple ailé.

☆

# Chapitre 2

La princesse Nymphéa, accompagnée de ses Dames d'Atours ou plutôt essayant de leur échapper, se déplaçait dans les longs couloirs et grandes salles du palais avec assurance. Héritière du royaume zhom bleu, elle connaissait parfaitement le château fort. Monument historique fortifié, il datait des guerres ancestrales, et oubliées, entre peuplades homininés et dragonnes. Son destin était de régner sur cette terre prospère, depuis la trêve entre genres, auprès d'un des princes des domaines alliés. Dans l'immédiat, elle profitait de sa relative indépendance et jouait malicieusement avec ses Suivantes, les horripilant fréquemment, essentiellement Angédid, nommée gouvernante et nourrice depuis sa naissance. Sa nurse s'inquiétait facilement.

La jeune fille, future reine, les distançait aisément dans l'édifice ou les jardins d'agrément. Que ce fût parmi l'architecture du bâtiment avec ses coursives, ses passages secrets, encoignures dissimulées par des tentures, ou dans les labyrinthes d'arbustes taillés qui s'étendaient autour du château, la princesse les semait rapidement. Par les soupiraux, elle gagnait à leur insu, et pour leur plus grand énervement, les rues de la capitale Aquasta. La cité, avec ses travées marchandes très animées garnies d'échoppes colorées, la distrayait des hauts murs de la forteresse.

La citadelle possédait plusieurs tours, huit plus précisément. C'était un double palais. Tant au point de vue de l'architecture que de la fonctionnalité. Située sur le sommet d'une colline, à son pied se trouvait la ville capitale des zhoms bleus. Le promontoire était cerné de bois de feuillus au gibier abondant. Les sentiers étaient frais l'été et protecteurs l'hiver pour ceux qui allaient vers la forteresse.

La première fonction du bâtiment correspondait en la défense, avec la présence d'une enceinte extérieure de pierres monumentales. Cette construction se complétait d'une armurerie installée dans une annexe qui ouvrait sur une cour à deux entrées. Des écuries donnaient aussi sur cette esplanade. Des douves profondes cerclaient cet ensemble accessible par un pont-levis principal pour les chariots et les animaux. Contigu, un second passage, plus étroit, pour le transit des personnes à pied. L'intérêt était la filtration et inspection de ce qui y pénétrait ou sortait de la ville, située à l'extérieur de la première fortification.

Une deuxième enceinte, plus à l'intérieur, déterminait l'autre aspect de la bâtisse : la résidence royale. Ses dimensions étaient impressionnantes. Cette partie seigneuriale était agrémentée de jardins, et possédait huit tours reliées entre elles par des murs aveugles sur l'extérieur. Le tout donnait sur les espaces verts et la cour principale par de larges ouvertures, la luminosité entrait ainsi dans l'édifice, le protégeait du froid hivernal par sa face externe pleine.

☆

La jeune fille, en âge de prendre un époux, assurer la continuité de la dynastie des zhoms bleus, devait rencontrer les différents princes de Prudhomgon.

Les prétendants, à la main de la princesse, étaient trois :

— Elfius, héritier du royaume des forêts, les Nobles elfes télépathes, ils étaient experts dans les arts de la guerre. Le peuple des bois pouvait se fondre dans son habitat. Quelle qu'ait été la teinte de leur habillement, leur peau s'adaptait à la couleur de celui-ci, ainsi qu'à leur environnement. Leur derme oscillait entre le blanc laiteux et l'ocre léger, phénomène lié au fluide qui circulait dans leurs veines. Ils avaient efficacement lutté contre les infomnèmes. Le prince était secrètement amoureux de la cousine de Nymphéa, la rousse et belle Lalie. Une zhom bleue, apprentie mage très assidue sur ses grimoires, elle perfectionnait avec application sa technique des sorts.

— Sterros, à la stature imposante, avait succédé à son père dans les hautes terres tout récemment. Il maîtrisait, comme tous forgosses, les arts de la forge d'armes au tranchant redoutable, arsenal mis à contribution lors des précédents conflits contre les dragons proligrognes.

— Puis Hélias, héritier solrys, appartenait à la troisième nation d'homininés sur Prudhomgon. Sa peau cuivrée et ses yeux aux spécificités particulières de son ethnie : ils viraient au rouge puis transperçaient toute matière si cela s'avérait nécessaire. Ses mains liquéfiaient, par élévations thermiques, tout obstacle. Il pouvait, aussi, réchauffer une ambiance par sa seule présence, la rendre plus conviviale, sereine. Des éléments décisifs lors de négociations de paix avec les sociétés dragonnes, ces attributs contrebalançaient les capacités similaires des spiritailes.

Nymphéa, à la suite de sa rencontre avec les différents princes, n'était pas déçue de leur apparence respective.

Elle se distinguait, comme tous les représentants de son ethnie, par une peau azur transparente, qui pouvait s'obscurcir telle une mer déchaînée dans la tempête. La princesse avait le don de se glisser dans les environnements aquatiques selon son humeur. Cette faculté s'étendait à toutes les matières dès que les zhoms arrivaient à leur maturité. Elle leur permettait aussi de s'immiscer dans le corps d'un autre être et l'habiter.

De petite taille, elle était toutefois très féminine pour son jeune âge avec sa longue chevelure brune aux mèches dorées. À peine quatre cent soixante-quatre lunaisons, chacune valait environ de vingt-neuf jours, et correspondait à seize de nos années terriennes. Les cycles de l'astre nocturne influaient sur la princesse, elle évoluait à leurs rythmes, avec les marées… Par addition de couches dermiques et progressions intellectuelles, en phase montante ; puis stagnation ou ralentissement dans les épisodes suivants du satellite.

Les transformations simultanées étaient : le développement psychique avec sa maîtrise des facultés liées, comme la dissolution dans un élément liquide par exemple, la métamorphose. L'autre modification importante était la croissance physique. Une fois la taille d'un mètre cinquante-cinq atteinte, le premier prenait le pas sur le second.

Le choix de l'héritière zhom bleue fut rapide. En un clin d'œil, l'attitude d'Hélias l'avait conquise, un coup d'amour profond et indiscutable. Lui, il ne pouvait détacher ses yeux de la nymphe. Il était sous le charme des tatouages dorsaux de la jeune femme. Des papillons, colibris, des lys s'y enlaçaient. Le solrys était imprégné, envoûté par la dauphine aux pupilles vert lagon. Ces dernières étaient constellées de pépites ambre qui donnaient un aspect félin, énigmatique au regard de la princesse.

Nymphéa prit la main d'Hélias. Elle le conduisit sur la tourelle du donjon, en surplomb de la vallée, se serra contre lui, ne voyait que lui. Le vert des bois, tous proches, avait disparu de leurs consciences. Tout comme la limpidité du ciel, dépourvu de nuages à ce moment-là. Ce beffroi, élevé, permettait d'embrasser les abords du château par une vision panoramique de cent quatre-vingts degrés. Ce point d'observation stratégique avait facilité la conservation de l'avantage visuel dans les précédents conflits contre les ethnies dragonnes.

— Mon amour, nous allons unir les royaumes de nos pères, nos peuples, nos différences. Penses-tu qu'ils seront satisfaits de notre choix, heureux ? Vois l'horizon, vois notre avenir avec tes dons. Dis-moi ce qu'il en sera. Tu le sais, j'ai aussi mes responsabilités de future souveraine. Tu peux apaiser un environnement, certains d'entre vous sont visionnaires, tu l'es, j'en suis sûre ! La princesse, inquiète, questionnait son amoureux.

— Je peux uniquement te dire que nous serons ensemble. Mes capacités sont, malheureusement, encore immatures et peu efficaces tant que nous ne nous sommes pas unis par des liens plus tactiles, et intimes. C'est ce qui permet leur évolution, ainsi fonctionne notre biologie. Nous le savons tous les deux.

Hélias caressait la chevelure de la frêle zhom bleue. Il effleurait des doigts la naissance du front de la belle limité par le fin duvet soyeux.

Levant la tête, la jeune fille plongea son regard dans celui du prince. Les amants soudés par leurs prunelles se rapprochèrent l'un de l'autre, ils entrouvrirent leurs lèvres, leurs bouches se touchèrent enfin. En cette fin d'après-midi, sur la tourelle, l'astre du jour déclinait, ils s'embrassèrent.

La main d'Hélias glissa sur le dos de la nymphe bleue, tandis qu'elle infiltra les siennes sous son pourpoint rouge. Ce premier contact de leur peau, juste un effleurement, les fit frissonner. Une décharge électrique les parcourut. Ils venaient de découvrir leur mutuelle attirance sensuelle, et leur désir réciproque. Le lien physique qu'ils établissaient se prolongea par la connexion de l'esprit d'Hélias à celui de Nymphéa. Elle ressentit sa présence jusque dans ses pensées.

— Maintenant, je peux nous voir, annonça le jeune solrys. Des épreuves nous attendent. Lesquelles, je l'ignore pour le moment ? Sous le soleil, les frondaisons verdoyantes face à la nature et ses lois, je clame mon amour et mon respect pour toi. Dans les prochaines années, ma tendre, ils demeureront. Je ne pensais pas que cette simple caresse nous souderait. Nous sommes destinés l'un à l'autre, et maintenant unis spirituellement.

— Je vois ton âme, je sens tes sentiments pour moi, mon doux Hélias..., mais je veux davantage que cela, répondit Nymphéa en laissant dériver ses mains contre la peau de l'être désiré. Elle s'attaquait aux liens de ses culottes princières de manière plus enflammée et impérieuse.

— Je suis apaisée et sereine, rassurée et confiante par tes certitudes en notre avenir. Tu habites mon esprit. Quelle est cette magie ? ajouta la zhom bleue.

Les tissus tombèrent, les dermes désormais libérés de leurs entraves, s'apprivoisèrent. Les jeunes héritiers se dévoilèrent l'un à l'autre, dans leur parfaite nudité. Ils se rassasiaient, se délectaient de la vue du corps de l'être aimé. Ils se rapprochèrent enfin. Les caresses d'abord timides, lentes devinrent plus appuyées et sensuelles. Jusque tard dans la soirée, ils s'abandonnèrent à la tendresse physique qu'ils se prodiguaient, tout autant que de leur mutuelle découverte. Renforcés par la fusion de leur esprit, ils ne formèrent plus qu'« Un » être.

☆

Les fiançailles des deux jeunes gens très épris furent prestement annoncées, puis célébrées dans le palais du roi des zhoms bleus. Elles se déroulèrent en petit comité. Les tenues assorties du couple princier étaient confectionnées dans un tissu moiré ivoire rebrodé de fils d'or. Les blasons de chaque maison s'affichaient sur les pectoraux gauches des promis. Les autres participants avaient pour consigne de se vêtir dans des tonalités différentes. Le contraste des couleurs sur les peaux, azur de la nymphe, en nuance rouge orangé pour Hélias, était éblouissant. Leur seule présence illuminait l'assemblée. Leur complicité et entente transfiguraient leurs traits. Ils touchaient au divin, semblables aux dieux de l'Olympe, dont les croyances spirituelles sur Prudhomgon étaient issues.

Leur amour était le sentiment le plus noble et le plus puissant qui pouvait exister. Il ne connaissait ni le temps ni la distance. Curieusement, il naissait de peu, un regard échangé en silence, mais qui en disait plus qu'un long discours. Une voix dont le timbre nous faisait vibrer jusqu'au plus profond de nous-mêmes, deux mains brûlantes s'effleuraient intentionnellement.

La mèche allumée, nul ne pouvait l'éteindre, la foudre de la passion embrasait les deux héritiers. Les lèvres s'embrassaient, les amants se serraient pour ne plus se dissocier, les bouches se dévoraient jusqu'à ce que le désir se transforme en fusion des âmes et des corps.

La complicité, une aisance à transmettre une émotion, une entente complète sans mot dire, sans maudire ou médire. La confiance en leurs choix, et regards, sans même un son. Ce n'était ni le non-contact ni la non-communication qui réduisaient les êtres à des numéros, à l'anonymat, à la dés-individualisation et à la dépersonnalisation. Avec les sentiments, ce glissement vers l'autre, le renoncement de soi pour vivre l'aimé, sans pourtant se renier, est un accomplissement et un accès à une forme de paradis, un Élysée secret. C'était celui au-delà des termes, et les sens, il n'avait nul besoin d'explication en fait. Le don, la communion avec l'âme sœur, pas la reddition. La sérénité dans la certitude d'avoir trouvé la ou le complémentaire. Reconnaître cet être différent comme un écho à soi-même.

Elfius et Sterros ne pouvaient que s'incliner devant un attachement si intensément partagé. Sentiment qui frappait quiconque de son évidence. Nul autre ne vivait cela. L'amour entre Nymphéa et Hélias était une porte ouverte, une libre autorisation pour les deux héritiers restants de courtiser Lalie. Le mariage, de la zhom bleue et du prince solrys, viendrait six mois plus tard, dans le royaume du fiancé.

Toutes les ethnies intelligentes étaient conviées, cela incluait aussi celles des dragons.

☆

# Chapitre 3

Lalie était une très belle jeune femme, à l'exceptionnelle et rarissime chevelure rousse flamboyante pour une zhom bleue. L'origine de cette étrangeté provenait d'une infime quantité de gènes dragon infomnème dans ses propres cellules. L'association des deux fluides avait conduit à l'expression visible de cette fusion au niveau de la zone capillaire. Cette particularité était aussi en partie responsable des facultés de la magicienne. Cet amalgame de spécificités, d'un genre vivant différent, avait eu lieu en des temps sans nom, tant ils étaient anciens. *(Rappel : ne pas confondre genre et espèce : le premier, regroupe plusieurs espèces. Logique classique : l'espèce est une division du genre*). Certains faisaient remonter cette filiation à l'apparition des zhoms bleus sur Prudhomgon, puisque les dragons étaient présents bien avant eux. Un accident, un glissement génétique entre genres aurait conduit à cette création héréditaire improbable. Tous les ascendants, et parents directs de Lalie en étaient porteurs, par contre peu l'exprimaient...

Ses facultés lui donnaient la possibilité d'accéder au centre d'études des Archimages, plus facilement que d'autres candidats dépourvus de telles capacités. Une école dédiée à l'enseignement de charmes, philtres et potions formait les plus grands enchanteurs de Prudhomgon. Cet établissement à la renommée reconnue était très prisé et demandé.

La réserve, le stock de ses préparations, pour des raisons de sécurité, se trouvait dans les soubassements du palais royal. Les premières leçons des novices étaient de transporter, de ce local bien gardé vers les salles d'études, les précieux mélanges. Leurs professeurs validaient cette étape uniquement si les élèves ne se faisaient pas repérer lors de sa réalisation. Ce palier était celui qui déterminait l'intégration définitive à leur cursus.

Habituellement, presque quatre-vingt-sept lunaisons, ou trois cycles solaires - trois ans - étaient nécessaires aux apprentis pour arriver à franchir ce niveau et aboutir au résultat attendu. Les maîtres-mages étaient vigilants et sévères, de nombreux candidats échouaient. Lalie, elle, avait préféré prendre son temps afin de maîtriser au mieux les subtilités de l'ubiquité, capacité principale des spiritailes. Assimiler la télépathie et la télékinésie faisait partie de cette phase. Ces modules nécessitaient une grande disponibilité ; cette dernière conduisait souvent à un épuisement des dons des élèves. Et par conséquent, des abandons fréquents parmi les candidats.

Lalie bénéficiait de ressources que nul autre disciple ne possédait. Une ascendance aux infomnèmes, et donc une part de leurs capacités, endormies dans les zones inexploitées de son cerveau certes, mais présentes en silence dans toutes les cellules de son organisme, hors la chevelure où elle explosait à la vue de tous.

☆

Concentrée sur sa formation, Lalie ne se rendait pas compte du trouble qu'elle provoquait chez les jeunes gens qu'elle côtoyait, de hauts lignages ou pas. Aucune distinction externe ne permettait de déterminer qui était quoi. À moins de le savoir par avance, la valeur n'attendait pas le nombre des années ni les titres, en Prudhomgon.

Sans basculer dans l'uniformité, il s'agissait de lisser les disparités, trop flagrantes, qui pourraient nuire à une objectivité de méritocratie, davantage qu'à une subjectivité de position sociale. La tenue n'était donc pas ostentatoire, mais représentait plutôt l'expression d'une élégance simple et pratique. Les garde-robes confectionnées dans des matières naturelles, issues des métiers à tisser artisanaux locaux, étaient agrémentées de bijoux, de plumes. Parfois, les toilettes correspondaient à l'assemblage aléatoire de différentes étoffes. Dans Aquasta existait un entrepôt aux vêtements, celui-ci fonctionnait sur le principe du prêt. Quelle que fût l'utilisation de l'habit, par la personne, ou son rang, une corrélation se retrouvait entre la mise et son emploi ; ne pas moissonner en costume de bal, de préférence. Le local tournait comme une sorte de banque de linge, une garde-robe gratuite.

En temps normal, Lalie était entièrement investie dans ses formules, incantations et cours magistraux. Lors du mariage éclair, mais fastueux, de Nymphéa et Hélias, la belle rousse reconnut durant les festivités des étudiants parmi les convives. Sa position privilégiée, au sein de l'arbre généalogique de succession, lui avait permis de rencontrer quelques mois auparavant les divers prétendants de sa cousine.

Elle ne fut donc pas surprise de voir s'approcher l'imposant forgosse Sterros, et le Noble elfe au regard énigmatique. Leur démarche conquérante l'avait refroidie immédiatement ! *Qu'était-ce que ces « m'as-tu-vu » qui ne doutaient pas de leur pouvoir de séduction ?* La magicienne n'en revenait pas et cherchait à les éviter avec le plus de finesse possible. Mais, être la cousine de la future souveraine avait aussi ces inconvénients, le devoir et ses obligations étaient des éléments auxquels elle ne pouvait se soustraire.

De plus, son statut d'ambassadeur allait s'enrichir de celui de mage dans quelque temps. *Quelle meilleure occasion pour parfaire ma pratique des échanges diplomatiques ?* pensait-elle.

Toutefois, Lalie n'était point aveugle, elle savait reconnaître et voir l'harmonie quand celle-ci se présentait, ne fut-elle que plastique !

Laissant approcher les deux bellâtres, Lalie se composa une figure affable et engageante, de circonstance lors de réjouissances maritales. D'une prestance certaine, ils étaient en tenues de cour, celle de leurs rangs respectifs, avec les attributs correspondants.

La couronne de Sterros, structure d'or dont les reliefs étaient dus au métal rare travaillé par les joailliers de son royaume, était imposante et judicieusement ornée de pierres précieuses extraites des mines des forgosses. Mais, bien stable sur la tête massive du monarque des maîtres-forgerons. Le souverain était vêtu de son costume d'apparat beige, rehaussé des décorations qui y étaient accrochées. L'ensemble n'exprimait ni l'ostentation ni l'étalage de décorum. Cela signait juste une élégance appuyée pour quelqu'un de sa stature, il semblait toutefois peu à l'aise dans ses atours.

Les armoiries du prince Elfius, beaucoup plus élancé, se trouvaient plaquées sur son habit vert d'eau grâce à une broche. Sa démarche souple, presque féline, aérienne attestait son ascendance elfique. Tout comme ses longues oreilles lancéolées pointaient, ou sa peau qui oscillait du blanc laiteux à l'ocre léger. Particularité liée au fluide circulant dans les veines de tout Noble elfe. Population aux capacités de se fondre dans son environnement et télépathe. Quelle qu'eût été la teinte de l'habillement, leur derme s'adaptait à la couleur de celui-ci, ainsi qu'à la luminosité de ce qui les entourait. Il émanait d'eux une élégance surnaturelle consécutive à ces facultés. Le crâne d'Elfius était ceint d'une coiffe fine, en vermeil, représentant des branchages entrelacés. Le jour de sa montée sur le trône, y serait adjointe une surcouronne d'ambre.

Pour les noces de Nymphéa, Lalie portait une toilette constituée d'un bustier et jupe aux multiples nuances de bleu. Un corset composait le haut, cintré sur une basquine asymétrique. La particularité de cette vêture était son ouverture sur le devant, faisant ressembler celle-ci à un rideau aux pans croisés, dont les attaches seraient situées sur les hanches. L'ensemble laissait deviner la naissance des genoux, ainsi que le reste des jambes fuselées de la jeune femme. Elle portait des bottines sur petits talons, des mini-chausses de cavalière. Un véritable costume de gala pour une amazone flamboyante. Le caractère sauvage et indépendant de la belle rousse transparaissait dans sa mise.

☆

La soirée était avancée, loin d'être terminée pourtant. Le repas avait eu lieu dans les jardins. Ceux-ci furent habillés d'écru, d'ocre et de bleu. Les trois teintes des peuples homininés de Prudhomgon :

Les bleus..., des zhoms, reflets des différentes capacités de ce peuple, provenaient des plantes et minéraux de l'ensemble de Prudhomgon :

L'indigo,
Du turquoise et outremer,
Du cyan et du saphir,
Du lapis-lazuli ou de l'azur.
Ahhhh, le bleu horizon...
Bleu ciel, marine, nuit, pétrole,
Bleu roi, Majorelle,
Canard, paon ou cobalt, pastel…
Ardoise ou barbeau
Céruléen, mais aussi lavande...

Les ocres des solrys : les jaunes représentaient la couleur de l'origine des Homininés, et les rouges celle de sa maturité :

> Les jaunes tels des Ocres de Ru, de beaux hydroxydes authentiques issus des domaines zhoms bleus et elfiques. Mais se trouvaient également dans les territoires des infomnèmes.
>
> Puis les rouges et les brun-rouges..., terres calcinées des précédents, ou minéraux oxydés naturellement, que l'on extrait des mines solrys et proligrognes.

Les teintes écrues des forgosses : les beiges clairs jaunâtres.

> Coloris bruts non traités, il se référençait à l'adolescence, à l'adulte en formation, en devenir.

Tout était dans ces nuances, dégradées ou complémentaires, parfois en transparence. Le mobilier subissait le même traitement, les voilages, draperies ou tissus dans des tons identiques. Les couverts, plats, assiettes, verres, flacons et bouteilles foisonnaient dans ces coloris.

Les invités, eux, arboraient l'appartenance à leur ethnie par le biais de leur tenue. Les promis portaient les armoiries de leur maison respective. Les costumes, fournis par la banque vestimentaire, étaient agrémentés pour l'événement de bijoux et décorations propres à chaque individu.

Les monarques et dignitaires de haut rang se trouvèrent installés à la table centrale des époux. Ainsi chacune, et chacun pouvaient bénéficier de la présence des jeunes mariés et des autres souverains. Les convives, réunis autour de tréteaux dressés pour l'occasion, encerclaient cette assemblée.

Les reptiles avaient poliment décliné l'invitation, sous prétexte de leur encombrante stature ; en réalité, des dragons dissidents fomentaient un soulèvement au sein du peuple ailé. Asmodèle devait étouffer dans l'œuf cette révolte qui contrecarrait ses ambitions de conquêtes !

☆

Au cours de la soirée, Elfius et Lalie se retrouvèrent isolés de l'ensemble des participants. À l'écart, l'élève magicienne eut tout le loisir d'exprimer ce qu'elle ressentait vis-à-vis de la fatuité que dégageait le prince des elfes. Elle n'y mit aucune tournure diplomatique. La belle rousse avait laissé dans les allées d'arbustes son habileté verbale. Mal lui en prit. Le futur souverain elfique n'était pas dépourvu lui-même de certains dons de négociations et d'un brin d'humour ! Il n'avait pas été élevé, en vain, pour être roi.

La jeune femme se trouva, soudainement, emprisonnée dans les bras du prince fat, avec ses lèvres absorbées par celles du butor, le « bec » clos ! La zhom bleue, rendue muette par cette étreinte, en fut décontenancée et abasourdie. Elle souffleta l'impudent, plaqua sur la bouche de l'elfe prétentieux un baiser agressif de sa conception : rude, rapide, violent et débordant de rage. La sang-mêlé fit volte-face et partit courroucée.

Laissé en plan, Elfius souriait, l'apprentie Mage n'était pas insensible à sa personne. Tous les espoirs lui étaient donc permis. Lalie serait sa Dame !

Quand la belle rousse s'était retrouvée dans les bras d'Elfius, elle ne comprit pas ce qui lui arrivait. Prise au dépourvu, elle reconnaissait la témérité, la hardiesse, l'aplomb et le culot dont avait fait preuve le « goujat ». Mais pas le trouble qu'elle avait ressenti. Elle riait toute seule de la tournure des événements, à la suite de sa diatribe, dans les allées du jardin, contre la suffisance affichée de l'elfe. En fait, elle le voyait maintenant sous un jour différent. C'était un conquérant en devenir, il masquait ses qualités derrière un abord frivole et léger. Un véritable stratège de la dissimulation, un diplomate dans toutes ses dimensions, Elfius représentait dignement la nation elfique. Elle avait oublié un instant les capacités et les dons du peuple des sylves pour retenir uniquement l'être passionné qui l'avait enlacé.

Lalie décida de lui laisser une chance. Elle avait toutefois des obligations, des devoirs et responsabilités liées à son appartenance à la lignée successorale. La magicienne s'interdisait la moindre distraction dans ses rôles et positions, déterminés par ses facultés et son rang. Elle cernait la situation du prince. Il régnerait bientôt. Ils ne devraient pas, l'un comme l'autre, perdre de vue les accords, les bienfaits ou inconvénients que pouvait représenter un tel rapprochement entre les deux familles.

En femme de tête, elle choisit donc de lui laisser une possibilité de la séduire. Le cœur influençait-il la raison de la belle rousse ?

☆

# Chapitre 4

Succombant après de nombreux échanges, d'abord âpres puis plus intimes et tendres, des regards envoûtants, des discussions animées, la chaleur, l'émoi avaient fait perdre le droit, l'uniformité et le lisse. Plus de plat, tout ployait et devenait incertain. Lalie était amoureuse, et Elfius l'idolâtrait aveuglément.

Le jeune homme, dont le statut de prince rendait toutes relations privées quasiment publiques, se trouvait en conflit permanent avec sa famille, au risque, parfois, de faire vaciller la succession de la maison elfique. En bon stratège, il voyait, très clairement aussi, que son attachement pour la belle rousse pesait en sa faveur dans ses rapports avec son père. Un patriarche qui l'aimait énormément malgré leurs dissensions, surtout celles liées aux fréquentations de beuveries dragoncsques du dauphin. L'héritier était un fêtard généreux et s'encanaillait avec tous. Les proligrognes n'étaient pas les derniers sur sa liste de joyeux trublions..., d'autant que les territoires étaient mitoyens.

Elfius avait des contacts privilégiés auprès des infomnèmes. Ceux-ci lui permettaient de, par le biais de paris et défis, mesurer leurs diverses facilités à s'infiltrer dans l'esprit des autres. Ses joutes étaient régulières et se déroulaient souvent lors de ces soirées arrosées. Il était le concurrent à vaincre, ou à soudoyer. Tous les princes, rois ou personnes influentes pouvaient se targuer de côtoyer les différentes ethnies de reptiles. Les populations entretenaient, elles aussi, des liens d'amitié ou de simple convivialité avec les représentants ailés. Mais seul l'héritier des Nobles elfes entrait dans leurs tanières de manière informelle, sans jamais se signaler. Comme ambassadeur, mais surtout, comme un presque dragon. Il connaissait leur idiome, leur fonctionnement, leur force et leur faiblesse. Il était l'intermédiaire de choix entre leur peuple et les homininés.

Malgré le rôle de plénipotentiaire, diplomate, qui se révélait être le sien indirectement, les liens avec son royal père étaient tendus ; les mastodontes étaient l'un des centres de discussions, et parfois de discorde, entre eux. Lalie était son autre sujet de préoccupation.

L'elfe ne cachait nullement ses affections pour les sociétés dragonnes. Beaucoup d'habitants bipèdes appréciaient les reptiles. Lalie en faisait partie, ses gènes en commun avec les sauriens renforçaient ses accointances avec eux. Sans pour cela les fréquenter de manière aussi régulière que son amant, son prétendant en titre. Toutes les maisons de Prudhomgon étaient informées de leur attachement mutuel. Une descendance zhom-elfe-dragonne arrivait dans le panorama politique. Une alliance nouvelle était à étudier, un pouvoir à identifier, à craindre peut-être ?

Les deux promis n'en étaient pas là, mais d'autres y songeaient. Asmodèle était de ceux-là.

Nymphéa devenue reine, après l'abdication en sa faveur de son père usé par des années de règne, envisageait sous les meilleurs augures un engagement avec les elfes. Rapprochement renforcé, peut-être, par une union entre sa cousine, magicienne, et l'héritier du trône en question. Oui, Lalie avait vu sa formation accélérée grâce aux bénéfices des capacités dont elle faisait preuve. Elle n'était plus une étudiante, mais un Mage en titre.

Les jeunes mariés, le couple représenté par Hélias et la zhom bleue devaient faire face à des soulèvements en bordure de leurs royaumes respectifs. Des incursions de dragons dissidents détruisaient des fermes, avec leurs ressources agricoles et animales.

Ceux-ci prévoyaient la création d'une enclave reptilienne, hors du contrôle de l'ethnie de référence à laquelle ils appartenaient. Ils souhaitaient installer un no-dragons-lands où résiderait une communauté « multisaurienne ».

Pour ce faire, ils devaient et voulaient obtenir des territoires fertiles et riches. Rester proches des principaux domaines des volants, comme des sous-protectorats indépendants, hors de la main mise directe d'Asmodèle. Cette faction rebelle à la domination de la dragonne désirait conserver les avantages des lézards ailés, mais sans la tutelle de la druidesse maléfique.

À cette période, le souverain des Nobles elfes mourut, des suites d'une blessure. Il l'avait reçue lors d'une expédition de soutien à des fermiers zhoms bleus, des voisins de son royaume. Elfius fut couronné dans un climat de défiance. La cérémonie pesante malgré l'annonce des épousailles prochaines entre l'Archimage Lalie et le jeune monarque, était peu tournée aux réjouissances et festivités.

Le couple se maria rapidement. En comité restreint, seuls les souverains furent présents. Les dragons avaient, là aussi, décliné l'invitation ; les lézards volants prétextaient un délai trop court entre deux unions royales, même s'ils n'étaient pas venus à celle de Nymphéa et Hélias.

La révolte, de certains reptiles résistants au gouvernement absolu imposé par Asmodèle, n'avait pas été endiguée. C'était ce qui se disait dans les couloirs entre diplomates ; les sociétés homininés commençaient à s'alarmer de ce soulèvement contre l'hybride. Les plénipotentiaires, dont Lalie, s'interrogeaient même sur la question de la désinformation saurienne. La justice, le régime instauré au sein des peuples ailés, et la possible circulation de faux rapports faisaient partie des débats.

Alanguie, étendue là, Lalie suffoquait sous l'excès de bonheur. Offerte ou satisfaite. La femme se reposait. Apaisée, sereine, ou invitant aux plaisirs, la passion et le désir émanaient d'elle. La toute nouvelle reine des

Nobles elfes, dont les sens et l'envie étaient à fleur de peau, éperdument amoureuse de son mari, jouissait de ces instants de paix. Le mât du mâle contre elle. Puis là, en elle, intensément... petit trépas de bon aloi.

Elle le regardait dormir. Maintenant assoupi, son roi aux lèvres entre-ouvertes, une mèche rebelle lui barrait le visage tel un sillon sur la lande. Le ronflement léger et régulier, une traînée de salive glissa des commissures. Pour elle, le plus beau.

La jeune femme s'inquiétait des amitiés reptiliennes de son mari. Devait-elle en débattre avec lui ?

En peu de temps, Elfius dut modifier sa manière de concevoir les échanges qu'il entretenait jusqu'alors avec les dragons. Ses capacités de diplomate, ses facultés de télépathe exacerbées par un entraînement intensif apportaient de l'épaisseur à son statut de monarque. Les sauriens devaient compter avec ces nouvelles données.

Ses relations festives devaient dorénavant, en opposition complète avec ses convictions, devenir plus protocolaires. Il en finissait avec sa période protégée de l'insouciance princière. Il endossait le mantelet, la cape du roi, et les responsabilités afférentes à cette position. Les contraintes étaient nombreuses. Malgré l'éducation reçue et sa préparation, dès son plus jeune âge à cette charge héréditaire, le dauphin était rebelle aux aspects qui pouvaient heurter ses désirs. Sa nature volontaire et son caractère insoumis le précipitaient plutôt vers de mauvais choix, des directions et chemins flirtant avec la révolte. Au départ, pour s'affirmer vis-à-vis de son père, puis par une forme de laxisme, en poursuivant ses inclinaisons de dilettante.

Un cap se franchissait, Elfius grandissait, il devait mûrir pour assumer pleinement ses charges. Le nouveau roi était donc déchiré entre ses deux pôles d'attitudes, ses deux aspects de sa personnalité. Le conflit entre l'être et la fonction. Les doutes l'assaillaient fréquemment. Il ne pouvait se départir de certaines de ses relations, qu'il voyait subrepticement, en catimini. Le Noble elfe, suzerain en place, s'adonnait le jeu de la chèvre et du chou..., il ménageait les apparences et assouvissait ses envies. En l'occurrence, laisser libre cours à sa marge de mouvement de manière anonyme et dissimulée.

*Pendant combien de temps pourrai-je encore donner le change ? Ma douce Lalie restera-t-elle dupe ?*

Profondément attaché à sa femme, le monarque s'interrogeait sur les retentissements que son attitude impliquerait, à courts et moyens termes sur le plan privé et public.

Le roi continuait donc à voir ses camarades, de façon plus informelle que les relations diplomatiques ne l'exigeaient. Il restait fidèle à ses vieux amis et participait avec eux à de longues conversations sur la remise en cause des systèmes établis. Il agissait sans défiance ni garde-fou avec ses « presque » lui. Elfius ne prenait même plus attention à leurs pensées silencieuses, celles nichées dans leur inconscient. Il ne se méfiait pas de l'évolution politique de ses anciens acolytes. Le nouveau roi avait besoin de cet ancrage dans son passé, dans ses repères privilégiés pour asseoir son équilibre de souverain. Ses fidèles complices de beuveries seraient toujours là pour lui « aérer » la tête des pressions du pouvoir. En cela, Lalie ne pouvait rien, et n'y pouvait rien...

☆

# Chapitre 5

Le caractère indépendant, impétueux parfois capricieux de Nymphéa, bien que bridé par les règles et devoirs liés à son rang, ne facilitait pas les relations avec les autres royaumes. Reine depuis son mariage avec Hélias, qui administrait son territoire comme chambellan avant d'en être, plus tard, le souverain, la zhom bleue devait faire face aux incursions de dragons-soldats menés par la druidesse noire Asmodèle.

La dragonne conduisait des opérations soi-disant punitives, sous le prétexte de raids orchestrés par des reptiles rebelles, sur les zones homininés. Celles-ci correspondaient aux conflits militaires sur ces mêmes terrains frontaliers. Les espaces des bipèdes essuyaient ses intrusions armées, qui pénétraient de plus en plus à l'intérieur de ces domaines. La puissance physique des assaillants n'expliquait pas la fulgurance des mouvements de leurs troupes ni l'efficacité de leurs frappes sur les bâtiments essentiels. Les peuples hominiens étaient totalement désemparés, abasourdis d'une telle vindicte, affaiblis par ces attaques éclair.

Les dragons devenaient de plus en plus audacieux et agressifs. Ils semblaient être sous l'emprise d'un maléfice qui avait occulté les précédentes années de trêve. Ils étaient revenus au temps des grands conflits du passé. Leurs exigences domaniales étaient au centre de leurs préoccupations. Menés par l'hybride Asmodèle, ils combinaient alors toutes leurs facultés pour détruire, écraser, piller, brûler et conquérir. Anéantir était le mot d'ordre, non prononcé, mais appliqué. Cette montée en puissance, pour la domination de tous les territoires, fut amenée progressivement, et alla crescendo dans l'horreur et l'asservissement des vaincus.

La monarchie de Nymphéa, tout comme celles de ses alliés, était la proie des attaques dragonesques. Toutes subissaient des assauts dévastateurs. Les incursions des trois ethnies reptiliennes constituaient des formations militaires meurtrières redoutables. Les zones cibles, indépendamment les uns des autres, bénéficiaient de défenses spécifiques pour une seule de ces espèces. Les contre-mesures du royaume Elfique pouvaient rivaliser avec les charges des infomnèmes. Les forgosses contrebalançaient les forces proligrognes et les zhoms bleus équilibraient les agressions des spiritailes. Mais aucun n'était équipé pour lutter contre l'association simultanée des trois tribus.

☆

Sterros, sous les attaques constantes et lourdement armées des proligrognes, eut du mal à résister et protéger sa citadelle. Les dragons rouges affluaient par les airs, la terre et les sous-sols. Ce qui fut ardu était leurs charges, par salves répétées et cycliques. Elles dévastaient tout sur leurs passages, tels des déferlantes, ou des tsunamis. S'additionnaient les spiritailes venus « infecter » les esprits de ces solides guerriers des montagnes. Malgré tout leur savoir, la résistance fut de courte durée. Le peuple forgosse s'inclina dans les cris, le sang et les flammes.

Les adultes survivants étaient réduits en esclavage et les plus « tendres » seraient destinés à l'alimentation. L'extinction des homininés était programmée dans les projets d'Asmodèle. Les pleurs des marmots, accrochés aux pans des vêtements des mères, les rejetons leur étaient retirés. Les hurlements des parents, ceux des petits arrachés à leurs nippes, résonnaient dans les murs. Les bruits des corps propulsés dans les geôles, une fois le tri effectué, rebondissaient contre les cloisons de torchis. Puis survenait la stridence des cris paniqués des bambins. Des rigoles sanglantes s'écoulaient des silhouettes enfantines démembrées, décapitées, martyrisées. Elles formaient des fleuves qui rougeoyaient dans les prunelles de leurs camarades..., ils voyaient leur fin, et comprenaient alors leur destinée. Les forgosses entendaient ses sons, ils se précipitaient sur leurs bourreaux, s'empalaient sur les serres des reptiles qui s'opposaient à leurs progressions vers leurs petits.

L'avenir du roi-forgeron était à peine plus enviable, psychologiquement, que celui de son peuple. Il vivait, enchaîné, avec la perspective d'un futur incertain et douloureux très probablement. Il devenait un otage de choix pour Asmodèle qui avait investi sa forteresse, l'avait réformée en camp avancé, palais et base militaire. La vie rude des montagnards convenait mieux aux fonctionnements et habitudes des dragons. Peu de modifications furent réalisées pour coller à l'environnement des reptiles.

Sterros fut enfermé dans une des caves, à l'origine une réserve alimentaire, transformée en cachot pour l'occasion. Les fers enserraient ses poignets et ses chevilles. Une ceinture de cuir avec deux crochets sur ses flancs, reliés aux murs par des chaînes fixées à d'autres anneaux, l'entravait davantage. Ces derniers le maintenaient suspendu à quelques mesures au-dessus du sol. Immobilisé de la sorte, le monarque était limité dans ses mouvements. Il ne s'agissait pas que le roi puisse s'évader !

☆

Les flammes des proligrognes dévastèrent les vertes étendues elfiques. Leurs déplacements maladroits et bruyants étaient dissimulés par les capacités conjointes des infomnèmes et spiritailes.

Elfius, jusqu'alors sympathisant de l'ensemble des ethnies reptiliennes, se trouva captif sous les griffes des dragons rouges. Engeôlé, il fut torturé de façon humiliante et dégradante. Les questions portaient sur l'apprentissage et les méthodes d'intégration des facultés des Nobles elfes. Comment se manifestait le passage du novice au rang d'expert en tant que diplomate ?

Comment certains devenaient des pseudo-manipulateurs, selon le point de vue des lézards ? Le roi fut interrogé sur Lalie, ses origines et ses liens génétiques avec les dragons. Sur une possible maternité, sa réalité, sa progression et le terme.

Les tortionnaires suivaient les ordres de la sorcière noire. Cagoulés, ils étaient les anciens amis de l'elfe. Les glapissements, et claquements de langues des reptiles étaient propres à chaque espèce, mais reconnaissables pour Elfius, qui les avait côtoyés depuis sa jeune enfance. Les sauriens l'avaient trompé, déçu. Ils avaient si souvent discuté et refait les Terres de Prudhomgon ensemble... Le souverain se rendit compte de sa méprise, sa trop grande confiance et crédulité en ses camarades devenus haineux. Par voie de conséquence, sa trahison vis-à-vis de son ethnie, de sa femme et de ses convictions lui explosa en pleine face. En un instant, il perdit tout respect de lui-même.

L'elfe télépathe, désormais conscient de sa lâcheté, ainsi que de sa faiblesse de caractère, de son insignifiance, remit les clés et secrets de sa terre natale. Il céda, en échange d'une proposition de la druidesse : elle ne réduirait pas son peuple à néant… En pure perte, ils furent tous exterminés dans des souffrances effrayantes, dignes des plus terribles tortionnaires. Le roi assista, impuissant, à la disparition de ses sujets. Il se sentait veule, méprisable, pas à la hauteur de son rôle, de sa fonction, de sa charge, de son trône, de sa nation, et vision d'horreur pour lui, de sa femme. Dans un état second, il vécut la destruction de son monde ligoté à un poteau sur un promontoire de crânes elfique, puis fut lui aussi décapité. C'était dans ce contexte que les Nobles elfes furent décimés, sous les frondaisons de la canopée jusqu'alors luxuriante.

☆

En fait, les royaumes conjoints de Nymphéa et Hélias furent plus complexes à asservir que les autres. Le regroupement des forces en une double coalition armée-défense qui bénéficiait des capacités des deux ethnies. La dissimulation, des zhoms bleus par l'osmose avec les solutions aqueuses. Pour le cas concerné, les alliés s'immisçaient dans les fluides cérébraux ennemis. Amplifiée par la liquéfaction des solides. Cette faculté solrys facilitait la fusion et dispersion au sein des esprits des dragons. Puis, décryptant le cheminement de leurs intentions, le partenariat homininé put infliger des dégâts importants aux armées ailées de la druidesse. Association mutuellement profitable, l'union des dirigeants de ces deux royaumes galvanisait les troupes et cimentait leur entente.

Ayant un besoin urgent de se toucher l'un l'autre, Nymphéa et Hélias se rapprochèrent et s'aimèrent. Comme un défi pour repousser l'inéluctable. Retarder la séparation avant le combat. Une dernière étreinte passionnée, comme un rêve parfumé après une folle soirée passée à vive allure. Ce fut divinement fatigués qu'ils s'assoupirent dans le théâtre de leurs ébats : le lit.

Hélias avait fermé les yeux entre les seins chaleureux de Nymphéa. Doucement, il plongeait contre la poitrine de sa femme à la senteur capiteuse. Sa belle, lascive et voluptueuse épouse. Chatouillant ses sens, les odeurs avaient ravivé, en ses narines inconscientes, un ressac d'ardeurs amoureuses. Ouvrant la voie aux rêves aphrodisiaques sur des rivages paradisiaques. Sous ses yeux fermés et frémissants, les songes allumaient des feux d'illusions qui se consumaient lentement telle une fumée de tison.

Le corps de la jeune reine surgit du brouillard de ses fantasmes pour se matérialiser dans la réalité. Gonflée d'un désir charnel, Nymphéa faisait s'élever au ciel le phallus, fier étendard du chambellan solrys ! Les envies de l'aimée laissaient libre cours à leurs assouvissements. Sa zhom bleue l'enlaçait, il la possédait ; il s'agitait sous elle, sa femme l'obsédait. Maintes fois, ils firent l'amour, sexes ou bouches. Enchevêtrés, sueurs et frissons, enivrés par leur sentiment. Au solstice de la nuit, dans l'odeur chaude des ombres, où toujours plus profond ils sombraient, s'égarant dans le lit de la passion. Savourant cet échange, se produisit soudain un événement étrange.

Dans la moiteur de ses rêves, Hélias sentit monter un vent de fièvres, jusqu'au bord des lèvres de l'amante. Le membre semblait proche d'exploser. Telle une bouteille de champagne trop agitée avant de servir ; et de son méat coulèrent, sur la cuisse de sa compagne, quelques gouttes de plaisir...

La fragrance poivrée, animal de ce précieux nectar, parvint jusqu'au nez de sa belle. Distillant moult phéromones mâles, à ses sens en émoi ! L'essence masculine et virile se diffusa en elle avec force. La rendant soudain si fébrile qu'elle se redressa, bomba le torse, cambra les fesses et vint s'empaler, dans un râle, sur le sexe boréal !

Tandis que l'aurore s'illuminait, leur nuit de passion se disloquait... À vivre un songe, quand il disparaît, il ne reste que le néant. Une journée de combats se levait. La fureur de la guerre était aux portes de la forteresse. Les gestes d'amour seraient-ils assez forts pour ne pas séparer les conjoints ? Les rendraient-ils invincibles, indissociables ?

☆

Les assauts furent rudes, les pertes innombrables, les cris déchirants. Le sang, la sueur, la douleur, la peur... rien ne fut épargné aux belligérants. Quel qu'ait été le camp. Les armées des mastodontes affrontèrent celles du double royaume ; les forces en présence s'opposèrent longuement. Les plaintes envahirent les champs de bataille et les contrées alentour, des heures durant, après les combats de métal et de chair.

Les rescapés s'abritèrent des reptiles menés par la druidesse noire. Ils résistèrent et réalisèrent des diversions au sein des troupes dragonnes. Ils arrivèrent à perturber les sentiments de confiance des sauriens en leur toute-puissance, un véritable exploit. Les capacités des clans s'opposaient, s'équilibraient aussi parfois.

Au cours, et au cœur d'un affrontement sournois, Asmodèle prit au piège le prince Hélias. Par un subterfuge, un écran de fumée particulièrement convaincant, l'hybride mystifia l'héritier.

Les facultés psychiques de la sorcière étaient bien supérieures à celle du pauvre chambellan. La druidesse projeta dans l'esprit du solrys les sons de la destruction du palais aquastan. La diversion aboutit : le mari de Nymphéa y crut, la distance jusqu'à la forteresse rendit l'illusion auditive plausible. Il fut suffisamment distrait pour baisser sa garde. Asmodèle n'en demandait pas tant, elle profita de ce moment de faiblesse, le « statufia » par un charme d'écrasement psychique. Il était à sa merci, lui, le solrys. Le futur roi Hélias dont l'astre du jour était l'emblème.

Après avoir dévoré le cœur des princes-dragons, assis sa suprématie sur les sauriens, annihilé la volonté des reptiles par un sort, l'hybride continua sa quête de domination sur les homininés par la transformation d'Hélias en rayon de soleil.

L'évaporation de l'enveloppe corporelle du chambellan traduisait sa transmutation. Mais son entité demeurait sur Prudhomgon. La druidesse possédait encore un atout dans sa manche, entre ses serres...

La puissance, issue des héritiers ailés, absorbée par Asmodèle, lui avait conféré des pouvoirs d'abord immatures, devenus incommensurables avec le temps. Ses facultés ainsi décuplées permirent à l'hybride de propulser le vaincu vers le soleil où il se trouva captif.

☆

# Chapitre 6

Lalie, nouvellement nommée Archimage, se trouvait en territoire zhom Bleu lors de l'attaque de la forteresse des Nobles elfes. Elle avait été mandatée par ses anciens professeurs pour sécuriser les divers onguents, potions, breuvages et préparations aux propriétés surnaturelles dans les soubassements du château ; les archives étaient aussi sous sa responsabilité. Elle devait protéger les textes ancestraux, l'héritage magique et historique de Prudhomgon.

Les grimoires furent entreposés au palais dans une cave voûtée où l'hydrométrie ne variait pas. Cette stabilité des conditions de stockage était obligatoire pour conserver dans le meilleur état autant les écrits, parchemins ou livres, que les fioles et multiples ingrédients rares. Tous ces éléments devaient être préservés, ils étaient les fondamentaux et les ressources de la reconstruction des peuples, des ethnies de Prudhomgon pour ne pas revenir en des périodes noires. Ils étaient les garants de l'évolution tant intellectuelle que scientifique et géopolitique des sociétés homininés. Mais aussi de celles des dragons.

La jeune femme ressortait des sous-sols tandis que les cieux s'obscurcissaient des ailes des mastodontes. L'ensemble formait une nuée tricolore bleue, rouge et verte très compacte, mais où l'on pouvait identifier chaque espèce reptilienne. Elles étaient précédées d'un minuscule point noir : Asmodèle.

La nouvelle reine des elfes était inquiète, « aux cent coups ». Pour son royaume, contigu à celui de sa cousine Nymphéa, jouxtant directement celui des proligrognes. Son anxiété décuplée par sa connaissance des rapports quasi fraternels, ambivalents, entre son mari et ses amis dragons, n'aidait pas à apaiser la jeune femme. Télépathes tous les deux, de manière innée pour le Noble elfe et acquise par l'étude pour Lalie sur sa base génétique facilitatrice, ils n'avaient pas encore expérimenté ce lien psychique entre eux. De ce fait, ils ne pouvaient savoir, ou ressentir ce qui se déroulait pour le conjoint, comme cela se révélait vrai pour Hélias et Nymphéa.

☆

Soudain, les cieux crachèrent des flammes vers les rues d'Aquasta. S'élevèrent alors des cris de douleur et des hurlements de terreur. Les adultes agrippaient la main de leurs enfants, se précipitaient dans des maisons pour tenter de gagner les caves et les lieux enterrés. Certains y arrivèrent, d'autres se sauvèrent vers les bois alentour... tous ne purent échapper aux serres, aux feux reptiliens, ou même aux pans de murs qui se détachaient des habitations embrasées. Quand ce n'était à l'écrasement occasionné par la panique durant la fuite. Un spectacle apocalyptique se déroulait dans les travées de la ville capitale.

Toute la journée, les « tueurs » ailés s'acharnaient sur la population. Par escouades successives, en rangs étalés, afin de couvrir une superficie plus vaste de la cité, par les cieux. Les dragons usaient aussi de leurs capacités. Les infomnèmes détectaient des rescapés qui fuyaient devant les proligrognes, puis les signalaient mentalement aux escadrilles spiritailes. Ces dernières, grâce à leurs dons d'ubiquité, les détruisaient et continuaient à se battre sur plusieurs fronts. Les attaques étaient coordonnées et orchestrées sous les directives de la sorcière maléfique. Les charmes qu'elle employait, pour maintenir sous son joug les dragons sympathisants aux homininés, ainsi que les autres pour plus de sécurité dans ses rangs, avaient aussi des effets de bords sur la population zhom. Cette dernière était ralentie, comme anesthésiée.

Aquasta, la bleue, était rouge sang, noire fumée, grise de morts et ocre de feu. Les habitants déambulaient, tels des zombies, dans les travées méconnaissables sous le fracas assourdissant des éboulements des logis. La paisible capitale s'était muée en champ de combats aux tranchées meurtrières. Les Aquastans qui tombaient dans ses fissures profondes étaient brûlés vifs par l'escadrille aérienne des lance-flammes.

Certains pourtant s'échappèrent. Dans les soupiraux du château, ou dans les bois, même s'ils étaient la proie des feux des dragons, dans les campagnes plus lointaines à cheval ou à pied.

☆

Les murs de l'école de magie tremblaient. Lalie se précipita à l'extérieur du bâtiment en croisant des étudiants. Elle avait utilisé ses capacités, toutes nouvellement validées, pour se téléporter des réserves du palais, où elle mettait à l'abri les grimoires et potions, à l'établissement d'enseignement des charmes. Des élèves, encore novices, fuyaient dans toutes les directions. Il s'agissait de contenir la panique en progression exponentielle. Plus aucun raisonnement sensé n'avait cours. Il était difficile d'appliquer les mesures d'évacuations des locaux, se faire entendre par les jeunes enfants terrorisés. Quant aux plus âgés, ils étaient tétanisés par la déferlante de violence venant des cieux, et totalement désemparés. Il fallait un leader, un être responsable et représentant le pouvoir qui existait auparavant ; Lalie était cette figure de l'autorité.

En raison de ses liens avec la famille royale, son mariage avec le nouveau monarque des elfes, sa nomination en tant qu'Archimage, tout la désignait aux yeux des résidents de l'école pour devenir une « régence » transitionnelle. La belle rousse emmenait les étudiants à l'abri. Tous étaient capables d'utiliser leurs pouvoirs balbutiants, ils soulageaient ainsi les efforts de la magicienne qui les téléportait vers les sous-bassements du château. La forteresse prenait le statut d'État-major pour dragons dans la capitale même des zhoms bleus. La manipulation n'était pourtant pas des plus aisées. L'ensemble à déplacer regroupait une trentaine de personnes. La concentration à déployer demandait une implication importante et un calme qui était loin de régner sous les assauts des lézards. Les capacités des novices, aussi infimes fussent-elles, étaient bienvenues pour seconder la cousine de la reine.

Les attaques menées par les reptiles perturbèrent toutefois le transfert. Celui-ci dut s'effectuer en plusieurs séquences, en série. La première salve se déroula sans encombre ; seule la réception laissa à désirer, quelques « voyageurs » atterrirent les uns sur les autres, sans trop de dégâts pourtant. Le deuxième voyage dut attendre une accalmie pour être réalisé avec un maximum de sécurité. Du moins, c'était le souhait de Lalie. Mais le groupe fut découvert. Et dans l'urgence, la magicienne lança ses incantations, celles de dissimulations et de protections ; en parallèle, les élèves la soutenaient pour les enchantements secrets de téléportation. Ils essuyèrent le tir nourri de flammes des reptiles, téléguidés à distance par Asmodèle. La petite troupe de mages, durant sa phase de dématérialisation, fut touchée par une des attaques des sauriens. Il y eut des pertes. L'équipée se trouva amputée de trois de ses membres, ils disparurent dans un nuage de fumée, sans un cri et dans un souffle de soufre. Les rescapés atterrirent dans les coursives, sans plus d'absents.

☆

Les homininés ne savaient plus qui invoquer parmi les déités priées sur Prudhomgon, des offrandes, chants et paroles furent adressés à la plupart des protecteurs spirituels qui recevaient les dévotions. Rien dans ce domaine n'apporta de résultats. Exhorter Hadès à prendre les dragons en ses fleuves « piégeux » et méphitiques, louer Athéna et Zeus de leur donner inspiration et force. Implorer Hermès de mener à destination les messages et nouvelles ainsi que de leur porter chance... Mais rien en réponse. Aucun écho, aucun signe, ne parvenait des cieux à destination des populations attaquées. Les dieux se moquaient du malheur et du désarroi de leurs fidèles. Ils étaient là pour insuffler l'envie d'un monde meilleur par-delà la fin, une promesse des Champs-Élysées. Alors les croyants continuaient de les honorer. Quant aux autres..., ils s'en remettaient à une forme de providence ou chance ; l'espoir et la confiance en leurs dirigeants, le savoir ou les envoûtements.

Il y avait une tranche de la population pour laquelle les rites et les dogmes n'étaient que mensonges et fariboles. Mais, vivant en bonne intelligence avec les précédents, beaucoup s'étaient tournés vers la science sans chercher à porter atteinte aux croyances théologiques, alors que d'autres pratiquaient la magie druidique. Tous avaient un profond respect pour leur planète, se fédéraient autour de la préservation de la vie sous toutes ses formes. Pour tout cela, personne ne comprenait l'attitude des dragons, au comportement jusqu'alors courtois et parfois même bienveillant. Il devait se trouver un maléfice qui les avait dépersonnalisés. Beaucoup d'homininés avaient abouti à cette conclusion.

Et, comment un hybride avait-il pu prendre le pouvoir sur des ethnies aussi dissemblables et farouchement indépendantes ? D'abord, comment l'existence de ce croisement malveillant avait-elle été rendue possible ? N'y avait-il pas des verrous de sécurité biologiques sur la « faisabilité » d'une telle aberration ? À la lumière de l'observation de la présence des mulets ou des bardots, la naissance d'un hybride au sein des reptiles se concevait. Comme Lalie, avec son infime quantité de gènes dragon dans ses cellules.

Accepter Asmodèle, toute métisse qu'elle fût, ne posait pas de problème en soi, si elle n'avait été maléfique. La question de la viabilité des croisements se présentait dès lors sur le côté néfaste, la stigmatisation de la dégénérescence des individus. Un être avec une prédisposition naturelle agressive possédait une sécurité de programmation de fausse couche, d'avortement spontané au cours de l'étape embryonnaire. Un schisme s'était infiltré dans la mécanique de la conception de la dragonne. Délibérée ou accidentelle, la levée du verrou avait conduit à la naissance d'Asmodèle et à l'expression de ses spécificités autoritaires poussées à l'extrême.

Les esprits étroits touchaient à l'eugénisme dans des volontés de création, recherche, identification et conservation de caractéristiques si particulières. Les expérimentations sur le croisement génétique en étaient le moyen, si les pouvoirs éthiques en place n'y prenaient garde. De la même manière sur le monde Terre, lointain cousin de Prudhomgon, avec un certain Mendel.

# Chapitre 7

*Il est des moments où tu me manques terriblement, mon aimé. Puis, en fermant les yeux, je revois ton visage et sens ta présence. Tu es dans mon esprit. Je t'entends. Ce lien invisible qui nous unit, que nous avions créé sur la tourelle, fait que ton cœur bat en mon âme. En moi, ta femme, Nymphéa.*

Hélias partit sur le front des conflits, sa compagne se retrancha avec sa cousine, sa garde rapprochée, ses Suivantes, quelques enfants et les élèves de l'école de magie dans les souterrains de la forteresse. Elle ignorait le sort de son mari, néanmoins elle savait pouvoir compter sur sa présence psychique ; bien que soudainement, celle-ci se fût affaiblie. L'angoisse et l'inquiétude commençaient dès lors à l'étreindre.

☆

À la faveur d'un répit dans les combats, une excursion de ravitaillement fut organisée. Les Suivantes, les enfants restèrent dans les abris improvisés avec quelques soldats de l'escorte royale. Nymphéa connaissait tous les passages secrets et chausse-trappes du château fort. En compagnie de sa cousine, d'une partie de sa garde, elles constituèrent l'escouade pour approvisionner les rescapés.

Le palais était envahi, investi par l'ennemi. S'y déplacer nécessitait de mettre en œuvre toutes les capacités des occupants légitimes face à celles des vainqueurs ailés. Les facultés de dissimulation et mimétisme, avec n'importe quelle surface humide, pour les zhoms bleus étaient un des moyens employés. Celles de « brouilleurs » et liquéfaction de la matière, des solrys, représentées par deux membres de l'escouade armée, étaient bienvenues aussi.

Toutes ces particularités contrecarraient les techniques de communications télépathiques des infomnèmes, de téléportation des spiritailes ou la force de frappe proligrogne. Un petit groupe fut créé pour ravitailler les survivants camouflés dans les sous-sols du palais. Cette escouade formée d'individus pouvait réagir aux obstacles constitués par les aptitudes des dragons qui patrouillaient dans la cité.

Les spécificités de Lalie se trouvèrent bien utiles en ces circonstances. Elle était désignée comme éclaireuse grâce à ses facultés de transfert par la pensée, dissolution dans les liquides et occultation des masses. Ces dernières capacités mises à contribution pour dissimuler ses déplacements, concrets physiquement, au sein du palais-citadelle et à l'extérieur.

Mystifier des sentinelles-veilleurs, rompues à la détection, l'emploi de charmes, n'était pas chose aisée. Les infomnèmes et spiritailes auraient identifié tous mouvements, y compris d'origine psychique, si les changements de lieux n'étaient pas d'abord protégés par un sort qui rendait les enchantements indécelables. Les buts de ces manœuvres de magie étaient d'aveugler la garde, dissimuler les déplacements des rescapés aux regards affûtés de ces mastodontes spécialisés, masquer auparavant les trajets à effectuer, réaliser la mission de recherche de victuailles et revenir par le même processus.

Le charme qui permettait à Lalie de ressentir la présence de dragons, tel un radar interne, facilitait le repérage et l'évitement des sauriens, à l'équipe de ravitaillement. Ce sortilège contrariait les investigations entreprises par des reptiles, d'homininés survivants éventuels.

Le petit groupe sortit à pied de l'enceinte du bâtiment. Par les soupiraux, ils débouchèrent sur une des ruelles de la ville fortifiée, normalement animée par les commerces. Le spectacle de désolation, de devantures éventrées, de façades détruites, voire écroulées, n'était rien en comparaison des corps gisants, mutilés laissés à l'abandon, à même le sol. L'odeur exhalée par les dépouilles rehaussait l'amertume de la défaite. Elle s'insinuait par tous les pores de la peau, se collait à vous comme une gangue nauséeuse, âcre et métallique. Les membres du groupe d'homininés, synchronisés comme une seule entité mobile, remontèrent sur leurs narines respectives un linge. Ils s'isolèrent ainsi de la puanteur morbide qui baignait la ville capitale.

Leurs déplacements, furtifs, dissimulés dans l'obscurité du crépuscule, rendus encore plus discrets par l'absence de torches, permirent à l'équipe d'atteindre son objectif : les entrepôts alimentaires et les magasins militaires. Situés dans la caserne, en bordure de la cité, ils regorgeaient de réserves nutritives et d'armes. C'était sans compter sur le passage des garnisons de dragons. Les denrées éparpillées à terre, l'arsenal broyé, tordu ou fondu. En fait, les « approvisionneurs » peinèrent à remplir leurs baluchons. Leurs espoirs de ramener de quoi subsister, en grande quantité, furent balayés par la réalité étalée devant eux.

Bien moins chargés que ce qu'ils auraient voulu, ils prirent le chemin de retour. La traversée de la ville pour rejoindre les soupiraux fut plus complexe. Des patrouilles, à la recherche d'éventuels survivants, se déplaçaient à intervalles irréguliers. L'odorat et l'ouïe des dragons étaient de notoriété publique. Malgré toute leur vigilance, parfois, les sacs de victuailles frottaient contre les aspérités des murs fracassés. Ce qui devait se produire arriva. Les « ravitailleurs » furent repérés, les charmes de dissimulation invoqués par l'Archimage n'y pouvaient rien.

Une course-poursuite dans les rues encombrées s'engagea, afin de semer les chasseurs volants, et regagner sans perte les souterrains du château. Aucune téléportation n'était envisagée en extérieur, tout se réalisait à pied. La troupe soudée et complice se sépara ; elle maximisait ses chances d'atteindre les grilles des soupiraux. Une improbable cavalcade assourdissante eut lieu, entre, les reptiles ailés et les agiles homininés. Des chuintements suivis d'explosions et de jets de flammes illuminèrent la ville. Il y eut de nouveau des cris, des crépitements de chairs brûlées, des roulements de pierres qui tombaient des murs.

La petite bande se retrouva enfin, et se regroupa à l'entrée des passages souterrains. Tous ne revinrent pas. La reine zhom bleue, Nymphéa, et un de ses gardes du corps manquèrent à l'appel. Les mesures définies et prises pour faire face aux talents des sauriens avaient été insuffisantes.

☆

Étendue sur la surface humide de ce qui semblait être de la terre battue, Nymphéa était libre de ses mouvements. D'un regard circulaire, elle embrassait le volume de la pièce, basse de plafonds aux murs suintants. Une émanation putride se dégageait de sa pseudo-cellule. La zhom bleue palpa son corps, constata qu'aucun dommage physique ne lui avait été fait. Un mal de crâne lui broyait pourtant la tête. Effectivement, elle sentait une bosse sur sa tempe droite. Le confinement du local, qui concentrait, dans ce petit espace, les odeurs de pourrissement, combiné à la douleur pulsative qu'elle ressentait, lui soulevait le cœur.

Elle entendait des bruits de chaîne et des hurlements inhumains au loin, comme en sourdine. Des sons d'engrenages, de rouages métalliques provenaient de machines indéterminées, cela ajoutait à cette sensation d'emprisonnement. La reine se remémora la sortie pour le ravitaillement qui l'avait conduite dans cette situation. Elle s'inquiétait, vraiment, du sort réservé à son garde du corps, avec le vacarme qu'elle percevait. La souveraine se doutait qu'elle ne se trouvait pas auprès d'alliés potentiels, au vu des conditions de détention dans lesquelles elle était.

*Inutile de te voiler la face, ma belle, tu es dans de sales draps* !, pensa-t-elle.

— *Les murs ne dégorgent pas suffisamment d'eau pour former une flaque et m'y dissoudre. Il faut que je sorte d'ici...*, constata-t-elle à haute voix.

Des cliquetis, à priori de clés, des pas lourds se rapprochaient, se répercutaient en rythme chaloupé, contre les cloisons à l'extérieur de son cachot de Nymphéa. Le son s'amplifiait. La serrure, de la porte en bois renforcée de barres cloutées, se mit à geindre pour être déverrouillée, sous l'effort fourni.

La reine perçut le chuintement de serres dans le sol mou, voire presque boueux, de la cellule. Puis elle vit les extrémités crottées de terre sombre de l'individu qui entrait. L'agglomérat était d'aspect indescriptible, tout comme le fumet de l'être qui avançait davantage dans la pièce exiguë. La puanteur fit reculer la jeune femme, elle se recroquevilla contre la paroi humide et froide. Échange d'une odeur putride pour une autre.

Le geôlier, un dragon rouge proligrogne réussi, contre toute attente, à pénétrer dans la cellule. Après l'avoir détaillé plus précisément, la souveraine se rendit compte de la claudication, petitesse de l'énergumène, pour un être de son espèce.

De son anomalie, il avait fait un avantage. Il devenait alors indispensable comme gardien dans les espaces confinés : les prisons, entre autres. Le cerbère conservait les attributs liés aux dragons : force, feu et agressivité.

Il attrapa Nymphéa sans ménagement, de sa patte gauche aux griffes acérées ; il stria, au passage, la peau bleue de la jeune reine. Sans un cri, elle se laissa agripper, traîner, propulser dans le couloir sombre, éclairé par les flammes des torches fixées aux murs creusés dans la roche.

Jetée à terre, dans une autre salle circulaire flanquée de trois hauts piédestaux, face à l'entrée principale. Elle glissa vers le centre de la pièce et se retrouva nez à pattes avec l'hybride Asmodèle.

— Alors, souveraine ? harangua la druidesse, moqueuse, dans le langage homininé. Sache, avant tout, que ton époux t'est désormais inaccessible. Ton Solrys de mari est devenu un guide, une lumière qui en connaît un rayon ! continua-t-elle dans un rire sarcastique.

— Mais, rassure-toi, ton avenir, lui, sera translucide, instable, comme l'élément naturel dans lequel tu évolues le mieux : l'eau, enchaîna-t-elle.

Dans un gloussement hystérique, Asmodèle secoua les écailles de son cou. L'épiderme fin du voile de ses ailes vibrait, elle s'esclaffait. Ses railleries se répercutèrent contre les parois et le dôme de la pièce.

Il résonna dans le crâne, déjà douloureux, de la jeune reine. Elle ne comprenait plus ce qui était dit. À l'annonce du sort qui emprisonnait son mari, elle n'entendit plus aucun son. Elle ne percevait qu'un brouhaha inintelligible, entrecoupé de crissements gutturaux en guise de rires.

☆

Au palais d'Aquasta, dans les pièces où s'était réfugiée une partie des rescapés de l'attaque sur la ville capitale, Lalie prit l'initiative d'organiser les secours, et les soins quand cela était nécessaire. Pour le moment, elle devait sauvegarder ce qui restait du royaume de Nymphéa, alors qu'elle ignorait ce qu'il advenait du sien et de son conjoint. Ses diverses « casquettes » lui apportaient une légitimité comme régente. La belle rousse attendait que le Grand Conseil des Sages, qui assistait habituellement les souverains dans l'exercice du pouvoir, puisse se réunir. Cette assemblée correspondait à l'ensemble des ministres de l'exécutif sous l'égide du monarque.

La reine des elfes instaurait un pseudo-gouvernement, caché dans les fondations du château. Suivi de l'embryon d'une organisation de résistance homininé, toujours sous son impulsion.

Les talents de diplomate de Lalie, combinés à la nomination, mise en place, d'un pouvoir militaire restreint efficace, permirent d'établir rapidement des alliances entre les rescapés. La téléportation devenait le mode de transport le plus sûr, pour grossir les rangs des survivants, au dehors de l'enceinte de la citadelle. C'était une zone protégée, extérieure à la capitale dévastée, encadrée par les élèves mages adultes, sauvés par l'enchanteresse, et quelques dignitaires encore en vie. Lalie devait rester dans les murs du château, afin d'être au plus près de l'ennemi ; se servir de ses capacités pour le berner, se déplacer dans le palais. La communication entre les deux pôles de résistance se faisait par télépathie, grâce à l'intermédiaire des ex-apprentis magiciens. Ils avaient eu une promotion, du fait de l'urgence de la situation, de la mise en pratique directe des talents psychiques des anciens étudiants ! Ils étaient désormais des enchanteurs.

☆

# Chapitre 8

*L'épuisement me gagne, après m'avoir rattrapée. Le combat était inégal et le chemin n'avait plus de sens. Le but n'était, déjà, pas une fin en soi, puisque le sentier était l'intérêt. En cet instant, le vide me domine.* Nymphéa perdait pied, et foi en son identité. Celle-ci était sans signification désormais.

☆

Avec suffisance et mépris, la dragonne infertile planta ses griffes antérieures gauches, au travers de l'épaule droite de la jeune femme, à genoux devant elle. Le sang perla. Les serres traversèrent de part en part le membre gracile.

Douleur fulgurante. Nymphéa cria, ses larmes coulèrent bien malgré elle. La reine ne pouvait se redresser.

De sa patte avant libre, la sorcière apposa sur la chevelure emmêlée de la nymphe, sa paume écailleuse. Elle retenait la captive, toujours agenouillée, en son pouvoir, sous sa domination. Elle prononça une incantation sifflante, un maléfice où s'entrechoquaient des claquements de langue et des crissements de crocs. Des fumerolles soufrées s'échappaient des nasaux de la conquérante.

La grande salle s'assombrit soudainement, se disloquait aux yeux de la zhom. Sans qu'elle l'eût provoquée, ou invoquée, une auréole aqueuse se formait sous les rotules de la reine bleue. Elle ployait sous le joug du pouvoir mystique d'Asmodèle, s'effondrait dans la flaque naissante. La jeune femme s'y recroquevillait, et lovait mue par un réflexe sécuritaire ; dans ce milieu pseudo-amniotique, identique à celui de ses croissances juvéniles, elle s'y glissait, s'y coulait. Sa peau se faisait opalescente, translucide, mais restait bleue. Nymphéa s'enroulait sur elle-même ; cet automatisme la protégeait.

La reine avait froid, elle frissonnait. La crainte de l'inconnu y était pour beaucoup. Et, sa tenue réduite en lambeaux, désormais, ne la recouvrait plus, ne lui offrait aucun écran d'isolation, même ténu.

Elle devint chrysalide dans son cocon. Ses tatouages dorsaux, ceux qu'affectionnait tant Hélias, s'étiraient le long de l'abri transparent. La conscience de son corps s'estompait. Ses membres ne pesaient plus. Ses cheveux s'enchevêtraient dans les vrilles de la soie de la coquille. Elle se fondait. Sombrait dans un espace sans limites ni fonds. La zhom bleue se disloquait, disparaissait de sa propre perception. Elle finit par s'évanouir ; tout comme la grande salle dans laquelle Asmodèle l'avait ensorcelée.

☆

Après ce qui semblait des jours pour Nymphéa, elle se laissa glisser sur une surface lisse, fraîche et brillante. Une sensation de paix l'envahit. Aucune douleur ne l'assiégeait. Elle ressentait la nature, le chant des oiseaux, le bruissement du vent dans les feuilles. Elle était sereine, abasourdie, étonnée. Dans un contexte, un environnement qu'elle ne reconnaissait pas, mais soulagée. De quoi ? Elle l'ignorait.

Le lever du jour la fit frissonner. Elle était persuadée du moment de la journée puisqu'elle prenait consistance à cet instant-là, pas plus tard.

*Je suis une goutte de rosée, et les perles de l'aurore naissent le matin, c'était bien connu ! Qui peut douter de cette réalité ?* La larme d'eau était une « mesurette » de liquide. Elle avait perdu son ancienne qualification, monologuait, attendait... son nouvel ami.

Puis, petit à petit, le rayon solaire vint la caresser. La chaleur se déplaçait, de la partie haute de son être aqueux jusqu'à sa base. Lentement, progressivement, le dard lumineux l'enveloppait, la possédait totalement. Tel un amant attentionné, précautionneux. Nymphéa était son identité, elle savait cela, c'était tout ce qu'elle avait, tout ce qu'elle était, tout ce qui restait. Son prénom, rien de plus. Pas de passé ni de conscience corporelle physique autre que celle d'une gouttelette de l'aube, avec une âme assurément. Un balbutiement sans consistance charnelle, pourtant elle ressentait sa masse.

*Mais, ce volume... de quoi ? Puisque je suis lucide d'être, mais être quoi ? Quelles sont mes proportions, mes limites ?* se demandait la graine d'eau.

À la surface du végétal, grâce à la réflexion due à l'effet miroir de l'humidité matinale, elle perçut son image. Elle se devinait gironde, pulpeuse, avec comme des zébrures de lianes et d'oiseaux sur son étendue supérieure bleutée. Elle pouvait les voir se projeter, à travers elle, sur le vert de la feuille qui l'accueillait. Toutes proches, d'autres formes ovoïdes ou arrondies perlaient, glissaient, s'étalaient. Ses sœurs de l'aube..., les gouttes de rosée sur les extrémités lancéolées des plantes, arbustes et buissons voisins. Elles étaient si nombreuses ! Avaient-elles toutes un nom ?

La sphère d'eau se recroquevilla, elle sentit venir la fin de sa tranche de vie quotidienne. Elles reviendraient demain matin avec le jour, elle le savait, les sensations de SES chaudes caresses sensuelles, à LUI.

Cette promesse, à chaque fois renouvelée, lui apportait un peu de sérénité.

☆

Hélias se réveilla avec le sentiment d'être projeté, propulsé, comme pris dans un tourbillon de feu. Il examinait son environnement, ne voyait pas ses formes ni ce qui le déterminait, ses limites. Où était-il ? Le mot, en soi, n'avait plus aucune signification ; c'était un son, une suite de lettres. Même le langage était différent. La pensée existait, la réflexion et l'observation de la situation. L'analyse aussi. Mais la conceptualisation de l'identité corporelle, non.

Ce bras de feu ne ressentait nullement la morsure des flammes. La malédiction d'Asmodèle, le sort qu'elle lui avait infligé, se clarifiait désormais. Il était une langue de solaire.

L'ex-solrys apprenait rapidement, notamment à canaliser son énergie pour rester maître de ses déplacements perpétuels au sein de la masse en fusion. Il se délocalisait, se déformait dans cet environnement ; une nouvelle capacité liée à son état de polyplastie, se distordre à l'infini. Propulsé hors du noyau de la matrice solaire, il y était cependant relié comme par un élastique à sa raquette, telle une boule à son bilboquet.

Il irradiait en permanence, ne dormait jamais et pouvait faire glisser son rayon chaud sur les éléments, de toute nature, se trouvant à sa portée. Dans ses pérégrinations journalières, alors qu'il progressait le long des frondaisons d'un mûrier sauvage, il fut ébloui par l'aspect de cristal bleuté d'une goutte d'eau sur une feuille. Cela aurait pu être celle d'à côté. Mais non, c'était celle-ci qui le fascinait. Il s'approcha, la caressa, la « survola » lentement. Des striures azur recouvraient la surface de cette microbulle. Les zébrures l'intriguaient, résonnaient comme un lointain murmure de son passé, un souffle de paix dans les circonvolutions de sa pensée.

Il ignorait ce dont il était capable, pourquoi, comment avait-il la faculté de réfléchir, d'analyser ? Hélias, voilà son prénom ! Rayon de soleil sensible à l'étrangeté d'une goutte de rosée, il pouvait revendiquer un statut.

☆

Asmodèle prenait possession du dernier territoire homininé. Souveraine incontestée de tous les royaumes de Prudhomgon, elle jubilait et exultait de plaisir. Un orgasme qu'elle n'aurait pu connaître autrement, puisqu'elle avait tué les seuls mâles jugés dignes de son rang avant d'en consommer les cœurs. Cette action conférait à la saurienne des capacités de magie noire, supplémentaires : les reptiles fécondateurs en question étaient d'espèces différentes. La druidesse, qui avait dévoré leurs organes, absorbait ainsi le pouvoir des trois ethnies, sa puissance destructrice s'en trouvait amplifiés. Elle devenait la dominante absolue ! Facultés mises à contribution pour envoyer Hélias en plein soleil ! L'incongruité de la situation ne lui échappait pas, elle éructa un énorme ricanement, entre le glapissement, feulement et hennissement. Un son dragon, indescriptible pour les homininés qui ne le connaissait pas !

L'hybride stérile se retrouvait, par le fait, sans partenaire pour éteindre ses appétits et jeux lubriques. La sorcière noire, de nature instable, ne pouvait se satisfaire uniquement d'une occupation territoriale, acquise dans le feu et le sang. La victoire devait être suivie d'un déchaînement de forces et passions sexuelles. Asmodèle devait trouver un remplaçant à ses précédents amants. Pour arriver à ses fins, elle avait fait organiser un défilé, à sa gloire de conquérante, afin d'y sélectionner le dragon mâle le plus conforme à ses souhaits.

Parmi ses gardes les plus proches avec un esprit réactif, présent à ses côtés depuis son accession au pouvoir, elle avait distingué un infomnème nommé Nexitys. La druidesse l'avait fait chancelier, chargé de l'intendance et du bon déroulement des festivités.

Le reptile, un ex-camarade d'Elfius, était sensible à la cause des homininés. Seul un puissant charme maléfique avait pu brider ses convictions. Un sort de « contention », d'asservissement, mis en place par la sorcière noire, engendrait ce résultat. De cette manière, la dragonne gardait ses détracteurs au plus près de sa personne, comme pour des ennemis ; elle avait l'œil sur de possibles réveils de rebelles.

Trois jours plus tard, elle assistait à la parade des trois corps d'armée des reptiles dans la plaine en contrebas des cavernes et grottes forgosses. Dont les représentants n'avaient plus rien de fort, eux ! Trois, le chiffre n'était pas anodin. Elle devait désigner un régent pour chaque ethnie, un remplaçant pour les princes dont elle avait dévoré les cœurs. Trois adeptes qu'elle garderait sous son contrôle, trois sauriens dévoués à sa cause.

☆

Les peuples vaincus avaient abandonné leurs foyers. Les plus valides étaient en déroute, en cavale. Les différentes contrées de ce monde aux paysages torturés, dévastés jusque dans les villes et les bourgs voyaient passer de nombreux fuyards. Pourtant, des survivants se dispersaient, puis se cachaient. Ils se regroupèrent là où personne n'aurait songé à les chercher. Dissimulés au milieu des décombres du palais royal, dans les soubassements abandonnés par les dragons.

Les reptiles avaient investi les autres pièces du bâtiment, après les avoir aménagées à leurs corpulences et habitudes de vie. De la terre recouvrait à présent les carrelages, marbres ou parquets des salles auparavant entretenues avec soin. La moindre empreinte de pas était, malheureusement, ainsi décelable. En contrepartie, les déplacements s'en trouvaient étouffés, au lieu d'être martelés sur un sol dur. Les dragons rouges résidaient dans ce confort davantage en rapport avec leur nouveau statut de conquérant. Ils délaissaient leurs domaines hostiles. Les populations des deux camps opposés cohabitaient, l'une ignorant tout de la présence de l'autre.

Les profondeurs souterraines du château fort de Nymphéa et Hélias étaient trop étroites pour les vainqueurs..., parfaites pour les réchappés. Désormais occupées par Lalie, une partie des druides récemment diplômés, des Suivantes de Nymphéa, des civils d'Aquasta, et quelques gardes royaux. C'était les survivants de la capitale, la rébellion en germination, le noyau d'un gouvernement en devenir.

D'autres ex-élèves de l'école de magie, des dignitaires rescapés, encadraient les groupes de résistants à l'extérieur du palais, dans les bois avoisinants. La belle rousse apportait ses compétences à la sape des efforts de domination et conquêtes reptiliens. Pour réussir cette mission, Lalie communiquait les mouvements des troupes sauriennes aux peuples homininés réunifiés. Les survivants constituaient une société faiblement représentée, après des combats si proches, mais dont les effectifs ne demandaient qu'à grossir.

Les rescapés, dans les bois à proximité du château fort, devaient leur existence aux capacités spécifiques des jeunes mages incorporés dans leurs rangs. Ces derniers mettaient en place des remparts d'invisibilité ; leur rôle était primordial à toute action de résistance. La reconstruction d'un semblant de pouvoir géopolitique sur Prudhomgon en dépendait.

Leur fonction prenait le pas sur celle des dignitaires eux-mêmes. Les enchanteurs garantissaient la sécurité des réchappés par la dissimulation de leurs représentants. Ils permettaient le maintien, la preuve de l'existence de populations homininés, celles non exterminées. Les envouteurs occultaient la présence militaire rebelle située aux portes de la citadelle, désormais investie par les conquérants ailés. Ils faciliteraient, ainsi, la réactivité des troupes bipèdes face à celles d'Asmodèle.

☆

# Chapitre 9

Nymphéa se souvenait. Petit à petit, son histoire lui revenait. Le palais, le royaume, ses Suivantes, leurs jeux dans le château et ses jardins. Les princes, son père, Hélias et son mariage heureux. Puis la guerre, les morts, la séparation d'avec son amour, l'affaiblissement de leur connexion. Elle se rappelait sa capture, son emprisonnement, et, pour finir sa transformation.

Elle se réveilla, cria à fendre l'âme. Mais personne ne perçut sa douleur. Nul n'entendait jamais le bruit d'une perle de rosée. C'est tout juste si le hurlement intérieur faisait trembler la feuille qui la soutenait. Tel le tableau « Le Cri » de Munch, d'où aucun son ne sortait. Alors que l'indicible était là, palpable, transmit par les vibrations. Comme celles de la toile : picturales donc visuelle, mais surtout muettes ; ou les siennes, issues de sa structure de microbille liquide.

*Hélias. J'ai été ta reine, mais surtout ta femme, ton amante. Maintenant, malgré mon aspect translucide, je me sens sombre, morne et fantomatique. Je suis une souveraine déchue et déchirée, je me meus, m'étire sous un soleil blafard, je meurs lentement. L'étoile du jour se reflète sur mon dos bleu miroir ; j'ai aujourd'hui le regard vide, absent tendu vers l'hiver, vers la nuit. Moi qui fus resplendissante et virevoltante, je me déplaçais au bras d'un astre-roi, de mon astre-oxygène, mon Hélias.*

*Désormais seule, je veux savoir qui je suis, ce que je suis, surtout ce que je deviendrai demain. Mais, existera-t-il un lendemain pour moi ? La nuit sera bientôt là. Peut-être est-ce le chemin ?*

*Ou alors dois-je lutter, retrouver mon apparence initiale, chercher Hélias où qu'il soit ? Mais ma tâche sera des plus complexes sous cet aspect liquide non permanent le jour. Vivante, uniquement quelques heures au quotidien, je devrais mettre à profit ces précieux moments. Anticiper, prévoir, hiérarchiser mes priorités.* Des pensées folles se bousculaient dans l'esprit de Nymphéa.

☆

L'ancien héritier solrys, nageait, flottait, migrait d'un pôle à l'autre, plongeait, traversait, dérivait au sein de cette masse brûlante sans aucune difficulté. Il pouvait s'étirer de sorte à devenir un filament de l'épaisseur d'un capillaire.

*Les cheveux, les cheveux, les cheveux... je me souviens... d'avoir respiré une crinière brune aux mèches dorées... une chaleur distincte contre moi, une qui émanait de moi dans une configuration différente. Je suis plus que cela...*

Il se voyait tel qu'il avait été. Se remémorait son passé, son identité :

*Oui, ça me revient ! Je suis le prince Hélias, chambellan solrys et futur roi. Je revendique ce que je suis, qui je suis ! Mais, avant tout, pour toujours je suis un mari. Son amant, à elle, ma belle nymphe bleue au dos si magnifiquement tatoué, aux yeux verts incrustés d'ambre. Ma féline, ma reine sensuelle. Qu'était-elle devenue en ces périls ? Le lien qui nous unissait s'était brisé. Quasi... Asmodèle !*

Ses pensées, ses souvenirs, la douleur de la transmutation, l'abandon de son enveloppe corporelle avec ses chairs arrachées. Tout, il revivait tout. Le sort jeté par la druidesse noire. Avec le constat de sa situation actuelle, il comprenait dès lors la rupture de l'attache télépathique, il ne le reliait plus à sa douce Nymphéa.

*Où est-elle ? Que lui est-il arrivé ? Si, moi, je ne peux la protéger, que deviendra-t-elle ?* se demandait-il.

Que de temps perdu avant le retour de sa mémoire ! Que de temps perdu pour se rendre compte de sa condition et la maîtriser !

*Je te retrouverai, foi de solrys ! Rien ne nous séparera, mon aimée. Notre amour est par-delà la forme et le temps, par-delà la distance et les sens. Je détruirai cette garce de dragonne, toutes mes ressources tendront vers cet objectif !* se promit-il.

Son combat, son but : rejoindre sa femme, continuer avec elle. Vivre leur amour, celui qui leur était destiné.

☆

La femelle reptile hybride passait ses troupes en revue.

— *Parmi eux se trouve celui qui sera dans ma couche ce soir*, pensait-elle en se balançant de gauche à droite et fouettant le sol de sa queue dardée d'aiguilles impressionnantes, presque des pieux écailleux !

Ses ailes noires et diaphanes transportaient le précieux fluide dragon, dans leurs nervures de soutien. La sève véhiculait sa puissance et ses capacités. Les appendices du vol, bruissaient, vibraient tels ceux d'un essaim de guêpes. Ce vrombissement sourd, lancinant traduisait la mise en circulation du liquide et son activation. La liqueur foncée et or était responsable de l'asservissement, l'aveuglement et dé-cérébralisation des mastodontes.

Car nombre d'entre eux vivaient en intelligence avec les peuples homininés auparavant. Ils n'auraient jamais cautionné les agissements de la druidesse, pas plus que son totalitarisme et sa dictature. Ils étaient réduits au rôle de machines à conquérir, des destructeurs efficaces, des coquilles vides, mais redoutables.

Pour l'heure, Asmodèle devait choisir, judicieusement, celui qu'elle dégagerait, partiellement, de son emprise psychique, afin d'en faire son compagnon de plaisirs. Lui rendre son libre arbitre, son autonomie, sa réactivité, et indépendance nécessaire à la créativité, l'imagination essentielle aux ébats dragonesques. Tout du moins, une libération contrôlée et relative, dans une certaine mesure un faible asservissement. La femelle reptile ne voulait pas courir le risque d'un soulèvement dans ses lignes proches, intimes, dans son espace de confort, aussi dit de sécurité.

Massifs, puissants, grands, moyens, graciles, fuselés, rouges, verts ou bleus : tous les gabarits de la soldatesque étaient présents. Un signe de tête aux uns, une pause furtive à d'autres pour signifier la reconnaissance d'un acte de bravoure militaire sur le champ de bataille. Elle en profitait pour étendre ses détecteurs, transpercer et sonder ces âmes assoupies, à la recherche de celle qui serait la plus proche de ses vœux. La sorcière arrêta enfin son choix.

☆

Dissimulés durant la journée, dans les soubassements du palais, les rescapés se faufilaient dans la ville, à la faveur de la nuit tombée, faisant régulièrement des allers-retours grâce à la téléportation. Il n'était pas nécessaire d'être démasqués, même si les envoûtements de Lalie étaient performants. Progressant vers les bois tout proches afin de rechercher d'autres survivants, d'organiser un réseau de soutien pour les blessés, et rendre la résistance opérationnelle, la consolider.

La nourriture, les médicaments étaient des denrées rares. L'eau, elle, était abondante près des reptiles. Ils l'utilisaient pour leurs ablutions plusieurs fois par jour, elle ne manquait donc pas. Lors de leurs sorties nocturnes, les dragons, imbus d'eux-mêmes, moins sur leurs gardes avec la certitude de leur écrasante victoire, dormaient à « pattes fermées ». Leur vigilance était par moment, elle aussi, assoupie. Dans ces configurations, il était plus aisé de leur dérober des quantités considérables d'eau.

Les homininés finirent par former une assemblée de plus de sept cents âmes. L'entraide devenait de plus en plus efficace. Les organisations et réseaux clandestins se multipliaient, se militarisaient. La résistance prenait forme. Les trois populations restantes, les forgosses, les solrys et les zhoms bleus resserrèrent les liens déjà existants. Pour les premiers, ceux qui avaient échappé à l'esclavage, ou n'avaient pas été dévorés, le but était de libérer de la servitude leurs frères et le roi Sterros. Les compatriotes d'Hélias désiraient, quant à eux, récupérer avec dignité leur liberté, leurs terres ainsi que leur chambellan, le futur monarque. Les zhoms bleus cherchaient leur reine Nymphéa, et son mari. Les mêmes investigations pour les représentants solaires et d'Aquasta.

Les intérêts communs avec les homininés renforçaient les volontés. Un groupe déjà présent dans le château se voyait assigner la tâche d'observer, en sa qualité d'espions infiltrés, les agissements des sauriens. Il fallait retrouver les souverains restants, peu importait ce qu'ils étaient devenus ! Elfius décapité, Sterros engeôlé, Nymphéa et Hélias transformés par un sortilège maléfique : événements ignorés des populations et des dignitaires rescapés.

Lalie menait avec poigne ses troupes, tout en étant compatissante. Elle se découvrait, se révélait en tant que souveraine. Les peuples sous sa protection traversaient avec elle son évolution ; une âme de dirigeante. Elle possédait un esprit d'analyse, de synthèse, très prometteur : le diamant brut s'épanouissait dans l'adversité. Ceci touchait à l'anticipation, la projection dans l'avenir. Y participaient ses gènes de dragons, ses capacités de zhom bleu. Celles d'Archimage y contribuaient généreusement.

La délivrance de Sterros serait la première grande action sur laquelle se concentrerait la nouvelle alliance des survivants. Il était de notoriété avérée, que le roi des forgosses se trouvait dans les cavernes de son royaume, reconverties en prisons. Grottes qui constituaient, en partie, les fondations de sa forteresse. Édifice où résidait, maintenant, Asmodèle.

☆

Sterros enfermé depuis presque un mois avait maigri. Des anneaux métalliques enserraient ses poignets et lui occasionnaient des lésions, où des croûtes prenaient naissance. Les cheveux hirsutes, la barbe drue et grouillante de vermines, tout dans son aspect était repoussant. La pièce de détention n'était pas d'une fraîcheur irréprochable... plutôt un gourbi où les rongeurs se déplaçaient, disputaient au prisonnier les maigres reliefs de déchets servis en guise de repas. Les relents d'excréments empuantissaient l'atmosphère. Ceux des rampants, volants et grouillants, tout autant que ceux du roi détrôné. Il n'envisageait plus très positivement l'avenir.

Le souverain des forgosses n'était pas un personnage à se laisser abattre facilement. Les chocs émotionnels suite à la mise en esclavage des adultes de son peuple, de la destruction de tous les enfants, étaient imprimés dans ses souvenirs. Des sons et des images imprégnaient sa mémoire, ressurgissaient durant ses courtes nuits et ses jours dans la pénombre de sa cellule. Sterros vivait ces cauchemars douloureux comme une brûlure du métal forgé, tenace, une cicatrice indélébile.

Sa captivité appelait à sa révolte, à résister. Elle exhalait des relents de fureur. Son éducation royale lui avait appris à dominer ses pulsions guerrières primitives. Le monarque-forgeron, solide combattant devant les dieux de Prudhomgon, allait se relever et reprendre sa position. Le souverain devait tenir, résister et, à la faveur d'un moment d'inattention de ses geôliers, s'évader.

Il avait pris sa décision, maintenant, Sterros réfléchissait à la mise en pratique. Un saurien, à fortiori deux comme gardiens qui se relayaient, sans parler des autres dragons d'armes présents dans les couloirs de la forteresse, n'était pas du petit gibier, c'était plutôt de la belle bête ! Pas facile à maîtriser ni à vaincre pour un individu isolé.

Sa détention lui offrait, toutefois, la possibilité de maintenir sa forme physique malgré les faibles dimensions du lieu. Les chaînes fixées au mur, et reliées à sa taille, lui permettaient de réaliser échauffements et tractions.

Certes, les maillons auraient pu être retirés, ce qui aurait réduit la longueur de l'entrave... Comme ce n'était pas le cas, Sterros en avait déduit qu'Asmodèle désirait le garder un tantinet entier et présentable. Cela serait un point à exploiter le moment venu. Il était bel et bien une monnaie d'échange. Pour qui ? Il s'en doutait. « Pour quoi », et « contre quoi » étaient toutefois encore des mystères.

Mais son moral n’était pas à toute épreuve, il savait qu’à court, long ou moyen terme, arriveraient le défaitisme et l’abattement.

☆

# Chapitre 10

Il était là, venu au rendez-vous quotidien sur la feuille de mûrier. Nymphéa ignorait s'il avait un nom. De plus, pourquoi l'appeler ? C'était la nature de l'élément qui l'intéressait, sa fonction de « réchauffement ». L'ancienne souveraine avait bien autre chose en tête que de qualifier de l'environnement du rayon. L'ex-reine identifiait juste les plus et les moins. Une liste pour appréhender sa nouvelle condition.

La seule chose qu'elle savait était que la chaleur qui émanait du dard solaire et parcourait sa surface bleutée lui apportait du réconfort. Elle se sentait moins perdue grâce au nombre important de perles de rosée sur les feuilles de l'arbuste ; moins isolée, mais si peu à sa place. Le manque d'une présence, d'une aura, celle de son Hélias.

Une aurore fraîche et paisible éveillait cette matinée, pas un souffle de vent. Elle décida de se manifester à ce rayon. Elle voulait être vivante, échanger, se l'attacher, comme un appui, un repère et un allié. Elle s'étirait, vibrait et glissait sur la feuille, il allait la remarquer, inévitablement !

Jamais personne n'avait dit que les gouttes de rosée avaient de la constance. Non, elle n'oubliait pas son mari ; non, elle n'abandonnait pas. Juste un besoin de se sentir exister pour une présence masculine. Elle devinait le sexe opposé dans ce rayon. Vanité ou coquetterie de femme ? Se réchauffer, prendre un peu d'énergie, l'emmagasiner pour affronter les épreuves à venir, qui ne seraient pas anodines.

*Mais comment contenir cette force qui m'envahit et me revivifie* ? pensa l'ancienne souveraine.

À cette question, les zébrures de sa partie dorsale réagirent. Elles enflèrent, se dilatèrent, comme des réponses à son interrogation. Elle ressentit un flux, un flot magnétique irradier le long de sa surface exposée à ce doux rayon bienfaisant. Un plaisir sensuel la pénétrait, tout autant que des vibrations pulsatiles se faisaient sentir à sa face ventrale. Sous son apparence d'origine, elle aurait eu des frémissements dans le bas de son abdomen. Elle oscillait tant qu'elle faillit se décrocher de sa feuille de soutènement. Elle glissait vers le vide. Emportée par la pesanteur, la gravité physique, par l'onde de choc d'une extase improbable qui déferlait en elle. Nymphéa découvrait l'orgasme, version perle de rosée. La bille liquide se dissolvait dans le rayon, elle fusionnait momentanément avec lui, avant de s'évaporer en une brume bleutée.

☆

Hélias la retrouva immédiatement. Ronde, posée à l'apex de la feuille, sur une tige en hauteur de l'arbuste. Il vint se poster sur elle après avoir décrit un parcours trop lent à son goût.

Il caressait son attache supérieure à la branche, se sentait harponné comme par un grappin par les reflets azur de la goutte d'eau. Ses voisines incolores manquaient de « personnalité ». L'étrangeté, l'incompréhensible avaient toujours suscité la curiosité, l'attention et l'observation. Le jeune solrys n'échappait pas à cette règle.

*Comment rester le plus longtemps sur elle ? Comment l'atteindre, lui expliquer mon intérêt et ma bienveillance* ? songeait-il.

Le chambellan était fasciné par la fragilité et la force qui se dégageaient de cet artefact liquide.

*Oh, mon aimée, ma Nymphéa ! Tu me manques terriblement ! Que cette tache bleue me fait penser à toi, c'est inouï ! Où es-tu* ? se demandait-il.

À l'instant où sa chaleur enveloppait la gouttelette, il perçut un frémissement sur la feuille. Pourtant aucun Zéphyr ne soufflait. Aucun vent ne venait troubler les feuillages voisins. Surpris, il s'attarda sur les zébrures dorsales, les sombres filets de la perle d'eau. Une hypothèse émergea, il la testa : le rayon propulsa délicatement une quantité d'énergie vers celle-ci, il la vit s'allonger, s'étaler totalement sur l'aplat foliacé. Un tremblement la parcourait.

Le lien physique se modifia, le dard solaire se trouva absorbé comme happé, voire avalé par les stries bleu foncé de cette larme d'eau. Il se sentit glisser en elle, comme s'il la possédait par l'intérieur. Il se coulait dans les sillons, les enflait. Il se retrouvait enserré, contenu, comprimé dans une humidité réchauffée par son action à lui... Il redevenait mâle pour cette petite flaque bleue.

Sans aucune préméditation, il déchargea un flot magnétique et torride ; il envahit le volume de la bulle. La goutte dégringola, elle fila vers l'extrémité et manqua choir. Il perçut une présence féminine à l'instant où elle se dissolvait en lui, se brumisait sous l'impact de la fusion.

☆

Nexitys leur ouvrit la porte de la grande salle du conseil. La sorcière se tenait au centre de la pièce, comme dans une arène, elle attendait ses futurs responsables de sociétés dragonnes. Elle une combattante, une gladiatrice, et eux les proies, des cibles.

Les narines femelles frémissaient d'un côté, en face les ailes mâles repliées en signe de soumission. La sève noire circulait dans un assemblage de filets nerveux particuliers au sein de voilures sauriennes. Dans un rugissement tonitruant, Asmodèle souffla au sol les cinq soldats, un spiritaile, deux infomnèmes et deux proligrognes lui faisaient front. Ils tombèrent sous l'effet de la puissance sonore. Aucun d'eux ne comprenait les motifs de leurs convocations par la druidesse noire. Le seul à être resté debout était le chancelier, il ignorait toutefois la raison de ce chiffre impair. L'hybride les faisait mijoter.

— Guerriers ! Vous le savez, je dois nommer un dignitaire à la tête de chaque ethnie. Voici l'explication à votre présence ici.

On entendit un grand soupir de soulagement sortir des nasaux des dragons d'armes assemblés.

— JE vous ai choisis pour VOS compétences militaires, de dirigeants, et VOTRE prestance. Soyons clairs, JE DIRIGE ! VOUS, UNIQUEMENT VOUS, serez ma voix et ma représentation auprès de MES sujets !

Ainsi Asmodèle flattait ses troupes, les manipulait. Et ceux-ci se redressaient, enflaient leurs collerettes et secouaient leurs ailes striées, fouettaient le sol de leur queue aux écailles acérées. Ils n'étaient plus agenouillés devant l'autoritaire souveraine.

— Je vous octroierai davantage de moyens pour exercer votre nouveau rôle. Votre statut, ainsi celui de vos familles s'en trouvera grandi... Mais vous me serez dévoués de manière permanente, et sans aucune réserve, quelle qu'elle soit. Il n'y a pas de délai de réflexion. ACCEPTEZ OU MOUREZ ! Asmodèle intronisait les militaires avec cette harangue.

— chancelier, vous serez le lien entre mes nouveaux rois et le palais, donc moi ! Et serez aussi le grand maître du lit de votre souveraine.

— Vous six, régnerez en doublon. Tous les deux ans, le duo sera modifié. Je vous attribuerais des numéros au début, pour me simplifier l'organisation. Sauf vous, chancelier Nexitys, je vous garde près de moi, ici. Vous aussi, spiritaile deux.

☆

Hérédité ne saurait mentir, tout comme sa cousine Nymphéa, Lalie n'était pas femme à mettre ses deux pieds dans le même sabot. Rester cloîtrée dans l'enceinte du palais, même pour la bonne cause, n'était pas dans son tempérament.

Être réduite à un rôle de passe-résistants, doublé aussi de celui d'observatrice, d'espionne des agissements et projets des dragons envahisseurs ne la satisfaisait pas entièrement. L'Archimage devait occuper son esprit, dépenser son énergie hors-norme afin de ne pas trop se focaliser sur le sort de son mari Elfius.

La reine des elfes avait largement eu le temps de perfectionner ses dons de déplacements, malgré la présence des infomnèmes ou des spiritailes, capables de détecter tout transfert par téléportation. La jeune rousse étendait, pour cela, son bouclier de dissolution, dans les matières organiques immergées, à sa propre personne. Elle rendait, ainsi, tous ses mouvements invisibles.

Lalie, grâce à ses capacités, accéda au camp des résistants, sans l'assentiment des Dames D'atours. Elle ne tint pas mieux compte des conseils de la garde rapprochée de Nymphéa. Elle sentait peser sur elle la responsabilité de voir, encourager et conseiller les nouveaux mages.

L'enchanteresse avait pour mission d'écouter les arguments des choix gouvernementaux des dignitaires survivants. Quant à les accepter ou refuser..., elle était opposée à être la voix décisionnaire. N'était-elle pas une diplomate avant tout ? L'administration relais était conçue comme une collégiale de représentants, pas un exécutif dictatorial bouffi d'autoritarisme ! Ceci était l'antithèse des conduites existantes chez les homininés. Lalie ne pouvait y adhérer, agir en dirigeante par la domination. Une seule Asmodèle suffisait.

Mais surtout, elle avait besoin de respirer la forêt, entité dont elle était devenue très proche durant son rôle de reine auprès d'Elfius. Tous les prudhomgoniens respectaient la nature, mais les mages la sentaient et l'entendaient, ils vivaient par elle. Comme eux, la jeune femme était à son écoute, communiquait avec son énergie et sa force, en était la messagère. Les druides, les Archimages voyaient sa présence en tout, s'en servaient, mais la soutenaient et l'entretenaient en parallèle.

Lalie regagna donc les abris de fortune des rescapés, elle pouvait prendre le pouls du moral des troupes naissantes de la nouvelle armée alliée. Une fois connectée aux composants de la forêt, elle projeta son esprit dans les sols, les arbres et les flots des eaux. Lalie visualisa, ressentit, identifia un endroit sombre, humide où gisait un corps de forgosse. Le seul de son espèce à être capable de rester en vie dans un tel lieu ne pouvait être que Sterros. La belle rousse se concentra de nouveau. Mais les ondes qu'elle recevait devenaient floues.

Lalie était fatiguée, ses ressources physiques s'amenuisaient, elle devait faire une pause. La pression, d'apporter les réponses aux doutes qui étreignaient les peuples rescapés de l'alliance, était là.

☆

Dans les bois en liberté, ou dans les sous-sols du palais, les survivants mettaient en place le sauvetage de Sterros, le sortir des territoires forgosses. Les membres du gouvernement provisoire constituaient une équipe efficace et discrète. L'idéal était de trouver des militaires habitués aux lieux. Parmi les soldats, forgosses rescapés, le choix se fixait sur un représentant, aussi barbu que trapu, nommé Gronoss. Et, pour faire bonne mesure dans l'équilibre des compétences et capacités, un zhom bleu appelé Auréal.

Côté organisation, dans les bois, la résistance planifiait la mise en place des itinéraires de fuites, des relais et des ravitaillements en armes. Il fallait, aussi, regrouper le matériel nécessaire pour faire face à la menace représentée par les dragons qui surveillaient Sterros.

Tandis qu'à l'intérieur du château, les survivants épiaient toutes les conversations relatives à l'incarcération du roi-forgeron, pour glaner tout élément utile à sa libération. Le lieu de détention était connu, la forteresse forgosse, mais pas de manière suffisamment précise. La pièce, où le roi était enfermé, n'avait pas encore été clarifiée par l'Archimage.

Il fallait déterminer de quelle façon s'organisaient les rondes des gardes près du souverain, éviter de s'introduire trop avant dans les grottes-prisons. Il n'était pas judicieux de risquer la perte d'autres combattants...

La force des forgosses ainsi que leurs dons de maîtres-forgerons, celles de se fondre dans les milieux aquatiques des zhoms bleus, tout fut mis en œuvre pour maximiser les chances d'obtenir un dénouement positif. Un point d'interrogation primordial était l'état dans lequel ils découvriraient le monarque.

Les deux homininés, afin de gagner le plus discrètement possible le lieu où Sterros était détenu, s'équipèrent efficacement, mais légèrement en armes. Toutefois, ils avaient prévu un peu d'eau et une ration de viande pour le roi. Porté disparu depuis plus d'un mois, il devait être amoindri, s'il était encore de ce monde. Tous, au camp des résistants, l'espéraient vivant, valide et sain d'esprit.

Avec Lalie, Gronoss et Auréal étaient pour le moment la meilleure, voire la seule, chance de récupérer le souverain. Grâce à son aide, ils entameraient les recherches pour retrouver Nymphéa et Hélias,

☆

# Chapitre 11

Nymphéa avait ressenti le contact du rayon de soleil. Il l'avait pénétrée, envahie. Elle avait un allié. Du moins, elle l'espérait. Après tout, ils s'étaient intimement liés. Certes, ce n'était pas Hélias. Loin de là. Et justement, tous les moyens étaient bons pour arriver à ses fins : le retrouver. La profondeur du lien qui l'unissait à son mari l'autorisait à prendre toutes les initiatives envisageables pour de nouveau être avec lui. Il saurait comprendre, accepter, et pardonner, même le pire : la trahison, la tromperie avec un autre. Mais sans tendresse, était-ce une infidélité ?

Les sentiments. La reine-goutte de rosée s'interrogeait :

*Y a-t il un attachement pour celui qui me caresse tous ces derniers matins ? Pour celui qui m'apaise, et rassure ? Sûrement des prémices, puisque je l'attends et l'espère. Je pense à lui, mon nouvel ami, le rayon de soleil.*

La perle d'eau se voyait telle qu'elle était. Le besoin d'une présence. Quelle qu'elle fût. Une tendre compagnie n'était pas à ignorer, à rejeter. La nécessité d'être entourée, soutenue venait en complément d'un désir de reconnaissance et d'attention. Allier l'utile à l'agréable. Nymphéa se sentait sournoise... Elle le désirait de nouveau. La chaleur en elle, sur elle, l'enveloppait. En fait, elle commençait à être accro à ces contacts.

Le polyamour était-il raisonnable ? Nymphéa, ébranlée par cette découverte, perdait pied dans ses repères et convictions. Pourtant, elle le savait, sa passion, son être double, intime était Hélias. Leur connexion si particulière. Leurs symbioses, l'amour qu'ils partageaient entre eux, de l'un à l'autre, si fort qu'il irradiait autour d'eux. La reconnaissance de deux individus en totale harmonie existait sur la base de ce sentiment. Alors que son attachement pour le rayon solaire était une explosion soudaine, une torride fulgurance inattendue, improbable, mais le contexte, lui aussi, était aberrant.

☆

Le chambellan solrys se mouvait dans la sphère de feu en compagnie d'autres raies lumineuses, habitées peut-être par des entités diverses et multiples que les étoiles qu'il ne voyait plus. Il se positionnait au mieux pour rejoindre la goutte bleue. Le souvenir de son précédent contact avec l'âme fluide l'avait abasourdi. Il avait atteint ce niveau de béatitude dans les bras de sa femme, dans leur chambre conjugale, juste avant le conflit contre les dragons. C'était aussi la dernière fois qu'il l'avait vu. Les reflets bleutés de la perle lui rappelaient étonnamment le derme de sa belle. Sa reine lui manquait, la goutte d'eau le distrayait, mais n'occupait pas sa place. Nymphéa était son équilibre et son écho, tout autant que son inspiration, sa muse. Elle l'avait guidé, conseillé, pour prendre des décisions cruciales, telles que l'entrée dans le conflit contre les reptiles. Belle, intelligente et si sexy. Nulle autre ne lui parvenait à la cheville. Et n'y arriverait jamais, dans un avenir plus qu'incertain dorénavant.

Pourtant, le flux qu'il avait déversé, la fusion ressentie dans ce contact intense avec l'extrait de rosée, l'avait secoué. Il y avait un avant, et maintenant un après. Sortirait-il indemne de cette histoire ? Il attendait le moment où la rotation de la planète permettait la rencontre avec l'entité espérée. Il souhaitait ces instants comme une source où s'abreuver. Un repère auquel s'ancrer. Une base pour s'arrimer à la réalité de cette situation, et la rendre plus supportable. Une aide, un soutien.

Hélias prenait conscience de sa vulnérabilité, de sa faiblesse. Il n'était plus rien sans Nymphéa. Il voulait devenir un protecteur envers cette gouttelette azur si fragile. Il désirait se sentir exister pour un proche, se savoir aimer, peut-être un jour vibrer de nouveau pour une âme pure, donner à l'autre. Il la voyait ainsi son onde bleue matinale.

☆

Les quatre dragons partirent, en paires non associées, un infomnème et un proligrogne chacune. Dans des directions différentes, les terres des solrys et celles des Nobles elfes, afin d'en prendre le contrôle pour le compte d'Asmodèle. Dans le palais des forgosses réaménagé pour les reptiles résidaient en permanence la souveraine hybride, le chancelier et numéro deux. Avec la fonction « Maître du lit » pour le premier. Les deux sauriens, toujours sous l'hégémonie de la druidesse, se chargeaient de la gestion de ce territoire.

Le pouvoir et son exercice étaient, pour la dragonne, de puissants aphrodisiaques. Le choix arrêté de la sorcière sur Nexitys, comme compagnon de lit, avait été mûrement réfléchi. Et logique pour la conquérante. Il était à demeure depuis un certain temps, s'occupait déjà l'intendance du palais, donc à même de correspondre au plus juste au poste d'administrateur.

Par son ingéniosité, malgré le verrou psychique dont Nexitys était prisonnier - peut-être -, il faisait montre de créativité. Ce qui lui valut alors sa promotion au rang d'amant en titre.

Les rites amoureux des dragons étaient remuants, bruyants et parfois agressifs. La corolle d'écailles autour de leur cou, défensive et ornementale, protégeait le passage des vaisseaux vitaux. Embellie de bijoux ou incrustations, elle devenait caractère sexuel secondaire dans la parade de séduction. Asmodèle convoqua le reptile dans sa « tanière ».

Elle se rua sur lui, le plaqua violemment contre les pierres froides du mur de la chambre, l'antre de la druidesse. Les odeurs de bêtes, les râles, les phéromones puissantes et les grognements de toutes sortes résonnaient dans l'ensemble de l'étage du château fort. Se retournant brutalement, il prit le dessus et se retrouva sur la dragonne. Il l'immobilisa et planta ses crocs dans son cou, entre la corolle d'écailles iridescentes et nacrées de la sorcière noire. Asmodèle se laissa momentanément dominer. Nexitys en profita pour la positionner en levrette. Les ailes bloquées de la femelle se froissèrent, les griffes du mâle grincèrent contre le corps musculeux et carapacé de l'hybride, et certaines se brisèrent. Le dard rouge de l'intendant, présentant une extrémité à deux glands l'un au-dessus de l'autre, força le passage sans ménagement dans la cavité de la sorcière. Cette dernière griffa le sol de ses pattes avant, fouetta l'air de sa queue meurtrière, feula, glapit, rua et voulut se redresser. Mais rien n'y fit. L'infomnème tint bon, il la pénétra plus profondément encore. Des hurlements de colère, de rage et plaisir, de soumission-domination ébranlèrent les murs de la citadelle...

☆

Lalie, après un repos réparateur détermina plus précisément le lieu où le roi des forgosses était détenu. La forteresse de Sterros avait été identifiée comme secteur d'emprisonnement, mais le bastion était immense. Réduire la surface des recherches était donc primordial.

Le local, aux faibles dimensions vues par Lalie en projection, était à l'écart des zones de passage de la majorité des reptiles. Ceci limitait les investigations essentiellement aux endroits de services et de stockages. Les vastes pièces de réceptions étaient exclues, ainsi que les appartements principaux, les salles d'armes, ou encore les cuisines et écuries.

La femme d'Elfius se recentra sur la personne du roi-forgeron. Utilisant un objet de transition pour capter l'énergie du monarque ; en l'occurrence un gantelet de chasse. Son esprit se laissa guider par la combinaison de ses intuitions et de ses dons. La belle rousse se retrouva dans la fange, dématérialisée, en travers du passage des cancrelats et autres joyeusetés rampants, face à un prisonnier recroquevillé à terre. Elle devina, plus qu'elle ne reconnut, la silhouette de Sterros. Il avait perdu de sa prestance. Sa stature si imposante était désormais presque frêle, rapportée à un tel individu.

L'Archimage, avec ses capacités de zhom bleu pour se fondre en tout liquide accessible, se « coula » dans l'eau ruisselante des parois d'une pseudo-cave. Se faufilant sous l'interstice du bas de porte, elle se glissa hors de la pièce. Elle mémorisa la cartographie de sa position, regagna par téléportation son enveloppe corporelle, et fit un rapport de ses découvertes.

De retour dans son écrin physique, Lalie indiqua la geôle du roi aux deux soldats désignés, Gronoss et Auréal, pour mener à bien l'évasion du monarque.

Tandis que les deux combattants se mettaient en route pour leur mission, la reine des elfes se téléportait dans le palais de Nymphéa et Hélias pour retrouver son rôle d'informatrice.

☆

Sterros était enfermé, depuis la défaite des forgosses contre les dragons, en ses terres. Il séjournait dans une cavité creusée à même la roche, anciennement un entrepôt de stockage sec et frais pour les denrées alimentaires. L'analogie entre sa captivité comme un animal de distraction, un jouet, ainsi que ses conditions d'enfermement ne lui avaient pas échappé. Et elle lui était déplaisante.

Au plus bas du donjon, bâtiment principal du château fort, l'ex-roi écoutait. Parfois, bien plus qu'il ne le désirait, il entendait des bruits de chaînes, de tortures, des rouages grinçants et des cris « grimaçants », comme des visages des gargouilles figés dans la douleur. Lui, il recevait les sons, visualisait la souffrance qui accompagnait ces hurlements.

Très amaigri, à la suite d'un régime draconien, voire dragonien, le roi affamé, déshydraté était réceptif à tout ce qui l'entourait. Cette fois, ce qu'il ourdissait était d'une autre nature. Il lui semblait percevoir les fracas de combats lointains, mais proches à la fois, des corps à corps. Toute la forteresse en était remuée. Des grondements, des chocs ébranlaient le bâtiment.

Des pas dans le couloir résonnèrent derrière la porte verrouillée. Des raclements, lors du glissement de la clé dans le pêne de la serrure, firent se redresser le roi.

— Sire ! On va forcer les fers qui vous enchaînent. Cela risque d'être douloureux. Nous sommes venus vous chercher !

Le gracile zhom bleu, face à lui, était équipé de pinces coupantes, de quoi armer un homininé et de victuailles !

Sterros attrapa sa part d'arsenal, se restaura prestement, se désaltéra par la même occasion, puis s'adressa aux deux militaires :

— Allons-y, ne traînez pas, la bienveillance n'est pas le fort de mes geôliers !

Sterros, une fois revenu de son étonnement, reprenait l'initiative des opérations. Il regardait tour à tour les deux sauveteurs, rapidement les présentations furent faites : le puissant forgosse barbu et trapu se nommait Gronoss, son comparse Auréal.

Le roi était de retour. Détaché de ses entraves, mais pas encore à l'air libre.

☆

# Chapitre 12

La reine des zhoms bleus, sous la forme de goutte, avait réussi à emmagasiner suffisamment d'énergie pour se mouvoir, sur la feuille qui la portait, jusqu'à la pointe effilée. Surtout, elle était maintenant capable de remonter le long de la nervure centrale. De là, atteindre l'attache, l'accroche fixée à la ramure de l'arbuste.

La constatation de cette petite victoire lui insufflait la vitalité nécessaire pour tenter d'autres expériences. Elle se concentra, ou plutôt visualisa ses nouvelles courbes. Elle s'imaginait enflant puis rétrécissant. Lors de ses efforts, elle sentait s'étirer et se dilater les zébrures bleues de sa face dorsale.

Elle était consciente du recul de ces dernières quand elle réduisait son propre volume. La mobilité était à sa portée, comme la modification de taille, faiblement certes, une pulsation, mais le résultat était là ! Et cela, sans l'apport de la chaleur solaire du trait matinal... il était encore tôt, le jour n'était pas levé, la lumière viendrait sous peu, lui apportant un flux énergétique bienfaisant, pour remplacer celui dissipé lors de ses précédents essais.

Nymphéa attendait dès lors, impatiemment, l'ardent rayon, comme d'autres désiraient l'eau pour se désaltérer. Elle devait, à tout prix, reprendre des forces. Elle se rendait compte de la dépense d'énergie engagée, la perte, la diminution de ses moyens. Il fallait vraiment qu'elle se ressource. Le messager solaire revêtait ainsi une fonction « d'alimentation », de fournisseur de « carburant ».

Elle comprit, à cet instant, qu'elle se servait, utilisait un être, une entité, pour atteindre ses propres buts. Elle était manipulatrice. Réaliser ses desseins pour rejoindre son Hélias, peu importe la méthode. Forte de ses résultats, de leurs efficacités, sa détermination en était renforcée. Son entêtement revenait à grande vitesse, avec fermeté, elle arriverait à son objectif.

☆

Hélias cherchait la bulle bleue à la cime du mûrier. S'attendant à la trouver à la pointe de celle-ci, il fut surpris de la voir remonter la pente en « S. » de la feuille. Parti en éclaireur, comme détaché de la masse mère du soleil, en fait séparé de l'astre par un nuage, il avait alors observé le phénomène insolite, avec stupéfaction.

Ce en quoi l'on s'étonnait qu'un rayon solaire puisse percevoir quoi que ce fût. Mais, dans ce monde étrange de Prudhomgon, dans cette galaxie d'Utopie, tous les possibles étaient envisageables. Le référentiel utilisé n'était pas courant : les éléments de la nature avaient des ressentis ; par ailleurs, il était vrai que ces deux-là étaient imprégnés d'une conscience externe. Ils avaient été transformés par Asmodèle...

Alors, il se mit à croire en l'avenir. Nymphéa, il la retrouverait. Il l'espérait, le sentait, le savait. Son double, son complément, sa reine et sa femme. Il revoyait son visage, se remémorait sa voix.

*Exit la goutte de rosée sur sa feuille. Comment avait-il pu se laisser obscurcir l'esprit par cette chose insignifiante* ? Mais qui l'intriguait tout de même...

Il se mit en quête des reflets azurés de la sphère matinale, la trouva à la cime de la même feuille du mûrier. Dardant ses rayons sur la frêle surface sphérique, il la vit frémir sous sa caresse chaude. À son toucher, la perle enfla. Surpris, il réitéra le contact. Les vibrations se reproduisirent et le volume de la goutte augmenta. Déstabilisé, l'ex-prince solrys se drapa dans un nuage qui passait par là. Au travers des nuées, il constata son changement de taille, elle avait diminué.

La perle de rosée, il en était persuadé, sous l'impulsion de sa volonté propre était capable de mouvements autonomes. Indépendants de ceux liés à la gravité. Contre toute attente, elle avait réussi à créer des déplacements « personnels ».

Lui, à ce contact, se sentait aspiré, amoindri et dans une faible mesure, dépossédé de son énergie. Comme arraché à lui-même. Hélias en était d'autant plus ébahi. La curiosité se combinait à une sorte de crainte, d'anxiété liée à l'inconnu. Dans toute conscience vivante, le différent de soi, l'inexpliqué effrayait après avoir fasciné.

☆

Trop estomaquée pour réagir, Asmodèle était à terre, en position d'infériorité. Acceptée dans ce seul contexte, celui de joutes sexuelles. Haletants, les deux dragons, essoufflés, ahanaient bruyamment. Le mobilier, épars au sol, révélait la fougue des assauts. Les bijoux, perles et colliers, que l'hybride affectionnait tant, étaient étalés et dispersés en tous sens. Les tentures murales en partie calcinées.

Les échanges gutturaux, articulés ou non, avaient été étouffés par la fureur des gestes, par la violence des contacts. Le boucan qui en résultait couvrait le vacarme armé venant du quartier des cellules. La soldatesque de dragons se déplaçait pourtant bruyamment dans les couloirs, les coursives, ou en escaladant les escaliers.

Rien n'avait atteint la bulle passionnée des amants : des collisions entre titans qui se télescopaient et rebondissaient sur les murs. Les deux reptiles étaient assourdis par leurs ébats. La sorcière, entre la jouissance de l'abandon, la reddition de sa puissance à Nexitys, soufflait des fumerolles de plaisir soufré par ses naseaux.

Le chancelier, quant à lui, rugissait voluptueusement du pouvoir qu'il avait sur sa souveraine. Tout en ayant conscience de l'effet transitoire de celui-ci ; son ascendant sur Asmodèle serait de courtes durées, limitées à ce lieu et cette activité. Il devait veiller à rester en vie. La versatilité de la druidesse noire était notoire. Il était impératif d'être prudent, s'il voulait durer, voire réaliser ses desseins..., oui, il avait un but. Le régisseur n'était pas totalement asservi comme pouvait le supposer la saurienne. Il avait des projets pour elle, l'infomnème voyait l'état paranoïaque, schizophrène qui habitait la dragonne : ils étaient nombreux, ou nombreuses, à vivre derrière ce regard aux pupilles dilatées, en conciliabule souvent. La sorcière dialoguait fréquemment toute seule, faisait questions et réponses sur des tessitures gutturales différentes. Des personnalités multiples dans ce crâne, à n'en point douter !

Dominatrice, despotique, autoritaire dictatrice, comme beaucoup de chefs militaires au pouvoir, à la suite de putschs. Elle n'échappait pas à la règle de la folie illuminée et hallucinée. Pour ces raisons, vivre dans son sillage pouvait s'avérer une très courte expérience. D'où la prudence quasi nécessaire de Nexitys, avec sa capacité de dissimulation bien employée. La survie était là aussi un maître mot.

☆

Lalie éprouvait une infinie tendresse à s'introduire dans l'intimité de Sterros, elle avait un penchant protecteur pour ce roi bourru, diminué par sa captivité. Elle, la frêle rousse, se sentait responsable du colosse forgosse. Un élan de compassion, une empathie envers ce monarque digne et combatif. Elle lui apporterait tout le soutien psychique qu'elle pourrait déployer.

Pour l'heure, elle devait trouver le moyen de se délocaliser sur les terres de son mari. Ici, la situation était entre les mains des hauts dirigeants et des jeunes mages, qui se cachaient dans les bois à proximité du palais-citadelle de sa cousine. L'armée se constituait.

Une fois le déplacement spatial effectué, la souveraine des Nobles elfes se retrouva parmi les décombres de son palais, plus que des ruines ! Partant à la recherche de son mari, elle espérait encore le trouver vivant, même blessé elle le voulait là, maintenant.

Elle ne croisait que les dépouilles mutilées et brisées de ses sujets... Les enfants déchiquetés, démembrés, gisaient à terre, comme rongés et mâchés par de puissantes dents. Les rivières du fluide vert elfique mêlé au sang des victimes. L'Archimage refusait d'épiloguer sur ce qui s'était passé et le destin qui les avait frappés. Des adultes étripés, viscères à l'air, dans des crispations d'effrois et de douleurs, semblaient hurler leurs dernières grimaces. La terreur de l'impuissance face à leur sort inéluctable. La souffrance figée sur leur visage. Un massacre complet. Comme une folie psychopathe fondant sur des innocents. Toujours pas d'Elfius.

Lalie décidait de sortir du château. La prairie immédiate était marron du sang séché des victimes, celles d'un génocide perpétré sans aucun état d'âme. Aucune compassion ni pitié n'avait animé les assaillants armés, ils avaient décimé le peuple elfique. Sur le promontoire, dominant la clairière, un trône de crânes, un corps positionné dessus, ligoté à un poteau. Décapité. Une tenue d'apparat.

La reine des elfes repartit chancelante. Elle avait compris. Le cœur dévasté, pas une larme, une démarche de zombie. Le froid enveloppa la souveraine. Son sang se glaçait. Une colère sourde et tenace l'habitait, la faisait avancer.

☆

Le roi des forgosses, enfin sorti de sa cellule et accompagné par ses deux libérateurs, tentait de gagner les étages supérieurs. Sterros, en tant que monarque, était une capture de choix pour les dragons. Sa détention garantissait la docilité de ses sujets.

Il était donc impératif, pour qu'une quelconque prise de conscience puis un soulèvement s'organisent, que l'ex-captif soit vivant et se montre à la tête des armées de la résistance. Afin de les mener avec enthousiasme aux combats, qui se précipiteraient dès que son évasion serait annoncée. Il devait être dehors, sur les lignes de front auprès des combattants, avant que l'alerte ne soit donnée.

Ne pas être exterminé avant d'avoir créé l'offensive initiale, décisive, celle qui déstabilise. Il fallait frapper les premiers. La puissance des dragons ne serait mise à mal que par un effet de surprise suffisamment conséquent. Fragiliser leurs bases, ébranler leurs certitudes.

Petit à petit, d'escaliers en portes, de passages occultés par des tentures en salles obscures — Sterros connaissait leurs positions, puisqu'il en était autrefois le souverain, y avait joué enfant —, le petit groupe progressait au sein de la bâtisse. Il leur était aisé d'avancer.

Les dragons ignoraient, à cet instant, l'évasion du roi-forgeron, de plus, les mastodontes n'étaient pas d'une grande discrétion, sauf s'ils les camouflaient par des capacités de mimétismes, propres aux infomnèmes. Leur présence, leurs déplacements s'entendaient de très loin, ils n'avaient aucune raison de se montrer discrets en ces lieux et moments. Le vacarme des mouvements des reptiles dissimulait la progression des homininés. Rien ne justifiait la moindre méfiance des sauriens ; ils ne se doutaient pas de ce qui se passait à quelques enjambées de leurs pattes !

Des bruits assourdissants, des grognements : une lutte entre mastodontes se déroulait sûrement dans l'enceinte du palais. Les homininés se figèrent instantanément dans un des couloirs menant aux zones de services. Mais, leurs geôliers ne réagissaient pas. Cela devait être normal, habituel ou récurrent, en bref fréquent.

Gagnant les cuisines, désirant s'évader par les communs qui recevaient d'ordinaire les provisions, les fuyards pouvaient sentir l'odeur de la pluie, cette fragrance un peu métallique, parfois putride qui émanait des carcasses, non débarrassées des précédents combats. Mais, cette ondée avait pour le roi, un parfum de la liberté.

Le monarque regarda avec gratitude Auréal et Gronoss ; à l'extérieur les attendaient leurs compagnons d'armes. Ici, dans le fracas des sons véhiculés par les pierres froides des murs et les hauts plafonds, il y avait peut-être moyen de mettre un terme à la domination d'Asmodèle...

☆

# Chapitre 13

Nymphéa se réveillait ; son rayon porteur d'énergie allait lui fournir sa dose nécessaire de chaleur. Celle qui lui permettrait d'aller de l'avant, en tout cas elle l'espérait. Elle ne savait pas encore comment, mais elle était sûre que c'était la méthode à utiliser. Le ciel était dégagé. Aucun obstacle à l'horizon ne viendrait contrecarrer ses projets.

Il arrivait. D'emblée, la perle de rosée capturait les ondes caloriques et thermiques. Elle enflait. Ses zébrures bleutées vibraient, la feuille qui la soutenait tremblait. Elle entendait vrombir la ramure sur laquelle la foliacée était rattachée. Nymphéa commençait à glisser ; se concentrant de toutes les manières qu'elle pouvait — pas évident quand on était une goutte d'eau —, elle maintenait sa position en haut de la nervure principale. *Pas question de descendre au niveau de la pointe, il était trop tôt.* Ses pensées se focalisaient sur la stratégie qu'elle avait mise en place.

Elle ressentait la symbiose avec le faisceau solaire. Elle l'entendait crier de douleur sous la « vampirisation » qu'elle lui infligeait. Oui, elle lui arrachait sa force, son essence et ses propriétés. Mais voilà, son but était fixé, elle avait un moyen d'y parvenir, et pas de temps à perdre !

Dommage, elle l'aimait bien. Sa douceur, sa présence rassurante, tous les matins. Il avait été là. À sa manière, il avait su faire barrière à un défaitisme qui aurait pu s'installer ; attitude tout à fait compréhensible au vu de ce qu'avait vécu la jeune reine.

Ses caresses, toujours chaudes, sensuelles et tendres, celles d'un amant. Elles auraient pu être d'Hélias. Mais voilà, son conjoint solrys était maintenant « un guide, une lumière », d'après Asmodèle.

*Maudite sorcière* !, pensait la goutte de rosée. *Tu m'as pris mon titre, mes terres, détruit mon royaume, décimé mon peuple. Douleurs et pertes impardonnables, tu m'as arraché mon mari, ma vie... L'un a disparu, à la suite d'un sort que tu lui as jeté. Il est désormais dans une situation que j'ignore. Quant à la deuxième, elle se résume à des apparitions aqueuses fugaces et immobiles. Tu me le payeras, au centuple !*

Forte de ses résolutions, Nymphéa fit fi de ses doutes et remords, elle continua de s'abreuver au rayon solaire pour capter du « carburant », une source ardente de vigueur, de puissance.

☆

Le chambellan solrys, impatient, tenait à sa réalité, attendait la rotation de la planète pour la voir elle, la perle du matin. Toucher la goutte de rosée, revivre cet instant où elle avait volontairement « remonté » la nervure de la feuille. Il tombait presque amoureux. Il était fou de sa femme, Nymphéa, mais sa présence lui manquait tellement qu'il perdait le sens du concret.

*Le contexte actuel était-il la vérité d'ailleurs ? Ne vivais-je pas un cauchemar ? Ou dans cette situation ubuesque, la sphère bleutée ne serait-elle pas mon oxygène, ou je suis en plein délire et vais me réveiller bientôt, ce doit être ça !*

Hélias commençait à douter de son état mental. De la réalité du contexte.

*Peut-être est-ce un monde parallèle, ou un effet secondaire d'un choc post-traumatique dû à la guerre que je suis en train de vivre ? Je décompense, et m'enfonce dans la déprime.*

Bien que son cœur s'emballât à chacune des pensées qu'il avait pour sa femme, il respirait grâce à cette petite perle de rosée. Ou pas.

Ça y était, il la voyait en haut de sa feuille. Azurée et couverte de zébrures. La seule de son espèce à avoir cet aspect. Il s'approcha d'elle avec douceur, lentement, afin de glisser sensuellement sur elle. Quand soudain, il fut happé, agrippé par une volonté hors normes, qu'il n'avait rencontrée qu'une seule fois, chez sa femme.

La douleur fut fulgurante. Il ne comprenait plus ce qui se passait. Où était la frêle et transparente bille matinale ? Des doigts psychiques transperçaient Hélias, le maintenaient, par une bouche virtuelle qui aspirait sa vitalité. Un succube liquide, une mante religieuse glissée dans une enveloppe d'eau, une amante dévoreuse d'âme.

Il ne put retenir un cri mental. Un déchirement qui se prolongea sur toute la longueur de sa fibre lumineuse. Ses vibrations pseudo-sonores s'infiltraient dans la larme de l'aube. Elle enflait, enflait, enflait... et lui, il se vidait de son énergie. Sa chaleur le désertait, sa luminosité s'affadissait, sa vitalité fuyait. Une sensation d'engourdissement l'étreignit soudain, le flou envahit son champ visuel. Il perdait de son intégrité, il vacillait. Subitement, il craignait de mourir sans revoir sa reine. Puis il s'évanouit.

☆

Nexitys sortait de la chambre « Royale » avec un sentiment de malaise. La druidesse lui avait enjoint de se renseigner sur le raffut qu'ils avaient entendu, dès lors qu'ils avaient cessé leurs ébats. Le saurien voyait les autres dragons courir dans toutes les directions.

Un méli-mélo de pièces d'armures voltigeait en tous sens. Des épées longues et fines, maniables pour le corps à corps, très peu pour les serres des reptiles, mais les clichés militaires ont la vie dure. Des écus gigantesques, des plastrons et collerettes, des casques... et ce bal d'équipements dans les différents couloirs.

Chaque soldat recherchait son matériel dans un monumental bazar ! Aucune hiérarchie ni organisation, tant que les chefs de rangs n'étaient pas nommés, publiquement, dans leurs attributions et fonctions.

— chancelier ! Le roi des forgosses s'est évadé ! Il y a une armée à la lisière du bois !, l'apostropha un proligrogne dès qu'il eut franchi le seuil de la porte.

— Et c'est maintenant que tu me préviens, bougre d'abruti ! Vous autres, les dragons rouges, vous êtes totalement décérébrés ! Ou quoi ? *En fait, le régisseur se souvint, en se tapant le front de la patte, que oui ils l'étaient.* Pourquoi n'es-tu pas venu le signaler immédiatement ? Pourquoi n'as-tu pas toqué à la porte ? Pourquoi être demeuré dehors ?

— Frapper, on l'a fait. Entrer ? Ah non ! Pas sans autorisation de la druidesse noire, j'ai une famille à nourrir, je dois rester en vie ! lui répondit le soldat.

Faisant volte-face, le chancelier pénétra sans frapper chez Asmodèle. Mal lui en prit, il fut « flammé, flambé, allumé » avant d'avoir pu s'exprimer. La sorcière, reconnaissant alors son intrus, vint éteindre les flammes de son courroux.

— Pour qui vous pensez-vous être pour vous introduire chez moi de la sorte, sans vous annoncer, espèce de vil inférieur !, lui éructa l'hybride.

— Sterros s'est échappé, ma reine, vomit dans un souffle d'épuisement Nexitys.

Il s'affaissa. Pas longtemps ! À grands coups de baffes, griffant les joues de son partenaire au passage, la souveraine réanima le chancelier.

— Comment ça ? Évadé ? Qu'est-ce que c'est que cette invraisemblance ? Où sont les gardes ? Et pourquoi n'ai-je pas été prévenue ? La colère, la rage déformaient les traits déjà hideux, pour tout être autre que dragon, d'Asmodèle.

— Et il y a une armée à la lisière du bois, ânonna le régisseur.

C'en était trop pour l'orgueil de la dragonne. Elle fondit sur son Maître du lit, leva la patte droite. Il se couvrit les yeux. Elle se ravisa. *Qui prendrait la tête de ses soldats si elle l'occisait ?* Elle le laissa donc là, et sortit précipitamment de ses appartements.

☆

L'escapade de l'Archimage avait duré fort peu de temps en fait. Les Suivantes de Nymphéa s'étaient inquiétées du retard de la reine des elfes. Lalie ne les avait averties en rien de ses projets. La souveraine était partie à leur insu, si bien que les Dames d'Atour la pensaient auprès des résistants. Si ce n'était le teint livide de la magicienne, rien ne transpirait du trouble qui l'agitait.

S'isolant du reste du groupe, la jeune femme rousse désirait pleurer son Elfius.

— Vous l'aimiez passionnément votre époux, Dame Lalie ? questionna la nurse de Nymphéa, psychologue.

— J'étais, je suis encore follement amoureuse de lui. Il était la meilleure chose qui me soit arrivée, et maintenant ma plus grande déchirure. Son absence me pèse déjà énormément. C'est donc une douleur et perte terrible. Ne pas avoir le droit de lui montrer mon amour, ne plus pouvoir le lui témoigner. Je n'attendais rien de lui, ne lui demandais rien. Juste l'aimer. La souveraine des elfes se livra sans retenue, sans dissimulation. La souffrance était trop forte. Elle serait là longtemps.

— Pardon, majesté, je ne voulais pas vous importuner. Permettez que je me retire. Je vais m'atteler à la confection du repas. C'est mon tour, ce soir. Je viendrai vous prévenir dès que ce sera prêt.

La Dame d'Atour s'éloigna et laissa la magicienne en proie à ses sentiments, silencieuse.

La jeune reine commençait son deuil, sans corps à honorer, sans tambour ni trompette. Aucun étendard ou oriflamme ni bouclier héraldiques ne ferait briller les couleurs de la maison des Nobles elfes. Aucun sujet ne viendrait saluer la dépouille du roi... Le peuple de la forêt avait été décimé. Lalie partit pour une longue nuit blanche, douloureuse du passé, absente d'un futur espéré.

Le lendemain, la souveraine fut prise de violentes quintes de toux. Des crispations importantes dans le ventre, des élancements dans les reins ainsi que de fortes courbatures dans tout son corps.

Ses pérégrinations, ou l'utilisation à outrance de ses pouvoirs psychiques se faisaient sentir sur son organisme. Peut-être y avait-il une autre raison ? La druidesse blanche devait se pencher sur sa santé, pour le bien des rescapés, celui de sa cousine et d'Hélias, couple à retrouver. Pour guider, prêter main-forte à Sterros dans son évasion.

☆

Une nuée de noms d'oiseaux s'abattait sur les militaires reptiliens tout proches. C'est du moins ce que pensaient les bipèdes cachés derrière les tentures. Car le langage employé n'avait rien de compréhensible pour une oreille de forgosse, ou de zhom bleu, seul Elfius aurait pu interpréter ces sons.

Les cliquetis et grondements de créature à sang-froid, comme les dragons, étaient un peu complexes pour celui qui ne pratiquait pas cet idiome couramment. Sterros avait toutefois reconnu la tessiture gutturale d'Asmodèle. Peu de temps après, un cor sonna. L'alarme était donnée. Les fuyards devraient être plus attentifs, sur leurs gardes, surtout depuis le changement d'objectif.

Mais l'effet de surprise, bien que toujours présent, allait être un peu atténué. Les trois comparses ne regagneraient pas immédiatement la verte protection du bois. Frondaison sous laquelle étaient postés les contingents armés de l'assemblage des rescapés des précédentes défaites. Non, dans un premier temps ils resteraient dans la forteresse.

Le roi-forgeron, avec sa connaissance des lieux, rendait les déplacements précis et rapides pour l'équipe. Il leur fut aisé de gagner les parties habitées du donjon. Notamment les appartements privés de la druidesse.

La porte n'était pas gardée ; tous les gardes et soldats « battaient » le pavé, en l'occurrence la terre en guise de plancher. Tous étaient à la recherche du fuyard. Et de lui seul ! Personne ne songeait à une complicité venue de l'extérieur.

Le roi appuya sur la poignée de la porte, l'entrouvrit et les trois acolytes entrèrent.

Au sol, gisait Nexitys, un peu marqué, la collerette en bataille et une dent de moins à cause des claques revigorantes d'Asmodèle. Inanimé, le dragon était pour le moment inoffensif. Les trois homininés, pour la bonne forme, lui administrèrent un puissant narcotique, le ligotèrent SOLIDEMENT et le bâillonnèrent. Ils glissèrent dans sa gueule une substance anti-feu, de fabrication plus aléatoire que scientifique, dont le fonctionnement avait fait ses preuves. Il ne s'agissait pas que le bâillon s'enflammât, une fois le dragon et sa volonté éveillés, pour risquer de perdre le petit avantage qu'ils avaient.

☆

# Chapitre 14

La goutte de rosée, encore fixée à sa feuille, ressemblait à un bel abricot bleu, mais de la densité d'un liquide, donc plus faible. Nymphéa utilisait dorénavant ses facultés pour extirper l'énergie du dard solaire, garder son équilibre malgré l'attraction de la pesanteur qui se faisait sentir.

Plus aucune résistance de la part du rayon, elle « pompait » sa vitalité. Aucun remord du côté de l'ancienne souveraine, rien. Elle était devenue une machine, déterminée à atteindre son but. Oui, elle appréciait le chaud faisceau de lumière, énormément. Il fallait en finir, cela suffisait, il était temps d'agir, terminé de se laisser revenir comme une fadasse. Tant pis si elle passait pour intransigeante, une meurtrière même. D'abord, qui était cette entité ? Elle l'ignorait, s'en moquait pas mal, d'ailleurs, à l'instant présent. La reine voulait son homme, son presque roi, son solrys, son Hélias.

Elle enflait, lui s'éteignait. Sa luminosité décroissait, la température sous le feu de la caresse était moins élevée. Tout indiquait une diminution des capacités du rayon. Bientôt, elle se décrocherait de la feuille, son poids l'emporterait sur sa volonté. Tiens, elle comprenait tout d'un coup les difficultés liées à la corpulence de certaines de ses ex-Suivantes. Comment parfois leurs aspects corporels les ralentissaient-ils dans leurs mouvements, les contraignaient-ils à certaines postures, et les empêchaient-ils de pratiquer certaines activités ?

Si elle revenait à une forme plus proche des homininés, elle se promit d'être plus indulgente vis-à-vis de cela. Une remise en question générale s'imposait de toute façon. Nymphéa avait des comptes à rendre à sa conscience notamment, elle devait transiger fermement sur d'autres points.

*Il était inconcevable que la seule alliance entre les diverses sociétés de dragons ait pu conduire à la reddition, à la disparition d'autant d'individus. Il devait y avoir eu des accointances, des complots, des trahisons, des échanges de messages. Il existait sûrement des preuves, des traces.* Telles étaient les pensées de la jeune reine alors qu'elle vidait le rayon de sa force, de sa vie.

☆

Hélias ne souffrait plus. Privé de volonté, l'ex-solrys ne réagissait plus, anéanti, épuisé, par la diminution puis sa perte d'énergie, sa passivité ressemblait à une paralysie transitoire. L'ex-prince réalisait qu'il fournissait la vigueur nécessaire à la perle de rosée, celle qui alimentait la sève bleue. Désarçonné par les actions agressives de la sphère, il ne comprenait rien à son comportement.

Il avait conscience de l'intrusion, dans son mental, de celui de la gouttelette. Jusqu'alors, ils étaient bien ensemble, en communion, en fusion. Maintenant, il se dissolvait, s'effaçait dans la perle. La peur avait fui. Ne restaient que le désarroi et le vide. Une certitude l'envahit, celle de perdre à jamais l'espoir de revoir les yeux verts de Nymphéa, son dos si magnifiquement, zébré de ramures végétales autour desquelles voletaient des papillons... Comme en cet instant, les rayures de...

*LA PERLE ! LA GOUTTE ! NYMPHÉA ARRÊTE, JE TE VOIS !* L'éveil fut brutal, fulgurant. Hélias identifiait, en cette transparence azur, sa femme. *Non, je suis faible, je délire. Cela ne peut être elle. Pourtant, elle seule avait pu se connecter à moi sur les remparts, il y a fort longtemps. Elle seule possédait ces marques tellement reconnaissables !*

*ARRÊTE, TE DIS-JE ! Comment lui parler, l'atteindre ? Je dois bouger, la forcer à m'écouter. Je suis un solrys, que diable ! Un être doué de facultés psychiques, dont la télépathie ! Si elle ne m'entend pas, c'en est fini de moi, de nous et d'elle. Elle ne pourra jamais se le pardonner.* Hélias désirait crier, mais son énergie et sa volonté étaient plus que ténues. Sans compter que l'ex-chambellan ignorait comment s'y prendre.

Il rassembla les maigres forces qui lui restaient, le jeune prince en frissonnait sous l'effort, il avait le tournis, la nausée. Il devait communiquer avec l'imposante autorité qui l'envahissait, le dépossédait de sa consistance et puissance. Il avait toujours été surpris des facultés de sa femme, ne l'en admirait que davantage. Même dans ces conditions, il louait son courage, sa détermination ; tant pis si le contexte était à son détriment.

☆

Asmodèle se retrouvait dans le couloir, au milieu d'un va-et-vient incessant de reptiles. Les armes étaient à peu près en place sur les corps des soldats, un peu de guingois, mais posées.

— Vous, dites-moi où se trouve celui qui est responsable des cachots, s'énerva la sorcière sur le premier militaire présent.

Surpris, le guerrier resta sans voix. Il finit par bredouiller trois borborygmes en indiquant les étages inférieurs.

L'hybride se précipita, bouscula tous les obstacles devant elle. Mobiliers, armes, gardes, victuailles, sa colère lui donnait des ailes, une paire supplémentaire, fictive.

Asmodèle « déboula » dans les étroites coursives des sous-sols qui menaient aux cellules. La souveraine exhalait des fumées à haute teneur en soufre, aussi nocives que sa fureur était dévastatrice. Des fragments de parois rocheuses se détachaient à la suite des coups assénés, à toutes volées, par la druidesse. Sa tête frôlait la voûte, ses épaules se choquaient alternativement contre les murs. Ce n'était vraiment pas l'espace adéquat pour un reptile de cette taille !

Elle arriva enfin devant la geôle de Sterros. La porte était ouverte, les chaînes à terre ; oui, elle devait se rendre à l'évidence : il avait fui, son prisonnier s'était volatilisé.

L'alarme avait déjà été donnée. Elle regagna donc les étages supérieurs, se dirigea vers la grande salle du conseil par des corridors encombrés de soldats et de matériels. Afin d'y arriver plus rapidement, elle décida d'emprunter les passages dérobés, les couloirs secrets.

Toute à ses pensées : organiser les recherches, se soucier de l'armée des homininés dans les bois, nommer un chef à la tête de ses combattants... et caetera, la sorcière ne pressentit pas des déplacements furtifs dans cette pénombre propice à une embuscade. Les mouvements des assaillants furent rapides, Asmodèle ne sentit pas le coup porté à sa nuque, là d'où partait sa nervure principale. Le seul endroit souple et tendre dans la carapace reptilienne, le Talon d'Achille des dragons. Qui avait osé s'en prendre à elle ?

☆

Lalie se leva précipitamment. Les douleurs abdominales se faisaient nauséeuses. Les crispations devenaient crampes. Il lui fallait vite un antiémétique. Vous savez, ce truc contre les vomissements, une petite prévention en fait. Il serait végétal, comme les principales ressources sur Prudhomgon.

Cela faisait bien au moins trois semaines que son corps était chamboulé. Entre l'obtention de son titre d'Archimage, ses fiançailles, son mariage avec Elfius, LA MORT ATROCE DE SON ROI, la guerre contre les dragons, l'organisation de la résistance et d'un gouvernement intérimaire, Lalie avait eu très peu de temps pour elle. Tout comme la plupart des homininés de la planète.

Elle n'était pas réellement surprise des dérèglements dans son organisme. Beaucoup d'habitants avaient tant, voire tout perdu, souvent leurs proches. Nombreux étaient ceux qui accusaient les chocs, subissaient les contrecoups, par des modifications, des altérations, de leur fonctionnement biologique. La santé passait au second plan. La survie primait. La magicienne réalisait que pour assumer ses charges elle devait d'être fonctionnelle, donc s'arrêter sur son état physique, somatique, et en prendre soin. Elle fit un bilan rapide des maux qui l'assaillaient. L'un d'entre eux était la non-expression des signes de sa féminité. En clair, elle avait un retard conséquent dans ses menstruations.

Au-delà des considérations sur son état sanitaire, la belle rousse devenait plus irascible. Ce n'était pas constant, mais juste plus fréquent qu'auparavant. Dans ses conditions, son objectivité, bien que réelle, était parfois teintée d'une pointe d'urgence, comme une exigence d'immédiabilité.

L'urgence, tout était urgence. Survivre, combattre, se protéger, mettre à l'abri, reconstruire. Tout était urgence.

Venir en aide, secourir, faire évader..., tout était urgence. Dans ce chaos, au milieu du tumulte, la sérénité et l'espoir tenaient lieu de but. En l'absence d'êtres chers, se recréer des amitiés, des attachements afin d'être entendu, soutenu et épaulé était vital.

Lalie basculait imperceptiblement d'Elfius à Sterros, elle le sentait. N'étaient-ils pas des souverains amis de longue date ? Avec beaucoup de points communs ? N'avaient-ils pas vécu leurs statuts de princes en même temps ? N'étaient-ils pas restés dans les meilleurs termes, après leurs accessions respectives au trône ? Tant de similitudes et caractéristiques rendaient la transition naturelle, évidente. Surtout, elle n'était pas indifférente au sourire, avec ses deux petites fossettes, à l'œil brillant d'espièglerie du géant... La reine retombait amoureuse.

☆

Les trois hommes n'avaient pas de plan préétabli. Ils connaissaient leur but, mais rien n'avait été organisé. La tâche, réalisable, semblait compliquée. Les trois individus devaient arriver à se déplacer dans les coursives sans se faire remarquer par les monstres gigantesques qui résidaient et évoluaient dans la forteresse. Gagner les passages secrets était le plus délicat. La connaissance des lieux par Sterros était un atout majeur. Les cartes avaient changé de main, ils détenaient le grand chambellan, ils possédaient une monnaie d'échange. Encombrante, certes, mais bien réelle.

Leur captif se réveillait enfin. Bâillonné et avec de la poudre anti-brasier dans le gosier, le reptile n'avait guère de champs de manœuvre ou d'expression, pour l'instant. Il analysa rapidement la situation. Les liens qui l'entravaient ne lui résisteraient pas longtemps. Nexitys avait là une chance de faire basculer l'équilibre vers quelque chose plus en rapport avec ses convictions, une cohabitation, acceptable, un retour à l'entente. Ou une tentative en tout cas.

Les trois hommes observaient l'infomnème. Comment le convaincre de se bouger ? Auréal, le zhom bleu, était prompt à la télépathie, mais le dragon avait tous ses sens en alerte, en fonction. Élément ignoré par l'homme-nymphe. Communiquant de manière psychique entre eux, les homininés décidèrent de renverser la sorcière noire. Et, avec l'aide d'un miracle, la détruire.

Ne pouvant rester inactif, en accord total avec les desseins de ses geôliers, le saurien s'agita afin de pouvoir attirer leur attention, exprimer ses idées.

— On va te retirer ce bâillon, mais au moindre son, tu trépasses !

Sterros se faisait le plus menaçant possible, mais il était faiblement crédible face au mastodonte. La seule arme efficace était, en fait, la décoction dans la gueule de l'animal. Ce dernier hocha la tête.

— Je suis télépathe, je vous ai entendus, et vais vous aider. Je désire moi aussi que cesse ces atrocités, réduire à néant l'influence maléfique d'Asmodèle.

Nexitys avait jeté sa tirade d'une traite, il craignait de ne pouvoir la finir. Même s'il s'exprimait, à la fois, dans leur esprit et de manière orale pour appuyer ses dires.

Le roi des forgosses se posait quand même la question de savoir comment ses « sauveteurs » l'avaient retrouvé. Ils n'avaient tout de même pas fouillé entièrement la forteresse pour arriver jusqu'à lui ! Sterros se promit de les interroger à un moment plus opportun.

☆

# Chapitre 15

Bientôt, il ne resterait rien de la belle présence caressante et rassurante. Nymphéa le vidait de toute substance. L'aura du dard solaire, tellement affaiblie qu'elle en était presque froide, devenait imperceptible. Sa résistance diminuait ; la goutte de rosée s'en était rendu compte.

Elle était donc aussi machiavélique que son ennemie, Asmodèle. Manipulatrice et destructrice... Les entités pures et innocentes, comme ce rayon, y passaient. N'avait-elle plus de valeur en tant qu'esprit éthéré ? Ou, les références de l'ex-reine s'étaient perdues, quand elle-même s'était vue transformée ?

Des excroissances se déplaçaient dans le maelstrom nourricier de la perle. Sa consistance mouvante s'était épaissie. Les zébrures avaient donné naissance à un liquide onctueux et bleu nacré. Les nuances d'azur se dissociaient, afin de se regrouper par tonalité de couleur identique. Il se créait des esquisses de formes..., la souveraine devinait des membres, reconnaissables, en ces masses.

Elle savait très bien comment elle en était arrivée à cette situation. Nymphéa décida donc de poursuivre sa métamorphose. Pourtant, un doute l'assaillait. Plutôt un remords. Comme une plainte lancinante et sourde. *Oui, j'ai mes objectifs et le moyen d'y parvenir.* Du moins, le pensait-elle. *Mais quelque chose me dérange, me chiffonne, me déplaît.* Un étau en elle se serrait, lui comprimait le cœur. Son cœur..., il demeurait absent pour le moment.

Elle n'avait que faire de ce rayon, et malgré tout, elle appréciait beaucoup ce dard. Le schisme, le dilemme était là. Elle ne pouvait combattre l'ambivalence de ses sentiments. Atteindre son but sans meurtrir cet être ; cela lui semblait impossible. Elle frôlait une nouvelle fois l'âme solaire inconsciente, allait à sa rencontre, la pénétrait. Nymphéa agissait comme une onde ou une vague qui s'échouait sur un écueil.

Par le biais de cette conduite, elle ressentit un apaisement, une tranquillité. Un grand calme la submergeait comme après un pardon, par anticipation, du mal qu'elle engendrait. La même sérénité s'emparait d'elle autrefois dans les bras de son mari, de son amant.

Elle s'attarda sur l'enveloppe inerte du rayon, considéra avec plus d'attention ce qu'elle ressentait. Une émotion de déjà vu l'envahissait. Différente de celle qui existait quand le faisceau lumineux la touchait jusqu'alors. Non, là c'était identique à l'abandon offert par la reine à son amant, au bien-être qui émanait d'elle dans le contexte sensuel de leurs ébats.

— *C'EST IMPOSSIBLE... !* La souveraine ouvrit les yeux en même temps qu'elle prenait conscience de ses actes et de leurs conséquences. *Lui, c'était lui !*

☆

Le prince solrys sombrait dans le néant. Vivant, mais désincarné, inanimé, il perdait consistance et épaisseur. Son être devenait irréel, absent et virtuel. Il glissait vers l'oubli et l'inaccessible. Il était le spectateur de sa destruction ; celle menée par sa femme, ignorant à qui elle infligeait ce traitement. Lui, avait reconnu Nymphéa, il la voyait maintenant. Le chancelier avait deviné son âme sœur dans la sphère azur.

*Nymphéa, entends-moi, c'est moi, Hélias, ton mari dévoué et attentif. Je suis épuisé. Arrête-toi ! Je m'éteins. Tu me dévores de l'intérieur. Nous sommes ensemble, et trouverons une solution. Je te vois changer de forme et d'apparence, des remous agitent ta bulle. Des embryons de membres sont en train de grandir. Tu renais, mais tu me tues.*

La baisse notable d'énergie du rayon le mena à se désolidariser de la masse solaire. Il n'avait plus aucune attache avec l'astre. Il ne dérivait pourtant pas au sein des nuages. Il restait relié au planétoïde grâce à la ténacité de la goutte de rosée, il flottait tel un cerf-volant, facilitant ainsi sa pseudo-exsanguination. À la merci de l'appétit vorace et dévastateur de la nouvelle structure de sa femme.

Hélias comprenait le but, ou imaginait l'objectif. La seule raison pour laquelle Nymphéa serait devenue vampirique, boulimique de sa vie, de son énergie, était son souhait de revenir à sa forme de départ, puis trouver le moyen de reformer son couple. Il concevait cette action, mais refusait de ne pas participer aux projets de sa femme. Il ne voulait pas en être exclu.

Affaibli, il se recentra, rassembla le peu de force qui lui restait. Avec détermination, il tenta de se détacher de la perle de rosée dans des stridences suraiguës. L'ex-prince ne réussit pourtant qu'à s'enfoncer davantage dans le vide, vers des rivages inaccessibles à toute forme de vie.

☆

Asmodèle sentait un liquide poisseux se répandre dans son cou épais et écailleux, s'épancher à partir de sa nuque à l'épiderme fin, presque translucide.

Dans la pénombre du passage dérobé, elle s'écroula sur les genoux de ses pattes arrière, tandis que ses serres avant griffaient la roche humide de la paroi. Ses ailes, dans des mouvements involontaires, des arcs réflexes spasmodiques, bruissaient et battaient l'air confiné.

Des bruits de corps, atterrissant sur le sol, lui parvenaient. Par endroit la poussière, luminescente sous la faible et rare clarté qui s'infiltrait grâce à la raie sous le pas de la porte d'accès, voltigeait et faisait tousser la dragonne. Du sang noir jaillissait, par jets successifs lors de ses expectorations. Elle entendait des pas, plus qu'elle ne devinait, dans cette semi-obscurité, les empreintes à terre. Des voix, des raclements se faisaient écho sur le dallage glacé.

Puis, elle les vit. D'abord des chausses crottées surmontées de caleçons, des braies, presque des haillons, des guenilles trouées. Les chemises, plus ou moins bien dissimulées par des tuniques sombres, étaient informes.

Trois paires de pieds, une de griffes, se tenaient devant elle toujours vautrée à terre. Des serres crochues, limées et entretenues. Qui l'avait trahie ? Un soldat, un geôlier ? Cela expliquerait l'évasion du forgosse. Bien que les pattes ainsi soignées fussent susceptibles d'appartenir à un haut dragon, c'était la meilleure hypothèse.

Elle se doutait qu'une des paires de chausses était au roi-forgeron. Elle n'avait encore croisé le regard d'aucuns. Roulant sur le flanc, elle put alors observer, détailler ses assaillants. Sterros, logique, impérial dans son attitude de domination ; un zhom bleu que ses complices nommaient Auréal ; un autre forgosse, petit et trapu, répondait à Gronoss lorsque ses acolytes l'appelaient.

Elle retardait l'instant, où elle verrait qui dans ses rangs avait retourné sa veste qui avait résisté au charme de sa camisole mentale jeté sur les reptiles. Asmodèle, même ainsi asservie, en position de faiblesse, pouvait toujours brûler, cramer, frire, cuire ou rôtir quiconque était à sa portée !

Était-ce de l'orgueil, ou une grande confiance en ses capacités ? Elle différa l'incendie, le temps de dévisager tous ses agresseurs.

☆

Lalie se réveillait, de plus en plus fréquemment, avec des nausées matinales. Le doute n'était plus permis. La jeune souveraine était grosse, enceinte, pleine. Porteuse de nain, ou de naine. Un enfant, en bref ! Joie et galère. Euphorie et anxiété. Impatience et horizon lointain. Le peuple des elfes survivra donc, grâce à la descendance de son roi et de l'Archimage.

— Par Hadès, j'en ai plein mon pourpoint ! La poisse, mes chausses sont foutues, et pour couronner le tout, j'en ai aussi dans les cheveux ! Qu'est-ce que ça « puire » ce truc ! C'est atroce ! Qui a dit que la grossesse c'est beau ? Quel est le non concerné amnésique qui proférait ses aberrations ? Un mâle ! Ce ne peut être que cela ! tempêtait la vacillante rousse. Elle était secouée de spasmes violents, mais fort heureusement de courtes durées.

La reine des elfes se dirigea vers ses compagnons. Bientôt sa situation serait visible, elle devait anticiper et protéger cet enfant. Une future vie, improbable, sommait différentes lignées : les elfes, les zhoms bleus et les infomnèmes. *Quel serait le devenir de cet héritier avec une telle ascendance* ? Son avenir inquiétait Lalie.

La jeune femme se prit alors en pleine face d'autres interrogations : *comment allaient se dérouler la grossesse, puis la naissance ?* Toutes ses réflexions tournaient en boucle dans l'esprit de la magicienne tandis qu'elle approchait du groupe resté dans les soubassements du palais de Nymphéa et Hélias.

Autant les débuts de journée étaient immuables, tant la suite pouvait être riche en événements. Tous savaient, à présent, que la petite équipe envoyée par la résistance avait atteint son but : délivrer le roi forgosse.

La diplomate rousse faisait des incursions auprès du groupe bloqué dans la citadelle du roi-forgeron, elle désirait suivre l'évolution de l'évasion de Sterros. Escapades, non physiques, invisibles, même au regard des partisans dans le bois tout proche. Rien ne devait perturber la réussite complète de cette mission : sortir le souverain de son emprisonnement, le ramener parmi les rescapés. Les alliés : une armée de résistants dans la sylve près du palais de sa cousine et du roi solrys, et une escouade détachée en renfort sous les arbres à proximité de la forteresse forgosse.

☆

Les trois hommes étaient sidérés par les aveux de l'infomnème ! Ils comprenaient mieux la relative facilitée avec laquelle toutes les nations bipèdes furent vaincues... Ils n'ignoraient pas les facultés de certaines ethnies dragonnes, mais n'avaient jamais envisagé une évolution aussi poussée vers la télépathie. Et encore moins les fuites involontaires et naïves du roi des elfes ! Ses amitiés, beuveries tonitruantes, et irréfléchies, avaient été lourdes de conséquences.

Les discours télépathiques étaient maintenant inutiles entre eux, Sterros, Auréal et Gronoss parlèrent librement, demandèrent des éclaircissements sur le revirement d'allégeance de Nexitys, le grand chancelier.

Ceux-ci furent ravis de compter un atout de poids et de feu dans leurs rangs. Ils apprirent que les pouvoirs d'Asmodèle s'amenuisaient du fait de leurs maintiens, constants, sur un nombre important de reptiles. Avec des degrés divers selon les espèces des sauriens. Cette attention soutenue, permanente, diminuait l'efficacité du sortilège de camisole mentale.

D'autres dragons se réveillaient, récupéraient petit à petit leur indépendance et autonomie. Un soulèvement des mastodontes était envisageable après leurs reprises de conscience. Nexitys était apte à être le fédérateur de ce mouvement, et prêt à faire une alliance, sous la condition de rester en vie... Cela allait de soi. Mais surtout d'occire lui-même la druidesse.

Les vœux du reptile collaient parfaitement aux desseins des trois bipèdes. Sterros, représentant royal reconnu, n'hésita pas longtemps pour accepter de mener les troupes, qui se regroupaient, vers l'objectif : déchoir, arrêter, neutraliser Asmodèle. Faire aboutir le plus rapidement possible, immédiatement, tout de suite et dans les plus brefs délais, cette mission. Il était plus qu'urgent de renverser la sorcière et la situation en place ! C'était le plan.

Les quatre nouveaux « associés » sortirent et se dirigèrent vers les passages secrets. À chaque rencontre, il fut aisé aux trois homininés de se camoufler sous les ailes du chancelier. Emprunter les étroits corridors était plus compliqué pour le reptile. Tous, pourtant, gagnèrent le raccourci principal, qui menait aux appartements privés, par le dédale de couloirs parfaitement dissimulés.

Nexitys se retrouvait souvent entre Auréal, le zhom bleu et Sterros, Gronoss fermait la marche. La confiance était relative entre les compères, leur entente encore trop récente. C'était au cours de ces déambulations que le roi apprit les visites psychiques de Lalie. Il n'avait donc pas, totalement, déliré les visions d'une entité féminine dans sa cellule improvisée.

☆

# Chapitre 16

Désemparée Nymphéa avait reconnu son mari. Pour lui rendre une partie de ce qu'elle lui avait retiré, elle l'engloba dans sa bulle, au sein de sa matrice nourricière. Peine perdue, le rayon, toujours imbriqué avec la goutte de rosée, avait très fortement dépéri ; tandis que le volume de la reine avait changé : elle ressemblait désormais à une mangue bleue.

Le dilemme était que de l'eau alimentait le feu uniquement sous certaines conditions dans la galaxie d'Utopie. La souveraine possédait des capacités, oui, mais n'était en aucun cas une scientifique. Elle ignorait tout ce qui se rapportait à la régénération ; son expertise était la métamorphose, faculté qui avait accéléré sa transformation en perle de rosée par la druidesse. La frêle zhom bleue pensait que l'énergie « dérobée », une fois alliée à ses dons, serait la clé d'un retour à une forme normale, pour son mari et elle-même.

Sauf si les rivages du Styx, alimenté par les affluents de l'Achéron, les fleuves de la demeure d'Hadès, la conduisaient vers les Enfers. Elle serait maudite d'avoir voulu détruire une entité. Elle connaissait désormais sa destination : le Tartare ; alors que son aimé irait assurément aux Champs Élysées, le paradis pour les Prudhomgoniens.

Toute la spiritualité des habitants de la planète source était empreinte des croyances de la mythologie grecque ; beaucoup de leurs rites et dévotions y faisaient référence, s'en inspiraient largement. Subsistaient les grandes lignes, modifiées par les aléas des mutations et particularités de chaque société. Certains dogmes étaient dépassés, par rapport aux facultés des diverses populations : métamorphose, télépathie, ubiquité… etc.

Parallèlement à ses réflexions sur son devenir, Nymphéa se concentrait sur « comment aider Hélias ». Inconsciemment, elle avait déversé en lui son fluide vital. Le rayon vira au parme, puis au mauve avant de devenir outremer. Le mélange des tonalités passa par le turquoise pour aboutir au vert. L'association du bleu et du jaune menait inévitablement à cette teinte. Serait-ce à dire que leur progéniture, si elle avait existé, aurait été Elfique ?

Elle sentait son sang bleu fuir son enveloppe « renaissante ». Ses membres-moignons, à peine émergents, se désagrégeaient.

☆

Petit à petit, Hélias reprenait consistance, se densifiait, s'épaississait, il devenait même fluorescent.

La fusion, entre le rayon de soleil et la goutte de rosée, ressemblait à un bloc pulsatile. Il était envisageable d'y deviner une méduse aux multiples excroissances, un volcan en ébullition qui éructait et projetait de nombreuses masses phréato-magmatiques ; un bouillon de culture où l'eau et le feu étaient en contact. Un devenir, en pleine création, ou une fin approchait. Si ce n'était les deux.

Le rayon fut secoué par les intrusions de fluides, dans un premier temps glacés ; lui-même était en hypothermie avancée ; pour une extension solaire, un comble ! L'entrée de la sève de Nymphéa devenait, de proche en proche, cuisante, consumait la froide extinction d'Hélias. La corrosion dévorante du sang bleu le reconstituait, le rendait de nouveau flamboyant. Ses forces réapparaissaient, il vibrait sous l'afflux d'énergie. Il se transforma en arc-en-ciel de manière fugace, puis se stabilisa sur la teinte verte.

L'ex-prince revenait de l'entre-deux mort, et gagnait maintenant les berges irisées de son Avalon personnel, il y avait un avenir à l'horizon : revoir et vivre avec sa reine ! Le solrys tournait le dos aux Champs Élysées, il était gonflé d'enthousiasme. La formation de ses narines lui permit d'inspirer, physiquement, le courage et la volonté de se battre. La lumière, qui était sienne, revenait, rejetait la noirceur de l'abandon, du lâcher-prise qu'il avait un instant envisagé. Il vit son futur squelette se forger, rudimentaire, mais solide, ainsi qu'un derme délicat. Son feu interne crépitait sous l'onde bleue du fluide qui l'envahissait.

L'ensemble, dangereux et corrosif, embrasait son être en gestation, animait son âme d'un fol espoir. Une ambition nouvelle naissait : ELLE, Nymphéa. Il lui pardonnait tout, elle venait de lui redonner vie. Il savait qu'il revenait du fond du néant.

Il admirait son épouse, sa force, sa détermination et son courage. Seule sa femme pouvait se connecter à lui avec autant de ténacité. Ce lien unique, par-delà les dimensions et les formes, était leur amour indéfectible. Elle était sa reine, sa vie, son souffle, son écrin protecteur. Son oxygène bleu. Il ne voyait qu'elle devant ses yeux en formation.

L'idéalisant, il l'aida en tirant à lui le flux vital, l'essence de la mangue azur. Son aura solaire enflait ; celle de la pseudo-perle, aqueuse, fluctuait, s'amenuisait, mais résistait. Le sexe fort, c'était elle, l'improbable guerrière. La zhom métamorphosée en gouttelette de rosée par une druidesse psychopathe, profondément perturbée.

☆

Lalie prit rapidement des formes très révélatrices. Cette croissance accélérée était due, à la fois au mode de gestation reptilienne inclus dans ses gènes, et à son ascendance zhom bleue similaire en plusieurs points à celle des végétaux. L'Archimage avait annoncé sa grossesse, peu de temps auparavant, à ses compagnons au palais. Pas encore à la résistance, toujours cachée dans les bois. Il était inutile de l'exprimer désormais, vu son tour de taille actuel !

La magicienne devait, maintenant, limiter ses déplacements extracorporels, afin de protéger l'enfant à venir. Ses brefs passages auprès du roi des forgosses lui manqueraient. Malheureusement, aucun jeune mage n'avait atteint ses capacités d'ubiquité avec la même efficacité sur une distance aussi lointaine. Ils étaient sur la bonne voie, certes, ses anciens étudiants, mais pas encore assez aguerris.

L'armée, basée dans le camp retranché près de la forteresse d'Aquasta, préparait le retour du roi Sterros. L'organisation monarchique, que le souverain connaissait auparavant, avait disparu. Tout devait être reconstitué au plus juste, pour gagner en efficacité, dans la mise en place des automatismes d'actions et réactions. Recréer un gouvernement bancal et transitoire assurément, mais très comparable au fonctionnement précédent, déjà éprouvé, avec des résultats concluants.

L'adaptation porterait autant sur les modifications de contextes, structures, équipements que sur les participants à ses nouvelles directives. Les situations actuelles, des royaumes, étaient dues à un dysfonctionnement, désormais identifié, qui ne devait pas être réitéré.

Ce qui voulait dire : trier, sur le volet, les membres actifs décisionnaires, et promouvoir les débats en présence de mages, puisque les Nobles elfes télépathes étaient décimés. Les solrys aussi seraient représentés ; leur capacité, à rendre plus conviviale et sereine toute activité diplomatique, permettrait une reconstruction plus rapide. Le Grand Conseil acquerrait forme et corps.

Lalie fut donc cantonnée au palais, les jeunes enchanteurs prenaient en charge les ravitaillements et échanges d'informations. La reine des elfes conservait son rôle d'espionne privilégiée, mais avec les restrictions, imposées par son état plus que visible, débordant !

Limiter ses périodes de transmutation dans l'eau, celles de déplacements. Supprimer tout risque de contact, de confrontation directe avec les résidants temporaires non désirés du palais.

Sans parler des intrusions dans le psychisme des reptiles qui pourraient « flairer » sa présence. Le seul changement de techniques « d'infiltration », liées à sa grossesse, pouvait la rendre détectable.

☆

Touchée au centre névralgique des vaisseaux de sève noire, origine de l'énergie des dragons, la sorcière, malgré toute sa volonté, ne pouvait endiguer la perte massive de son flux magique. Élément source de ses maléfices, tout autant que combustible des feux dragonesques.

Toute à ses projets, Asmodèle avait négligé l'alimentation et l'entretien de ses précieuses glandes pyrocrines. Elles étaient responsables de la sécrétion, de la maturation, enfin après l'obtention d'une quantité suffisante de produits, de son expulsion. Le départ de la combustion était le même pour toutes les espèces de reptiles : le contact de cette substance avec l'oxygène atmosphérique ; ce fluide était l'ingrédient « sine qua non » de la synthèse des flammes reptiliennes. Sauf s'il était contrecarré par de la poudre anti-feu, l'antidote utilisé sur Nexitys. Le résultat était alors dévastateur.

Quant au chambellan face à son amante, maintenant, il l'observait ; peu de temps avant, dans ses bras, à sa merci et soumis à ses exigences. Il venait d'atterrir devant elle. Ne livrant tout d'abord que les serres de ses pattes arrière à la vue de l'hybride. Le dragon attendait de croiser le regard arrogant et sans compassion de la druidesse. Un regard possédé et hypnotique. Campé sur ses postérieurs puissants, l'infomnème patientait, ne desserrait pas les mâchoires, ni ne laissait son esprit être envahi par celui de la vaincue.

Enfin, elle leva ses pupilles verticales, rougeoyantes, furibondes et troubles, ouvrit la gueule, dans un souffle de stupeur susurra :

— Et le mâle me tue.
Me fait mal,
Me blesse,
Me laisse
Indéfiniment,
Irrémédiablement
Bancale,
Non voulue.

Une complainte qui exprimait au départ la nostalgie d'un amour abandonné. Cette musique collait parfaitement à la trahison que ressentait la femelle reptile. En fait, la carapace, l'armure émotionnelle que la dragonne avait forgée face aux transports amoureux, s'était fendillée pour son régisseur si inventif, tellement efficace dans plusieurs domaines. Mais voilà, elle avait baissé sa garde, se retrouvait en déroute. Désarmée, au propre comme au figuré, elle ne pouvait réagir.

Une colère sourde montait de son ventre, de son intimité, les papillons devenaient alors un essaim de frelons en pleine migration. La rage gagnait son crâne, passait par ses mâchoires qui se crispaient. Les dents, affûtées comme des lames, grinçaient les unes contre les autres. Son flux vital s'écoulait de plus en plus rapidement, inondait sa collerette et ses atours de dirigeante. Son regard, déjà flou, se voilait davantage. La sorcière ailée avait du mal à distinguer clairement ceux qui lui faisaient face ; le grand chancelier en tête tenant dans ses pattes une dague, noircie par la sève-source de la druidesse.

Réunissant ses dernières forces Asmodèle, perdue pour perdue, dans un rictus de fureur dardait ses iris sur Nexitys. Elle lui projeta un jet…

... Elle tomba sous l'effort. Rien ne sortit d'entre ses crocs. La contraction musculaire, localisée au niveau du haut du corps, et nécessaire normalement à l'expulsion du feu, eut raison de la dragonne. La plaie de la nuque s'était agrandie, libérant la glande pyrocrine hors de son logement. Sous l'influence de la pesanteur, celle-ci se décrocha des ligaments suspenseurs qui la maintenaient en place, et la poche s'étala au sol. Entraînant derechef la mort de l'hybride.

☆

Les trois homininés et le dragon contemplèrent, en silence, quelques instants encore le cadavre de celle qui voulut asservir les populations de Prudhomgon.

Les sons dans le corridor étaient inexistants, hormis les souffles saccadés des quatre protagonistes. À l'extérieur de cet espace étroit, les bruits avaient changé. Des exclamations de surprise avaient fait suite aux martèlements des pas et du fracas militaires. L'idiome des sauriens, même avec les explications de Nexitys, ou les intonations perçues, était difficile à suivre.

Le dragon allié, lui aussi, ressentait un changement dans sa perception de ce qui l'entourait. Son raisonnement s'accélérait, il embrassait, avec une meilleure vision du futur, les différentes options qui se présentaient désormais. C'était le résultat de la fin de la sorcière. Ses maléfices, au moment de son trépas, cessaient de brider l'esprit des reptiles.

Le rôle de meneur, de chancelier, du dragon trouvait enfin sa justification. Il fallait sortir de la forteresse, traverser des lignes de défense sauriennes de la citadelle. Sans encombre, regagner les troupes postées dans les bois.

Le reptile devait rassembler, regrouper les armées ailées dispersées aux confins des trois royaumes sous son « gouvernail » provisoire. Les soldats volants étaient totalement démunis, désemparés du chaos dont ils étaient directement responsables. Car même sous l'influence de la druidesse noire, ils avaient conscience de ce qu'ils avaient infligé aux diverses populations homininés.

Il était temps de reconstruire ce monde ! Et retrouver les souverains disparus, Nymphéa et Hélias.

☆

# Chapitre 17

Mêlés l'un dans l'autre, l'un avec l'autre, on ne pouvait dissocier Nymphéa d'Hélias. Dans ce maelstrom, comme dans leur vie de couple et de souverains, ils étaient irrémédiablement liés. Dans cette masse verte, informe, correspondant à l'union de deux âmes sœurs, une seule pulsation, un unique rythme : ralenti, mais présent. Dans ce battement, deux existences, deux êtres à l'unisson ; l'un très faible et l'autre inconscient. Hélias recomposait son entité aux dépens de l'énergie de sa reine. Pour lui, c'était la meilleure façon de procéder. Il savait qu'elle résisterait. Ou, il s'en persuadait.

Comment vivre sans elle ? Il ne comprenait même pas comment il avait pu être attiré par une âme autre que celle de sa femme. Certes, il ignorait à ces moments-là que c'était elle, sa Nymphéa.

Le dard solaire ressentit un deuxième changement dans son intégrité, perçut une modification chez sa belle. Leur densité respective augmentait. Les particules individuelles se regroupaient par appartenance identitaire. La sève azur retournait au centre principal des zébrures azurées de la perle de rosée. Cette dernière reprenait petit à petit son aspect originel de zhom bleu. Tandis que le flux vital du solrys se combinait aux éléments résiduels de l'ex-prince, conduisait ainsi sa restructuration. Les corps se redéfinissaient, réapparaissaient. Les facultés, de métamorphose de la reine, associée à la puissance énergétique d'Hélias, laissaient entrevoir un espoir de retour à leur forme d'origine.

La réanimation de Nymphéa viendrait en son temps. Son état d'inertie était, pour le moment, un allié. Il donnait un accès libre au don de sa femme, permettant à l'ex-héritier solaire de le canaliser selon ses propres capacités.

Ils revenaient…

☆

La Suivante Angédid s'occupait initialement de Nymphéa depuis sa naissance. Depuis la déclaration de la grossesse de l'Archimage, elle s'octroya le rôle de nurse en titre de l'enfant à venir. Elle se transforma en matrone obsessionnelle : le confort et le maintien au repos, coûte que coûte de l'Archimage, c'était ainsi et pas autrement ! Il n'y avait rien à redire !

La reine des elfes avait du mal à mener à bien ses activités d'observations et d'enquêtes. La Dame d'Atour la suivait dans tous ses déplacements, et bien évidemment contre son gré. Mais la jeune souveraine n'avait pas le cœur à l'envoyer « paître ». La gouvernante, d'un âge avancé, puisqu'auprès de Nymphéa depuis ses débuts dans la vie, s'acquittait avec diligence et perfection de sa tâche de protectrice du ventre.

La future mère réussissait toutefois à lui fausser compagnie de temps en temps. Elle profitait alors de ces instants de liberté pour se faufiler dans les couloirs en se dissimulant du mieux qu'elle pouvait. Mais son enfant lui détournait beaucoup de son énergie. Plusieurs fois, elle ne l'avouerait jamais à la gouvernante, Lalie se retrouva dans des situations limites. Son camouflage parfois « s'effritait », se dissolvait. Comme de la bruine, il s'évaporait. Elle avait dû le fait de ne pas être repérée uniquement à sa réactivité d'utilisation d'un don, plutôt qu'un autre pour se libérer de ces mauvais pas. Remplacer l'ubiquité par la transmutation, ou vice versa. Mais la jeune rousse se rangea aux arguments de la nature et cessa très rapidement toute excursion de cet ordre.

Il fallait agir, au sein du palais pour en sortir, ou courir le risque que les survivants soient découverts. L'Archimage touchait du doigt son égoïsme et ses rêves de reconnaissance. Son entêtement était une folie. À vouloir à tout prix conserver un poste dans l'enceinte de la forteresse, elle mettait en danger des innocents. Elle avait perdu une partie de son objectivité, la recherche d'informations n'excusait pas tout. Tous devaient se retrancher dans les bois, avec le restant des troupes de résistants.

☆

Gagner la forêt, surtout sortir de la forteresse forgosse ne fut pas une mince affaire… palabres, explications, démonstrations, les dragons-soldats du palais, bien que débarrassés de leur camisole mentale, après le décès de leur dirigeante, n'en étaient pas moins entêtés ! Leur faire accepter un non-militaire comme chef fut un grand exercice diplomatique.

Abandonnant, momentanément, Nexitys à ses nouvelles obligations de « rebâtisseur », réunificateur des nations dragonnes, les trois homininés retrouvèrent la troupe de renfort installée aux abords de la citadelle du roi-forgeron. Ils gagnèrent alors le royaume des zhoms bleus pour rejoindre le plus gros de l'effectif de la résistance.

Sterros relata les différents événements aux dignitaires : sa libération, la mort d'Asmodèle — ce qui abolissait ses maléfices —, et l'alliance précaire avec les reptiles. Peu après, le roi devint corégent, auprès de Lalie. Seul souverain accessible et vivant, ce titre lui revenait de droit autant que par défaut. Les soldats lui apprirent que le gouvernement provisoire en place, initié par la reine des elfes, les mages et les responsables présents, attendait un meneur aguerri aux arcannes prudhomgoniennes. Le monarque pris, dès lors, connaissance des avancées réalisées, et ce qu'il devait aux uns et aux autres...

La première mission qu'il ordonna était de récolter les indices pour retrouver et ramener le couple Nymphéa-

Hélias. En cela, la nouvelle trêve avec les reptiles était la bienvenue.

Au cours de l'évasion de Sterros, alors que Nexitys était leur détenu, les trois hommes avaient pu obtenir auprès de lui des renseignements capitaux quant au devenir des deux autres souverains. L'infomnème avait été le témoin principal de l'action de la druidesse à l'encontre des deux captifs royaux. Il s'agissait dès lors de trouver un mage suffisamment puissant pour dénouer le charme lancé. Ou espérer que ce dernier se serait volatilisé, comme l'avait été celui de la camisole mentale sur les dragons.

Il fallait battre la campagne et les territoires, pour dénicher soit l'enchanteur, soit le couple, — ou les deux. La recherche semblait sans fin. Tous, au camp de base, comptaient sur les dons de Lalie ; ils ignoraient sa grossesse et les restrictions que celle-ci imposait.

☆

Dans le sous-bois, le vent faisait chanter les feuilles. La faune vaquait à sa vie animale, avec ses joies et ses drames. Le ruisseau, tout proche, serpentait entre les rochers. Vision idéalisée d'un monde presque parfait. Presque, car certains protagonistes vivaient des épreuves incroyables où se révélait leur meilleur côté, ou le pire trait de leur caractère ?

C'était dans une clairière paisible qu'Hélias tenait Nymphéa dans ses bras. Le soleil chauffait les épaules de l'héritier. Il souriait tendrement. Des larmes coulaient lentement sur ses joues pour tomber sur son torse. Le prince regardait intensément sa femme. Avec admiration et reconnaissance, mais surtout avec amour, il baisait ses lèvres ; les yeux clos, la reine ne bougeait pas.

C'était ainsi que la troupe d'homininés, en armes, découvrit le couple. Nimbé dans la lumière de l'astre solaire. Le solrys, couronné de son emblème, la souveraine amoureusement étreinte et bercée par son mari.

Les chevaux, attachés en retrait, à la lisière de l'étendue dégagée, paissaient tranquillement. Un bosquet de mûriers sauvages tout près, la frondaison des arbres chantant sous le souffle d'Éole. Seule la nature bruissait de ses sons.

Un des coursiers hennit. Le chambellan se retourna. Il ne lâcha pas la belle zhom bleue.

— Elle ne se réveille pas…, furent les premiers mots qu'il prononça. Il ne reconnut pas sa propre voix. Elle était rocailleuse, caverneuse, éraillée, les cordes vocales étaient douloureuses de n'avoir pas servi depuis une si longue période.

— Majesté, répondit un forgosse, en qui nous identifions Gronoss, elle respire, tous les espoirs sont permis. Rentrons, votre peuple vous attend. Et le sien aussi.

En silence, Hélias obtempéra, heureux de son retour avec Nymphéa parmi les siens, tous les deux en vie. Choqué, anéanti de voir sa reine tant aimée atone et inconsciente.

☆

Il ne subsistait aucun des maléfices d'Asmodèle. Les dragons, sous la houlette de Nexitys, regagnaient leurs divers territoires. Les forgosses reconquéraient leur domaine, nettoyaient après le passage, et l'occupation du palais, des reptiles. Les zhoms bleus et les solrys entouraient leurs souverains respectifs. Ils débarrassaient les infrastructures et voies de communication des corps, encore présents, qui jonchaient les sols.

Ils assainissaient les royaumes, certains avec leurs regards qui transperçaient toute matière, et dont les mains liquéfiaient, par élévations thermiques, tout obstacle. Les autres, grâce à leurs capacités de métamorphoses, se transformaient en tourbillons d'eaux, déplaçant et lavant en même temps, les champs de bataille souillés.

Bientôt, les villes, villages, campagnes, routes et chemins furent, partiellement, épurés. Tous les reliquats méphitiques, des combats meurtriers qui s'y étaient déroulés, disparaissaient progressivement. Seuls les espaces des Nobles elfes, bien que nettoyés, ne furent pas repeuplés. Pour l'instant.

Nymphéa dormait encore. Les plus éminents médecins, mages, guérisseurs de tout ordre ou genres — car même des émissaires dragons étaient venus —, se relayaient à son chevet. Ces derniers ne pouvaient pourtant rester. Leurs souffles brûlaient les incantations, les charmes de « protections et vivifications » contenus dans l'air de la chambre.

La reine respirait, mais ne reprenait pas connaissance. Personne ne savait quel était ce nouvel aspect de la malédiction qui la frappait. Était-ce d'ailleurs une conséquence possible du sort que lui avait jeté la druidesse ? Tant d'épreuves avaient été endurées, tant d'épuisements en avaient découlé. Peut-être était-ce un effet ayant une autre causalité ?

Le temps passait, la souveraine ne s'éveillait toujours pas. Elle maigrissait, car l'alimenter n'était point aisé. Les médications connues divergeaient, selon les praticiens, et l'espèce des patients. Nymphéa suivait les traitements prodigués pour les végétaux, plus précisément les plantes aquatiques, celles avec une sensibilité accrue aux les cycles lunaires. Des poses de terre de bruyère, ou issues de tourbières, ainsi que des massages de baumes, et d'onguents très riches, prenaient soin de son enveloppe corporelle. Pour ce qui était de l'alimentation, il fallait compter sur la diffusion, lente, de substances nutritives, au travers de son derme bleu ; provenant pour partie de ses diverses applications, et pour d'autres, de décoctions liquides peu évidentes à lui administrer.

☆

# Chapitre 18

Les royaumes des solrys et des forgosses étaient en reconstruction, celui des Nobles elfes en deuil. Celui des zhoms bleus en sursis, en attente de l'éveil de sa reine. Les territoires des mastodontes en pleine redéfinition, restructuration sous le regard circonspect et prévoyant de Nexitys. Le contexte appelait le renouveau.

Le roi, des solrys, en place prenait de l'âge. Les conflits avec les dragons maintenant lissés, son héritier revenu après une malédiction et marié à Nymphéa, le monarque en titre, passait le pouvoir à son fils.

Hélias administrait le royaume de son père, comme chambellan, depuis fort longtemps ; il s'était distingué à maintes reprises en diverses occasions, gérait avec efficacité et justice le territoire solrys. Le couronnement se déroula dans la foulée, avec le minimum de convives invités : Sterros, Lalie, les parents d'Hélias, Nexitys... et le futur roi, évidemment. Tous vinrent, même le dragon Nexitys ; le règne d'Asmodèle et ses refus étaient bien révolus.

Pour des questions de pragmatisme, la cérémonie se tint au palais des zhoms bleus. Personne ne voulait laisser Nymphéa seule. Elle ne pourrait assister au sacre, mais serait représentée par sa cousine et son mari, le principal intéressé de l'événement. Pas de grand repas ni de décorum.

Les populations avaient été informées par des émissaires dépêchés à ailes de dragon, ou par les mages télépathes administrateurs des bourgs et villages. La joie était là, mais teintée de tristesse quant au sort de la reine des zhoms bleus. De grandes réjouissances, des débordements de liesses étaient alléchants, mais l'entrain manquait. Ce serait partie remise dès le réveil de Nymphéa !

Mais, cette dernière faisait cruellement défaut à nombre de ses proches et sujets. Autant pour leur insuffler enthousiasme, maintenir par sa présence leur moral au beau fixe, que pour des tâches où elle seule avait l'autorisation, la jouissance, les droits et les capacités de réalisations. Quant au côté affectif, amoureux de son mari, il était au plus bas. Il commençait à entrevoir le pire, à toucher du doigt le désespoir. Il ne voulait pourtant pas s'y résoudre, si peu de temps après être revenu parmi les siens avec sa femme, si près de son investiture royale.

Le monarque pouvait compter sur l'aide et l'appui de Lalie. Malgré l'inconfort de sa grossesse, l'Archimage secondait efficacement le mari de sa cousine. Elle avait créé la surprise par la gestion, la mise en place de la résistance. Puis, conduit la formation des jeunes apprentis mages en experts, et préparé l'installation d'un semblant de gouvernement. Toutes choses qu'elle avait par la suite déléguées aux dignitaires et politiques rescapés, aguerris de longue date à l'exercice du pouvoir. Elle remarquait, lors de ses passages au chevet de sa cousine, tous ceux qui s'y présentaient aussi, le teint plus coloré de la souveraine alitée. Un effet lié aux traitements reçus par Nymphéa, ou sa grossesse qui lui donnait des hallucinations ?

Le retour de Sterros s'avéra être une bonne chose pour la stabilité des relations entre les peuples homininés. Il avait pris le relais, de manière efficace, dans l'organisation ébauchée par la reine des elfes. Il se sentait redevable, avait besoin d'assouvir un rôle protecteur envers Lalie. Elle qui avait découvert sa cellule, puis guidé l'équipe venue le délivrer. Il supposait, même, que la belle rousse lui avait insufflé un peu de son énergie vitale, lors de ses visites sous forme psychique. Le bourru forgosse était plus qu'attendri par cette femme. Il était frappé par la dignité avec laquelle elle menait son rôle de reine. La manière dont elle accusait la perte de son mari, tout en restant d'une grande beauté, exacerbée par sa maternité. Mais il voyait aussi les signes de fatigue. Les douleurs lombaires, lorsqu'elle se soutenait le dos. Même si l'Archimage s'isolait prestement, elle revenait les traits tirés, les mains sur le ventre ou posées sur le creux de ses reins.

☆

Elle s'écroula, pliée par les spasmes, en plein conseil. Hélias, Sterros et la gouvernante Angédid, qui la suivait partout, l'évacuèrent promptement vers ses appartements, remis en état par les soins du roi forgosse. La douleur lui avait cisaillé le dos et tordu les entrailles. Son ventre était brûlant, secoué de contractions phénoménales. Lalie perdit connaissance un bref instant.

Ce moment de répit ne dura guère. Les mouvements de l'enfant à naître devenaient de plus en plus amples, Lalie tressautait, elle se soulevait sous l'impact des gesticulations de sa progéniture. Cette venue au monde était, réellement, hors-norme, pour des Prudhomgoniens en tout cas. Il régnait dans la chambre de la future mère une température suffocante, bien que les fenêtres fussent demeurées ouvertes. Le proche espace autour de la reine des elfes vibrait sous une brume de chaleur, un voile flou nimbait l'arrivée de sa descendance.

La gouvernante, aidée par d'autres Suivantes, maintenait comme elle le pouvait l'Archimage. Mais, la puissance développée par une femme alors qu'elle accouchait est phénoménale. Quelle que fût la dimension de l'espace-temps ! Il est bien connu qu'aucun homme ne peut supporter la force et la souffrance représentées par une mise au monde. La chaleur était une nouveauté pour les Dames d'Atours qui avaient vécu bien d'autres naissances. Lalie ployait sous une nouvelle contraction. Elle lança un hurlement si puissant qu'il fit voler, à l'extrémité de la chambre, les femmes qui l'assistaient dans son accouchement.

L’énergie, qui s’extériorisait de Lalie, combinait la télékinésie et les infrasons. Ceci expliquait le faible bourdonnement d’oreilles ressenti par les personnes présentes. Les Suivantes se relevèrent en titubant un peu, puis se rapprochèrent de la couche de la souveraine.

La poche des eaux était rompue. Le liquide nourricier maternel était différent, pas azur comme celui des compatriotes de Nymphéa. Son aspect métallique propre au fluide elfique, iridescent, mercuriel : argenté et dense, possédait un effet miroir.

L’enfant vint, le garçon vagit en même temps qu’il était expulsé de sa mère. Fils des elfes et des zhoms bleus, porteur d’un code génétique dragon. Né sous l’impulsion de la reconstruction des royaumes : Elfostrus. Le jeune prince avait le teint pierre de Lune, un gris perle minéral rappelant le liquide des alchimistes.

☆

L’état de Nymphéa évoluait peu, sauf en présence de sa cousine et de son fils, Elfostrus. Tous les jours, son mari, Lalie accompagnée de l’héritier elfique, puis les Suivantes se relayaient à son chevet. Ces dernières coiffaient l’endormie, par respect, la mobilisaient afin d’éviter la formation d’escarres liée à l’inconfort d’une position statique prolongée. Les apothicaires et les mages venaient chercher les signes d’un réveil. Ils ne constataient que l’inertie de la souveraine, comme une « inexistence », une stagnation dans l’absence de réactivité. Ce qui alarmait d’autant le roi solrys.

Personne ne parvenait à pénétrer l'esprit de la reine. Ceci perturbait tous les télépathes autorisés à s'approcher de la zhom bleue. Un corps qui respirait, mais une âme apparemment éteinte. Tel était le verdict de la corporation médicale.

Personne ne voulait se résoudre à abandonner, baisser les bras. Il fallait, il y avait sûrement un moyen pour faire revenir la souveraine du côté des « vivants ». Aucun traitement n'avait été réellement efficace pour la ramener. Ils correspondaient à des techniques d'entretien et conservation de l'intégrité physique. Rien qui permettait de stimuler son esprit. Incantations ésotériques, « traçage » de runes dans l'espace au-dessus de la convalescente, harangues et prières aux dieux, tout était vain.

L'assemblée des mages consulta les registres et les grimoires, peu nombreux encore en état, afin de dénicher un remède à reconstituer. Ils souhaitaient trouver un ersatz de filtre de vie.

L'épuisement gagnait Hélias. Son temps libre de ses obligations de roi, il le passait auprès de sa femme. Se focalisait sur la souveraine. L'ex-chancelier tentait de s'immiscer dans sa psyché. Lui qui connaissait si bien sa moitié, il l'avait perdue lors de la guerre contre les dragons, puis retrouvée sous une forme surprenante, quand lui-même était métamorphosé en un rayon solaire. Le couple royal en était revenu, mais à quel prix ! Alternativement, se nourrissant du flux vital de l'autre, ils avaient failli se détruire pour survivre. Maintenant, de retour, en pleine possession de ses moyens, le monarque interdisait à quiconque d'envisager la fin de sa compagne. De celle qui était sa vie, son passé, son présent et son avenir. Ils avaient une descendance à créer, un amour à vivre, un monde à rebâtir.

☆

Les deux rois apprirent la naissance de l'Enfant-Lune, ainsi rapidement surnommé, par les rapides allées et venues du personnel au sein du palais. Le chancelier Nexitys et l'ensemble des Prudhomgoniens, par télépathie, essentiellement.

C'était, somme toute, qu'une mise au monde. Mais, la filiation ainsi que les particularités — liées à chaque « genre » — inscrites au plus intime d'Elfostrus, dans ses cellules germinales, donnaient au jeune prince une dimension presque mythique. Comme toucher du doigt l'impensable, l'improbable. Elfostrus était la somme des peuples du monde de Prudhomgon, un mystère et un miracle.

Le roi des solrys fut nommé parrain, Sterros témoin lors du baptême de l'unique représentant masculin des Nobles elfes. Il y avait une attente palpable sur le devenir du prince elfique. La marraine, Nymphéa, ne fut pas représentée, mais signifiée par un emplacement où siégeait sa couronne. Le fils de Lalie et d'Elfius avait grandi plus que ce dont il était attendu. Âgé de quelques jours, il avait la stature d'un enfant de trois ans, avec les capacités correspondantes. Ce qui sous-entendait qu'il maîtrisait la bipédie et le début du langage. Sa croissance intriguait, et épuisait sa mère. Les premières heures de l'allaitement furent vite basculées vers de la nourriture plus substantielle et consistante.

Les adultes, dans le palais, se préoccupaient de ce qui pourrait permettre à Nymphéa de sortir de sa phase d'inconscience, de manière efficace sans incidence fâcheuse. Elfostrus suivait sa mère le plus souvent possible, il apprenait par l'observation. Son éducation de jeune prince débutait dans un contexte de restructuration. Lalie était rassurée par la proximité de son fils, elle voyait en lui l'avenir des sociétés de Prudhomgon.

Il parut évident que la présence du dauphin stabilisait, améliorait l'état de Nymphéa. Comme si un lien s'était créé par-delà les corps, par-delà les espèces. Elfostrus était la somme génétique des peuples de Prudhomgon, on ne le dira jamais assez.

La proximité des rois, Hélias et Sterros, donnait une image masculine à l'entourage immédiat de l'héritier. Il apprenait vite, et grandissait tout autant. Il appréhendait les facultés de ses diverses origines de manière chaotique dans un premier temps... mais ses proches veillaient. Le jeune elfe était un atout pour le moral des survivants des récents conflits. Un espoir de cohabitation, une porte sur le futur.

☆

Les réparations, répartitions des infrastructures, les bâtiments à sortir du sol, les champs à remettre en état, réensemencer, ressemer, monopolisaient toutes les énergies et bonnes volontés disponibles.

La recherche d'un vague texte en un langage indéterminé, dans un hypothétique grimoire, peut-être détruit d'ailleurs, n'était pas la priorité absolue. Pas pour le quidam représentant la majorité de la population d'Aquasta, et ses environs. La nécessité du réveil de la reine était évidente pour un grand nombre. Mais nul n'était irremplaçable, essentiel. Il fallait envisager une succession de secours, une solution de repli, au cas où la souveraine viendrait à disparaître, à mourir. Quand son esprit aurait définitivement quitté son corps.

D'où la nécessité, l'importance de la réintégration de l'essence de Nymphéa dans son enveloppe physique. Ce serait un signe, un pas vers son retour parmi les siens.

La fouille des différentes bibliothèques, quasiment toutes éventrées, ainsi que les salles de registres et archives, dans le même état, fut dévolue aux Suivantes sous la supervision des nouveaux mages. Eux-mêmes rendaient compte à Lalie, qui avait fort à faire avec Elfostrus.

La jeune femme passait beaucoup de temps en compagnie de Sterros, qui s'avérait être très patient envers les « boulettes » du prince des elfes, lors de ses apprentissages de sorts et charmes. Le dauphin possédait des capacités de magnétiseur, il fut donc autorisé à venir régulièrement auprès de sa presque tante, Nymphéa. Il montait sur un petit banc, qui le rehaussait au niveau du lit surélevé de la zhom bleue. Puis, l'imposition de ses menottes potelées, sur l'abdomen de l'ancienne goutte de rosée, avait des effets apaisants sur la respiration de la monarque inconsciente. Les personnes au chevet de la souveraine constataient une harmonisation, une « recomplémentation » de forme, comme une prise de poids chez la reine. Ses joues s'arrondissaient.

Le prince avait encore grandi. Il avait désormais la taille d'un enfant de neuf ans pour quelques semaines de vie. Il poussait, littéralement, plus vite que du chiendent !, et était d'une grande curiosité pour toutes choses.

Le roi-forgeron, comme maître d'armes, se chargeait d'enseigner l'escrime à Elfius. Il était proche du fils de Lalie, et celui-ci lui rendait bien son affection. L'amitié, unissant Sterros et la reine des elfes, se mua peu à peu en un sentiment beaucoup plus tendre et complice.

Encore très éprouvée par la perte de son mari, le rôle qu'il avait joué, à priori involontairement, dans la conquête des différents territoires homininés par Asmodèle, Lalie n'en demeurait pas moins sensible aux attentions et bienveillances du noble forgosse.

Une montagne de muscles qui cachait une profonde bonté. Un solide gaillard, rompu à toutes les joutes, sauf sentimentales, un presque « sauvage ». Un géant qui devenait prudent et délicat avec les plus faibles que lui.

Les rôles s'étaient inversés, à un certain moment : la belle rousse l'avait soutenu, lui fragilisé alors, à son insu, durant sa détention, dans les geôles de sa propre citadelle ! Saleté d'Asmodèle !

☆

# Chapitre 19

La mission de recherche des parchemins, grimoires ou autres supports portant une indication de traitement pour Nymphéa, fut fructueuse. Même si, parfois, l'état des documents était plus ou moins endommagé. Les mages rapportèrent plusieurs « recettes », sous formes épistolaires, mentionnant des filtres de « revivification », à usage animalier... Ceux-ci pouvaient être prometteurs, adaptés à la physiologie homininé !

Lalie se chargea de les transcrire, les modifier, avant de les présenter devant le Grand Conseil pour validation, puis appliquer leurs principes actifs sur Nymphéa ensuite.

Ce dernier, créé par la résistance, fut réuni dans l'urgence. Il devait maintenant rapidement statuer sur les directives de soins énergétiques, réécrites par Lalie, les ultimes recours envisagés pour sortir Nymphéa de son état inanimé. En cas d'échec, se prononcer sur le devenir de la reine, et, par voie de conséquence, régler la régence de son domaine. Ce n'était pourtant pas ses rôles premiers, mais peu de personnes avaient les compétences requises pour ce genre de décisions. Il fallait que ce soit des dirigeants à même de se projeter dans les affaires des royaumes, capables d'anticiper les répercussions de toutes interventions réalisées ou pas.

Les soins prescrits, à Nymphéa, étaient une association des divers flux, aux couleurs de toutes les ethnies de Prudhomgon, bleu, rouge, vert et jaune.

Les obtenir était, désormais en temps de paix relative, possible. Sauf pour le fluide des Nobles elfes. Il y avait bien le dépôt à potions du palais, qui regroupait aussi différents ingrédients rares, mais le local avait été mis à sac lors des combats dans l'affrontement contre les armées dragonnes. Y récupérer des étiquettes sur les fioles, celles non vidées ou encore entières, tenait de l'improbable. Une recherche y fut pourtant conduite, parallèlement à celle de récupération de fluides fondamentaux des populations de Prudhomgon.

La mission pour retrouver l'essence vitale des ethnies dragonnes fut couronnée de succès, grâce à l'intervention de Nexitys. La prise de conscience, des actes qu'ils avaient perpétrés sur les Prudhomgoniens, y était aussi pour quelque chose. Les reptiles étaient tous dans le désir, la volonté de réparer les torts qu'ils avaient infligés, sous la contrainte de la camisole mentale d'Asmodèle.

Par contre, les recherches pour la sève des Nobles elfes, dans le stock de flacons éparpillés de l'entrepôt, avaient eu des résultats moins concluants. Nombre de récipients étaient en morceaux, non identifiables. Les fioles possédaient normalement des inscriptions, mais celles-ci étaient indéchiffrables. Rendues illisibles à la suite des pillages probables de la pièce, ou après la chute des étagères pour diverses raisons, parfois des mentions incomplètes sur des étiquettes déchirées. Ceci remettait en cause la fabrication, la synthèse efficace, du philtre nécessaire au rétablissement de Nymphéa.

Les membres du Grand Conseil décidèrent de tenter une nouvelle approche dans l'utilisation, très empirique, du breuvage à ce jour non testé. Celui-ci serait bu par un émissaire de chaque société, un individu choisi pour ces capacités psychiques fortement développées. L'énergie propre de la souveraine compenserait l'absence des elfes, tous l'espéraient. Et événement exceptionnel, la présence d'Elfostrus renforcerait cette efficacité. Son origine elfique apportait l'aura nécessaire à l'amorce du projet. Les enfants n'étaient pas, d'ordinaire, acceptés aux séances pratiques de magie, sauf s'ils étaient apprentis mages. Les dispositions et facultés du descendant d'Elfius le rendaient par sa nature, déjà Mage.

Il était impératif d'agir, les forces de Nymphéa déclinaient de jour en jour ; davantage en l'absence du fils de Lalie. Bientôt, il serait trop tard pour tenter quoi que ce soit. Nul ne connaissait les conséquences d'un si long épisode de non-conscience sur la souveraine, ni combien de temps la seule présence du prince serait efficace.

Ceux qui avaient été désignés étaient, en majorité des dirigeants, qui utilisaient leurs facultés exacerbées à la gestion de leur domaine. Il s'agissait d'Hélias, dont les capacités avaient été amplifiées par le contact avec le fluide de sa femme alors sous forme de mangue azur,

Sterros qui avait enduré l'engeôlement. Les zhoms bleus étaient représentés par la cousine de la reine, l'Archimage Lalie. Malgré son accouchement et l'énergie déployée pour la naissance d'Elfostrus, elle était incontournable, avec ses dons exceptionnels. Était présent Nexitys, infomnème qui avait résisté à la camisole psychique d'Asmodèle. Les représentants proligrognes et spiritailes étaient ceux que la druidesse avait choisis précédemment pour gérer les territoires reptiliens. Et Elfostrus.

Ils entouraient la reine endormie ; les élus, sans contact d'aucune sorte, se mirent à se balancer ensemble, dans les mêmes sens et rythmes. Aucun son n'était audible. La communion des participants était complète. Les observateurs extérieurs, gardes, Suivantes, ou encore aides médicaux, ressentaient les vibrations d'énergie, qui émanaient de cette assemblée en direction de Nymphéa. Les élus de la Communauté du Cercle. La plupart des homininés présents ils appartenaient au Grand Conseil.

☆

Trois jours durant, ils psalmodièrent. Les assistants, les Dames d'Atours se chargeaient de nourrir régulièrement les membres autour de la reine. Ils ne devaient pas faiblir. La souveraine reprenait ses couleurs azurées plus intenses, ses joues se remplissaient davantage ; les applications d'onguents et embaumements à base de terres, riches en éléments nutritifs, apportaient enfin des résultats ! Le philtre absorbé par chaque recrue du Cercle était efficace. Mais le traitement, long et soutenu, commençait à entamer les capacités des élus. Il ne faudrait pas que cette médication perdure de trop. L'absence de fluide d'origine elfique était responsable de la lenteur de la guérison, ce malgré la présence d'Elfostrus et du lien l'unissant maintenant à sa « tante ». L'héritier avait rapporté la sensation d'une entité, d'une autre vie dans l'enveloppe corporelle inerte de Nymphéa, elle était là, en elle ! L'espoir revenait.

Les royaumes devaient tourner sans leurs dirigeants, tous étaient concentrés sur le corps de l'ex-goutte de rosée. Aucune pensée, hormis celles qui consistaient à produire un maximum de flux vital, pour le diriger vers Nymphéa, n'agitait l'esprit communautaire du cercle. Ce dernier n'était qu'une seule entité vouée à une tâche bien définie, où les responsables, qui gouvernaient, se trouvaient en position de vulnérabilité. Bien que les conflits fussent terminés, la prudence devait être de mise pour que cette mission de « réanimation » soit couronnée d'un plein succès.

Il y eut une chute, un bruit sourd ébranla le parquet de la chambre royale. Lalie, la cousine de la reine et fiancée du roi Sterros, s'écroula. L'Archimage était épuisée et tremblait sur le sol. Consciente de ce que cela impliquait de rompre le cercle, courageusement, bien que chancelante, elle se redressa, mais tomba de nouveau.

Cette fois-ci, les Suivantes vinrent la soutenir dans son effort, l'assemblée ne dansait plus. Il fallait reconnecter les esprits et reformer l'alliance. Nymphéa respirait plus fort. Elle devait se réveiller, revenir ! Une urgence se profilait. Un changement avait eu lieu..., ou c'en était les prémices. Un sursaut avant l'ultime souffle.

Son neveu vibrait de terreur, il avait un regard où la surprise, la peur se disputaient une expression dans ses yeux mercuriels en amande. Voir sa mère à terre l'avait choqué. L'intensité du don énergétique de chacun pour sauver Nymphéa, lui en particulier, les avaient éreintés, rendus muets.

L'assemblée était reformée, les oscillations et murmures reprenaient. Le rythme lancinant et envoûtant gagnait de nouveau la chambre.

☆

Était-ce l'addition des Dames d'Atours, non-initiées aux connexions psychiques, liées à la Communauté ? La présence d'Elfostrus dans le Cercle ? Quel était l'élément qui entraînait l'apparition d'une boule luminescente arc-en-ciel, au-dessus du lit de la jeune reine ? Ou l'action, des élus, qui aboutissait enfin ? La combinaison de l'ensemble peut-être ?

La sphère enfla jusqu'à englober la couche de Nymphéa. Cette dernière entra en lévitation, pour se trouver au centre de la lumière qui la nimbait. Des ondes parcouraient l'assemblée, les mêmes qui pénétraient la souveraine par là où pourrait se situer un nombril. De la zhom bleue émergea soudainement un ventre de gestante. La nymphe azur jusqu'alors svelte et fine présentait désormais les courbes de la maternité.

Des arcs énergétiques partaient des membres du Cercle, se fichaient dans la reine. Cela donnait un aspect électrique au phénomène, comme des éclairs multicolores. Une autre vision de la cage de Faraday. Une aurore boréale sphérique, une naissance sous le signe des astres et des éléments. Ceci annonçait une arrivée heureuse, une descendance pour Nymphéa et Hélias.

Un éblouissement jeta à terre tous ceux présents dans la chambre, la souveraine s'aplatit sur son lit, telle une crêpe tandis que la lumière, qui l'avait maintenue dans les airs, disparut.

Son torse se soulevait de manière régulière, calme, le souffle posé. Sa peau était de nouveau d'un beau bleu azur, sous ses paupières des mouvements oculaires se devinaient. Sa chevelure s'était démêlée et apprêtée, comme sous l'effet d'un charme.

Nymphéa bâtit des cils, entrouvrit les yeux. D'un regard circulaire, elle embrassa l'assemblée autour d'elle, puis essaya de balbutier quelques paroles. Hélias se précipita à son chevet, lui prit la main et dit :

— Tu es essentielle à mon bien-être.

Ta présence est un apaisement, et mon équilibre.

Un vrai bonheur d'être près de toi

J'ai besoin de toi

Tu es mon addiction, refuge, oxygène.

Mais maintenant, repose-toi, et dors.

Ma douce, ma reine, ma femme. Bientôt mère.

Avec un sourire aux lèvres, la jeune souveraine baissa les yeux et se rendormit. Ses deux mains enserraient son ventre plein. Avait-elle entendu et compris son mari ? Ce dernier avait choisi le moment « idéal » pour une telle déclaration. La sortie de l'état comateux de sa bien-aimée !

Rassurée sur la santé physique de la souveraine, l'assemblée sortit des appartements royaux et regagna la salle du Conseil pour une séance exceptionnelle. La décision de consolider la trêve entre les peuples par un traité, la mise en place d'un gouvernement alternatif sur Prudhomgon, serait finalisée dès que Nymphéa aurait récupéré l'ensemble de ses moyens. Les royaumes resteraient sous la tutelle de leurs souverains respectifs, mais administrés par des représentants élus, pour un temps déterminé, par suffrage interne à chaque ethnie.

Hélias fourbu, comme la plupart des membres de la communauté du Cercle, s'isola dans un des passages secrets du palais. S'effondrant sur les marches de pierre froides de l'escalier, il laissa échapper des sanglots d'épuisements, ses craintes pour Nymphéa s'évanouirent. Par ses larmes, il évacuait son anxiété et sa douleur.

Maintenant, il pouvait songer à l'avenir, l'amour, et enfin une vie heureuse auprès de sa femme. Il l'espérait.

☆

# Chapitre 20

Les royaumes se réveillèrent ce jour-là sous un soleil engageant. Un souverain elfique dans le monde des esprits, mais avec une descendance assurée en la personne du prince Elfostrus ; la ville d'Aquasta de nouveau sous la protection légitime de sa reine Nymphéa, avec Hélias à ses côtés, et un heureux événement en perspective.

Un rapprochement entre les territoires forgosses et Nobles elfes s'envisageait. Grâce aux fiançailles, puis l'union prochaine de Lalie et Sterros, ce qui permettrait alors une restructuration du royaume elfique totalement décimé.

La guerre contre les dragons pour certains anarchistes, qui voyaient l'existence de l'enfant multigénique de Lalie et d'Elfius comme un danger bien trop grand pour les Prudhomgoniens, ne se terminait pas sous de bons augures.

L'héritier de la maison des elfes, toujours entouré, jalousement veillé, par l'ancienne Suivante de Nymphéa puis de Lalie, était fréquemment demandé par la reine des zhoms bleus. Le lien entre les deux « enfants » était connu de tous à présent. Celui né, et celui à venir. Nymphéa se sentait apaisée dès qu'Elfostrus arrivait, sa progéniture se manifestait différemment. Dans son utérus, les mouvements du bébé passaient de déplacements à vibrations sous le contact des petites mains elfiques. Le prince, malgré sa croissance fulgurante, n'en demeurait pas moins un enfant, avec les proportions correspondantes, d'où parfois ses difficultés à atteindre le ventre de sa « tante », allongée sur son lit surélevé. Il « se connectait » pourtant immanquablement aux « menottes » de l'héritier ou héritière des solrys-zhoms bleus. Le dauphin, âgé de quelques semaines réelles, avait encore grandi, il passait désormais pour un rejeton de huit ans.

Elfostrus savait, mais il suivait le « message » du bébé de ne rien divulguer. Leur relation était privilégiée et symbiotique, voire « sïamoisique », personne ne pouvait dissocier ces deux enfants. Personne ne comprenait leurs échanges.

Personne d'ailleurs n'expliquait les facultés du fils d'Elfius et de Lalie, mais tous s'accordaient pour y voir les signes d'une grande force intérieure, de nombreuses capacités, dignes d'un futur souverain. D'où une crainte latente pour certains ; une peur lancinante de l'inconnu s'installait parmi les sceptiques : quand quelques-uns ne comprenaient pas ils suspectaient, se méfiaient.

☆

Les deux rois, Hélias et Sterros, partaient régulièrement sur les terres en « redevenir », des différentes provinces ayant subi les attaques des dragons. Les domaines agricoles reprenaient les couleurs des semailles, les bâtiments à remonter avaient, eux, besoin

« d'encouragements ». La main-d'œuvre manquait, celle qui restait ne ménageait donc pas ses efforts. Ôter les décombres, nettoyer, ré-assainir les fondations voire les rebâtir, et par-dessus, reconstruire. Non pas à l'identique, cela engendrerait la nostalgie de souvenirs perdus, mais créer efficace pour donner l'envie, lancer un espoir en direction de l'avenir. Jeter, à l'opposé, un doute à la vindicte, au conflit maintenant éradiqué. Les deux souverains étaient donc là pour insuffler leur allant aux survivants, ces nouveaux urbanistes de facto, improvisés. Les villes, bourgs, villages, hameaux et autres lieux-dits, sortaient peu à peu de terre, pour reprendre un aspect habitable, vivant, gai et coloré.

Les reines se retrouvèrent ensemble au palais de Nymphéa. Elles géraient l'administratif des territoires avec les Conseils, lors de réunions auxquelles les rois assistaient, après leurs chevauchées à travers les royaumes. Les souveraines récupéraient de leurs épreuves respectives, veillaient à leurs progénitures présentes et à venir.

Dans ses tâches maternelles, Nymphéa et Lalie étaient secondées par les Dames d'Atours, la gouvernante d'Elfostrus, les mages en guise de précepteurs, autres maîtres d'armes et grands écuyers. Le tout épaulé par les présences amoureuses d'Hélias et Sterros. Les deux femmes, indépendantes et combatives, refusaient de se laisser dicter leurs conduites. Elles avaient gagné le respect de la gent masculine au travers des combats menés. Tant physiques que psychologiques.

Les dragons, sous la gouvernance de Nexitys, participaient, à leurs manières, à l'éducation du jeune prince elfique. Avoir connaissance des divers aspects des sociétés prudhomgoniennes. Apprentissages qui seraient aussi ceux prodigués à l'enfant de l'ex-goutte de rosée et ex-rayon de soleil.

Ne sachant plus comment se faire « pardonner » leurs attaques, les reptiles devenaient corvéables, mais consciemment cette fois-ci, serviables et avenants. La phase de paix passait par la reconnaissance du mal infligé. La contrition, la participation à l'élaboration, avec les moyens à leur disposition, d'une vie nouvelle sur Prudhomgon. Les géants ailés, dorénavant alliés des homininés, étaient de précieux « manutentionnaires » pour le transport de matériaux, et des destriers phénoménaux pour les peuples désargentés en manque de montures.

☆

Gagner l'autre monde de la galaxie d'Utopie, Absurdie, planète jumelle de Prudhomgon et colonie de replis de cette dernière, se faisait par téléportation. Ses territoires étaient envisagés comme terre-médicament-asile. Stratégie envisageable si les ressources de Prudhomgon diminuaient considérablement, si les conditions de vie physiologiques étaient fortement détériorées. Cette action de migration était réalisable, car la configuration topologique entre les deux planétoïdes était identique, et leurs atmosphères tout aussi comparables.

Les transports psychiques nécessitaient une coopération entre les Archimages des diverses populations, aptes à utiliser cette faculté : les spiritailes, les infomnèmes, les solrys et les elfes. Du moins à l'origine, car, depuis la quasi-éradication de ces derniers, hormis le jeune prince, les capacités de voyages par la pensée étaient fortement remises en cause. Sur les longues distances, donc pour les changements de globes, d'autant plus.

La stratégie, de territoire de secours, était compromise en période de conflits entre les peuples, puisqu'une entente était essentielle pour les déplacements vers la planète repli. La paix installée permettrait ainsi de mettre au point les déportations vers Absurdie avec affranchissement de l'aide des autres ethnies du planétoïde source. Les diverses populations devaient être autonomes pour les « Absurdissage ». C'était un argument de contrainte, dans le cas de mésentente entre toutes les sociétés.

Les proligrognes et les zhoms bleus, moins habiles avec la téléportation, utilisaient des navettes adaptées à leur anatomie, pour leurs transferts vers ce territoire. L'entente, pour l'utilisation de ce moyen de transport, était en débat lors des Conseils royaux où siégeaient les représentants de toutes les ethnies confondues. Le but était d'étendre l'accès de cet autre système de locomotion, à l'ensemble des Prudhomgoniens, sans être tributaires des uns ou des autres.

Un certain nombre des éléments mécaniques de chaque gouvernement se trouvait sur ce monde repli, envoyé par leurs équipes d'études et observations, à bord de navettes. Ambassadeurs de ferraille muets, contrôlés par les liaisons psychiques des membres des ethnies aux facultés d'ubiquité, et/ou de transmutation-téléportation de la planète source.

Créant, par ce fait, une disparité entre les forgosses et les proligrognes ; ceux-ci disposaient de robot-sensors alimentés par des batteries localisées sur le planétoïde repli. Écart de compétences lissé par l'entente entre les populations, le partage de connaissance en vigueur sur Prudhomgon, hors périodes conflictuelles.

Le déplacement total, ou partiel, sur Absurdie n'avait jamais été amorcé ; hormis de manière théorique et organisationnelle, pour l'accueil de réfugiés potentiels. C'était une terre vide d'âmes, une maison habitable, sans occupant, enfin presque.

Des empreintes tridactyles au bout de deux pattes, la présence de chausses marquait des passages discrets, affleurants sur des surfaces terreuses ou sablées. Les souffles des vents les effaçaient des sentiers, les eaux les ensevelissaient. Mais elles revenaient, sur les mêmes trajets. Qui vivait sur cette planète prétendument exempte de vie intelligente ? Peut-être, des individus justement dépourvus de la moindre analyse à long terme !

Pas de technologies ni de sciences parmi ces « fantômes ». Ils n'utilisaient aucune des ressources en place, ils veillaient à laisser le temps faire son œuvre par le dépôt naturel de poussière. Ne rien modifier, ne pas interférer sur les structures présentes.

Installer un camp itinérant d'observation, une base de manœuvres mobile ancrée à distance de Prudhomgon. Créer un groupuscule qui permettrait l'éclosion du mouvement de préservation des races pures, différenciées entre homininés et reptiles. Réunir un front de scientifiques dévoués à la cause de la séparation des genres, contre l'existence de la multigénicité, contre la somme des génomes en un être : détruire Elfostrus et ce dont il était porteur : une anomalie évolutive génétique. Leurs dogmes n'épargnaient pas les plus jeunes.

Silhouettes fugaces, traces délétères. Indétectables.

☆

Angédid, la nurse d'Elfostrus, avait autant de tracas avec l'enfant, sinon plus que d'avec sa mère et sa tante. L'indépendance et la vivacité d'esprit étaient récurrentes chez les zhoms bleus. Bon sang ne savait mentir.

L'entêtement, entre autres traits de caractère, des reines et du prince, les rendait plus attachants encore.

La gouvernante avait toujours résidé au palais ; fille de la Dame d'Atour de la grand-mère de Nymphéa, elle fut élevée dans les règles, les allées et les coursives du château des représentants des Ondes. Elle acquit rapidement les automatismes et réflexes du rôle à tenir auprès de la reine en observant, restituant par la suite dans un parfait mimétisme, les gestes de sa mère.

Ses compétences, dont la discrétion faisait partie, pour un poste de service d'assistance à la personne royale, lui valurent d'être nommée gouvernante auprès de Nymphéa dès sa naissance. Angédid la considéra dès lors comme sa propre fille. Elle l'éduqua selon les préceptes nécessaires à la position et aux tâches de princesse.

Avec le même élan, elle se chargea d'entourer Lalie au début de sa maternité, lors des épisodes de résistance, durant la guerre avec les dragons. Puis, naturellement, Angédid se trouva nommée gouvernante-nourrice du jeune prince des elfes.

Son clan, sauf sa mère, l'avait rejetée, laissée évoluer à la cour d'Aquasta sans chercher à la connaître davantage. Ses attaches étaient désormais les liens l'unissant à la famille royale, et les proches de ce noyau, aux exigences si particulières. Ils étaient ses parents de cœur.

La Dame d'Atour avait, toutefois, des nouvelles de son frère par les messagers, qui croisaient parfois dans les terres de sa naissance. Les contacts n'étaient pas entièrement rompus, juste épisodiques et de courtoisie. Elle souffrait de cette non-reconnaissance de sa parentèle. Pour elle, les liens du sang étaient ceux qui devaient primer. Un paradoxe au vu de l'attachement qu'elle éprouvait pour les membres de la maison royale. La lignée pure était son dogme.

Elle haïssait les conséquences des actes d'Asmodèle, l'hybride infâme et stérile. Mais surtout, elle rendait responsable le croisement d'espèces reptiliennes, origine de la naissance de la dragonne sorcière, d'être la source du comportement dictatorial de la druidesse noire. Son rôle auprès d'Elfostrus était, à ses yeux, celui d'une remise en place des erreurs ; elle voulait anticiper tout dérapage, tout débordement qui pourrait survenir du fait de la multigénicité de l'enfant.

L'amour, qu'elle portait à la tribu régnante dont elle s'occupait, était en contradiction, se disputait avec ses observations, ses analyses, tout autant qu'avec ses croyances et convictions profondes.

☆

Lalie et Sterros se retrouvaient de préférence dans les appartements du roi. Ceux de la reine des elfes, attenants à ceux de son fils où logeait aussi Angédid, n'étaient pas vraiment propices à la tendresse d'un couple.

Dans l'intimité, les armes, les voiles et les tissus tombaient. Ne restaient que les corps, les peaux et les souffles. Les yeux s'appelaient, les mains se tendaient. La fusion des creux et des bosses, les pleins et les vides, tous s'accordaient.

Le temps de l'entente de façade faisait place à l'exaltation des pulsions. Les doigts frôlaient les zones sensibles et électrisées dans l'attente d'une félicité. Un assouvissement de la chair, un accomplissement, et un « emplissement » des sens. Dans la chambre sans âme, soudain la densité des formes, leurs ébats apportaient la vie aux murs et l'embrasement torride aux amants. La pièce vibrait, bruissait de mille sons. Éloignant le froid et la tristesse des solitudes.

Les deux souverains partageaient une sensualité tactile de forte intensité. La découverte de ce terrain d'échanges mutuel habillait, et habitait l'image lisse, voire policée, de leurs rôles de monarques. Ils avaient un équilibre. Et un enfant, pour vivre en tant que parents.

Le domaine régalien était maintenant trop étroit pour ces êtres, de chair, feu et sang, soumis à la passion des sentiments, aux cris de la matière accordée. Ils se cherchaient sans cesse, ne buvaient que par les yeux de l'autre, ne respiraient que par les lèvres entre-ouvertes, et humides de désirs du conjoint. Impossible de faire taire les douloureux appels de leurs ventres et de leurs reins : l'antre de la femme, satisfaite par le chibre du mâle. La caverne sacrée baignant l'étendard turgescent et écarlate. La revendication frénétique de l'attachement. Le compagnon puissant, attentif, patient et délicat. L'amante entreprenante, inspiratrice et tendre.

Ils décidèrent d'unir leurs noms, après avoir lié leurs corps. Leurs royaumes, désormais soudés, une famille composée, offraient aux sujets du couple, un apaisement pour l'avenir. Une trêve au sein des ethnies, pouvait s'envisager ; facilitée grâce aux particularités de la reine, celles de son fils, alliées au calme légendaire des forgosses.

☆

# Chapitre 21

Nymphéa était presque à terme. La fusion avec Hélias avait apporté l'ascendance solrys, qui s'épanouissait, dans son ventre zhom bleu gravide. Un enfant conçu comme un miracle, la réunion de leurs deux entités. Cet être à venir avait été créé, formé alors que ses parents étaient plus qu'intimement soudés. Ils étaient l'autre dans l'un. Le maelstrom d'énergie qui se concrétisait par la conception d'une troisième vie. La somme de leur amour, de leurs individualités alors imbriquées, de leurs fluides. Un assemblage de leurs cellules. Une part, de chaque monarque, s'était amalgamée pour s'organiser en ce futur enfant. Déjà adoré de sa famille, deviné et compris par le prince des elfes.

La délivrance approchait. Les préparatifs, pour accueillir l'héritier ou héritière des royaumes des zhoms bleus et solrys, occupaient la maisonnée de la souveraine, ainsi que sa cousine Lalie. Elfostrus secondait les deux reines, par sa présence apaisante pour l'une, par sa réactivité et vivacité d'esprit pour l'autre. Le prince aidait pour les choix d'ambiance, décoratifs des « travaux », puisqu'il ressentait l'enfant. La complicité, entre les deux progénitures, en laissait songeur plus d'un. Alors que d'autres traçaient une multitude de plans « sur la comète ». Comment ne pas espérer, envisager, la réunion de trois des royaumes sur les quatre, par un mariage entre leurs héritiers respectifs ? Tous souhaitaient une princesse solrys-zhom bleue pour un prince elfes-zhom bleu porteur d'un reliquat de gènes dragon...

Les rois rayonnaient de bonheur, ils étaient tous deux sur un petit nuage de béatitude extatique. Ceux qui les croisaient auraient pu les prendre pour de doux idiots innocents, s'ils n'avaient pas eu connaissance de leurs fonctions et épreuves traversées. Toute personne, encore en vie sur Prudhomgon, savait que survivre à un conflit, tel que celui dernièrement enduré, avec ces atrocités ou tortures, faisait mûrir et « grandir » les plus ingénus des êtres.

Les infrastructures de liaison entre les différents domaines étaient presque entièrement rétablies. Gagner les territoires des dragons ne posait plus de soucis de trajet, aux piétons ou aux cavaliers. Les immenses exploitations agricoles donneraient de belles récoltes, les mines commençaient à trouver un rythme de production satisfaisant. La paix prenait un visage rassurant, confortable, pour les prudhomgoniens jusqu'alors malmenés.

☆

De son côté, Nexitys avait pacifié, uni les dragons en une seule et grande assemblée de Volants. Le saurien avait appliqué, aux sociétés reptiliennes, une variante du modèle homininé : avec une administration, où siégeraient le même nombre de représentants, des diverses ethnies.

En tant que représentant du nouveau gouvernement, le chancelier ne voulut pas cumuler les fonctions, et refusa celle de « Maître de Cérémonie » du Conseil Reptilien. Des élections eurent lieu, au sein des espèces en présence, pour nommer un dignitaire à même de mener cette tâche pour une durée limitée. Ce titre n'était en rien héréditaire ni permanent. C'était un siège éjectable en cas de non-probité ; ou d'utilisation, pour son compte personnel, des avantages de la fonction.

Recevant à maintes reprises les visites d'émissaires des royaumes limitrophes, parfois les monarques eux-mêmes, Nexitys remédiait, ou améliorait la trajectoire des institutions restaurées. Dans le cas où cette direction s'avérerait néfaste ou inapplicable à la restructuration en cours. Toujours avec l'aval du Conseil Reptilien, sous les précieux exemples et avis de ses alliés.

Tous modèles qu'ils furent, les gouvernements des royaumes de Prudhomgon ne pouvaient être totalement compatibles et recopiés, dans leurs fonctionnements, au sein du système politique des Volants. La rudesse de ces sauriens n'avait d'égale que leur entêtement !

Même avec un Conseil élu, des décisions votées à la majorité, donc entérinées par le plus grand nombre, la nature belliqueuse dragonne s'accommodait mal d'une quelconque ligne ou règle de conduite. Les proligrognes, surtout, révoltés et querelleurs permanents. Il fallait toute la finesse, et la patience, d'un infomnème comme

Nexitys pour les apaiser. Son passage, aussi bref fut-il près d'Asmodèle comme diplomate, lui avait enseigné l'art de l'endurance. Caractéristique inscrite dans son ethnie, ou peut-être dans celle d'un individu à sang-froid.

La mise en place des multiples assemblées permit de déterminer le régime sociétal des sauriens. En fait, une Confrérie, ni république ni monarchie. Pas une dictature non plus. Le chancelier en était son représentant, son principal interlocuteur, intermédiaire, vis-à-vis des royaumes, et trois sociétés dragonnes. Les ordonnances et actes étaient débattus lors des séances du Conseil Reptilien.

☆

Sur Absurdie, des mouvements géologiques furent détectés, ils s'intensifiaient au point de créer une nouvelle topologie. La planète jumelle de Prudhomgon subissait des modifications crustales de forte amplitude. Ces séismes et déplacements de plaques continentales, sans aucun signe avant-coureur ou explication, pouvaient être observés et ressentis sur Prudhomgon.

Tout le planétoïde d'Absurdie ne fut pas affecté. Les zones extrêmes polaires furent épargnées : lieu où les premiers explorateurs avaient implanté des bases d'études et d'accueil en cas de destruction de la planète-source.

Les « fantômes », vivants sur ce territoire en plein remodelage, s'étaient préventivement mis à l'abri au niveau des calottes. Ces étendues de terres ressemblaient à des steppes, d'immenses plaines d'herbes sèches, à la trop brève belle saison. Des surfaces désertiques, dominées par une chaîne montagneuse sur leurs périphéries. Des grottes perçaient les flancs rocheux. Elles étaient en partie gelées durant le reste du cycle annuel.

Le site parfait pour le commando d'ombres ; il était loin de l'épicentre du cataclysme secouant la planète. En sécurité, puisqu'ils connaissaient le lieu où l'intensité serait à son maximum. Le groupe de dissidents, les réfractaires aux sociétés qui se mettaient en place sur Prudhomgon, était responsable, coupable de l'apparition de ce remaniement planétaire.

Cet assemblage hétéroclite, d'individus ailés ou non, aux idées axées sur la suprématie de l'équilibre grâce à la pureté des ethnies, comptait dans ses rangs, en tant que guide « éclairé », un membre de la famille d'Angédid. Comme tous les zhoms bleus, il pouvait se fondre dans les masses liquides. Il avait poussé ses facultés jusqu'à avoir la capacité de s'immiscer, prendre possession du corps d'un être, par infiltration dans les fluides de l'autre.

Il était aisé avec un membre de sa famille, sa sœur, bien introduite dans la place, d'avoir des informations sur les caractéristiques des enfants multigéniques. La nurse était, à son insu, manipulée. Elle représentait le bras actif, involontaire, d'un coup d'éclat qui débuterait sur

Prudhomgon ; le camp retranché d'Absurdie serait le quartier général où se finaliserait cette action, et aussi la zone de replis des renégats.

Les dragons du groupe, infomnèmes et spiritailes, étaient les vecteurs de déplacement par téléportation, les convoyeurs-transporteurs. En plus de leurs compétences particulières liées à la communication mentale, ils avaient « de base » celle d'armes-machines de guerre. Ils étaient nostalgiques de la volonté de domination saurienne d'Asmodèle, tout en rejetant les origines hybrides de la dragonne défunte.

☆

Angédid fit sortir Elfostrus de la chambre de Nymphéa. Le prince elfique, avant la perte des eaux bleues amniotiques de la parturiente, avait senti l'arrivée de l'enfant de la reine alitée. Lalie restait au chevet de sa cousine. L'expérience de la naissance récente de son fils, secondé par les bons offices des Suivantes, permettait une mise au monde dans les meilleures conditions.

L'héritier d'Elfius suivit sa gouvernante dans les cuisines. Elle lui servit un goûter comme il les aimait : démesurément pantagruéliques. Il dévorait avec un plaisir non feint. Une fois sa collation engloutie, ils partirent en promenade digestive. La température était clémente, et les bois, tellement vivants, regorgeaient de beauté, et de bêtises à faire pour un jeune adolescent ! Oui, le prince avait encore grandi.

Ils rencontrèrent des résidents du palais, qui y pénétraient ou en sortaient. La journée était vraiment très agréable, grâce à la chaude lumière orangée du soleil. Précédés de la soldatesque royale, des mages et Archimages passèrent en trombe devant eux. Malgré sa taille, sa vivacité, Elfostrus était juste un enfant. Ses acquis relationnels, plus qu'intellectuels, ne lui permettaient pas appréhender et interpréter tout ce que contenait le cerveau des adultes. Il réagit alors par l'incompréhension, face à tout ce remue-ménage, l'angoisse se lisait sur son visage immature.

Tous avaient vu les explosions nocturnes en provenance de la très proche Absurdie. Mais, tous savaient que la planète jumelle inhabitée possédait des volcans en activité, comme Prudhomgon. Nul ne fut donc réellement surpris par ces pseudo-éruptions hors de son atmosphère. Ce qui était inhabituel était la réaction des enchanteurs, et la survenue du phénomène si tôt dans l'année ! Les projections donnaient habituellement les aurores boréales uniquement durant la saison froide.

Toute à leurs surprises, du comportement des enchanteurs, le prince elfique et sa nurse ne virent pas dans un premier temps la transformation de leur environnement. Les bois avaient disparu. Les bruits de la faune étaient absents. Les odeurs étaient comme traitées à l'ozone : aseptisées. Le ciel était remplacé par de la roche, et le sentier moussu avait fait place à un chemin de terre parsemé de quelques cailloux. Comme s'ils avaient subi une translocation, un déplacement. Et, plus personne autour d'eux.

☆

Un cri aigu suivit la première inspiration du nouveau-né à la peau cuivrée et au dos zébré de lianes bleues. Les marques dorsales identiques à celles de Nymphéa, sa mère, et le teint ocré de son père Hélias.

La venue au monde s'était déroulée sans anicroche, rapidement et sans trop de douleurs pour la maman et son enfant. Le soutien de Lalie, et les incantations psalmodiées eurent l'effet attendu. Elfostrus ne pouvait rester au chevet de la souveraine, pour la naissance de cet enfant, il était lui-même un très, très, très jeune rejeton malgré son aspect. Les bienfaits apaisants de sa présence, et du contact de ses mains furent transférés à sa mère l'Archimage.

Le nouveau-né était en bonne santé, à priori. L'examen, par les enchanteurs ou les médecins et guérisseurs, en donnerait la certitude. Viendrait ensuite le tour des maîtres en sondage psychique pour déterminer la configuration mentale, l'équilibre psychologique du dauphin-e. Le but était de le former, au plus près de ses aptitudes, pour son futur rôle d'héritier-e. Les mêmes tests subis par Elfostrus lors de sa naissance, et les monarques avant lui à leur venue au monde.

Comme beaucoup de zhoms bleus, la détermination sexuée de l'enfant était inscrite dans ses gènes, mais non exprimée. En jargon « scienteux » : le génotype fixé, mais pas le phénotype. Le fils de Lalie, lui, savait, car connecté en permanence avec le bébé. Bien qu'ils eussent tous les deux besoin de repos, Nymphéa réclamait sa présence auprès d'elle et du nouveau-né. La souveraine, après avoir allaité pour la première fois son enfant, désirait être fixée sur le prénom à lui donner. Était retenue Calysta pour une fille, et Axence pour un petit prince.

Le lien qui unissait les rejetons permettrait à Elfostrus de communiquer les pensées du bébé, et rassurer ainsi les parents.

Hélias avait accouru dès l'annonce de la naissance de sa progéniture, il entourait tendrement sa femme, reconnaissant comme un amant protecteur.

La souveraine était comblée, mais soucieuse ; être mère était une étape, une sorte de rite initiatique, marquant définitivement l'ancrage dans la phase adulte, et en principe mature...

Nombre de parents étaient gâteux de leur enfant.

☆

# Chapitre 22

Lalie et Sterros cherchèrent, toute la journée durant, le prince elfique dans les sous-bois. Le personnel au service de Nymphéa et Hélias, ainsi que le souverain lui-même, s'employa à fouiller le palais.

L'héritier et sa nurse avaient été aperçus dans la salle commune pour la collation du dauphin, avant l'accouchement de Nymphéa, d'où les perquisitions dans le château. Les soldats et enchanteurs avaient noté leur passage dans le bois, mais depuis plus rien ; donc investigations dans ses lieux par la reine des elfes et son mari. Mais, aucune trace d'Elfostrus ni de sa gouvernante, nulle part.

Autant le jeune prince pouvait sonder presque toutes les consciences, mais la sienne restait impénétrable à la plupart des Prudhomgoniens. Il était nécessaire de posséder des dons psychiques puissants pour lire ses pensées, mais les maîtriser parfaitement, afin de pénétrer son esprit sans qu'il s'en aperçoive. Ou le prendre au dépourvu, par la ruse. Manipuler son côté enfant pour y arriver. La finalité de la quête actuelle était de le localiser, grâce à l'empreinte unique de ses ondes cérébrales, que les enquêteurs tentèrent de situer. Pour ensuite communiquer avec lui par télépathie. Opération hautement improbable, face à l'étendue de la force mentale de l'enfant, mais pas impossible au vu de la naïveté liée à son âge. Le prince ne laissait pas son esprit ouvert à tous, mais pouvait être berné à cause de son inexpérience.

L'autre possibilité était de tenter une connexion avec Angédid ; la gouvernante, zhom bleue avec la faculté de masquer son subconscient, avait sa psyché plus accessible que celle d'Elfostrus. La Dame d'Atour se trouvait, immanquablement, auprès de l'héritier dont elle avait la charge. Son attachement au prince, de nature quasi filiale, pouvait être exploité. Tout se jouait sur le professionnalisme de la Suivante, et la profondeur des relations unissant les deux disparus. À condition qu'un lien puisse être établi avec le mental de la nourrice.

La disponibilité des enchanteurs, mages ou Archimages pour localiser le prince et sa gouvernante, était mise à mal par la nécessité de comprendre les bouleversements qui avaient lieu à la surface d'Absurdie. Leurs connaissances dans le domaine de la lecture des astres, leurs capacités de téléportation sur de longs parcours, étaient requises pour cet incident. L'autre éventualité était de quérir une aide complémentaire auprès des spiritailes et infomnèmes.

☆

La grotte était claire et luminescente. Certes, le sentiment d'oppression était là, mais seulement à l'état de trace, car bien que les parois aient été proches l'une de l'autre, la voûte très haute donnait un aspect cathédrale à ce lieu confiné. L'effet iridescent était apporté par ce qu'il semblait être des champignons accrochés, incrustés aux aspérités et anfractuosités de la roche. Amplifiant ainsi le volume de cet espace, et neutralisant toute sensation de claustrophobie.

En cet endroit, dont on ignorait s'il s'agissait d'une caverne enfouie en profondeur ou une simple traverse sans déclivité dans le sol, la respiration n'était nullement gênée. L'hygrométrie était juste adéquate pour ne pas avoir le gosier desséché ou irrité ni trop humide, ce qui collerait alors les vêtements au corps telle une sangsue sur sa proie, — ou un végétal rampant sur un mur — : intimement liés.

Angédid, qui ne tolérait pas les entraves spatiales — elle sortait rarement du palais aux proportions immenses —, ne cédait pas au sentiment d'enfermement. Tenant Elfostrus par la main, la gouvernante marchait d'un bon pas. La nurse, rangée à l'avis de l'enfant qui avait exploré mentalement la grotte — dont ses dimensions — puis déterminé la direction de la sortie, les « déplacés » avançaient résolument, vers ce qui semblait être l'accès à cette issue.

Elle savait le prince capable de sonder son esprit, mais il le faisait pourtant peu souvent, car par trop respectueux des individus. Parfois, par jeu il y avait recours. Ou par crainte pour sa sécurité. La nourrice et l'enfant se faisaient mutuellement confiance. Il n'y avait pas d'abus du côté de l'héritier ni d'exigences démesurées ou inadaptées de la part d'Angédid.

Ils avaient maintenant compris qu'Aquasta était loin d'eux. Ils ne se l'expliquaient pas encore, mais les deux « déplacés » en étaient certains ; les bois ceignant le palais étaient hors de la portée de leur exploration mentale. Et à cet exercice, Elfostrus était un expert.

☆

Les mages se dirigèrent vers ce qui restait de l'observatoire, un lieu dégagé, surélevé, où se dressait, avant le conflit, une bâtisse lourde, sombre, austère, mais fonctionnelle. Quelque peu écroulée, elle conservait toutefois suffisamment d'équipement pour observer plus précisément ce qui se passait sur Absurdie.

À l'œil, de manière naturelle et directe, les habitants de Prudhomgon avaient constaté les répercussions, qui se produisaient sur le monde habité, des éruptions provenant de la planète jumelle. Ces éjections de matières volcaniques, dans la haute atmosphère du planétoïde, avaient créé, beaucoup plus précocement dans l'année, des aurores boréales sur Prudhomgon.

Le comportement de certains animaux était modifié. Ils s'en trouvaient plus tendus et hypersensibles à des stimuli qui appartenaient, jusqu'alors, au domaine du quotidien. Leurs réponses étaient désormais amplifiées, voire inadéquates. Même les nourrir devenait une gageure.

Ces observations, sommet de l'iceberg, laissaient hypothétiquement préfigurer les retentissements que subiraient les Prudhomgoniens. Il était urgent de déterminer les causes de ces « irrégularités », « singularités », et ce, dans les plus brefs délais.

Dans cette optique, les hauts maîtres de la magie d'Aquasta, qui étaient aussi les meilleurs analystes, observateurs et « scienteux » de Prudhomgon, se rendirent donc à l'ancien bâtiment, délabré, mais encore partiellement en usage.

Toutefois, les hommes des sciences n'étaient pas les seuls à s'être dirigés vers le promontoire. À la suite de la récente disparition du prince elfique, et de sa gouvernante, les soldats furent mobilisés pour encadrer, escorter et défendre, si nécessaire, les mages. Après la guerre contre les dragons, la peur n'avait pas totalement disparu ; en l'absence d'origines bien définies du danger potentiel, provenant d'Absurdie toute proche, les craintes de nombreux habitants se rallumaient.

Pour éviter la propagation d'une psychose compréhensible, les monarques présents avaient donc diligenté une protection pour ces « enquêteurs » de l'espace.

Le fragile équilibre, restauré, entre les peuples de ce monde serait-il menacé par un élément extraprudhomgonien ? Un phénomène de l'environnement de la deuxième planète viendrait-il perturber l'avenir des habitants du globe source ? Les interrogations étaient nombreuses, les hypothèses et conjectures ne cesseraient qu'avec la présentation d'un début de réponse. Apport suffisamment étayé et argumenté pour convaincre les individus déjà bien meurtris. Il fallait apaiser les souffrances et les craintes.

☆

Nexitys, en tant qu'infomnème, était en liaison avec tous les dragons de son ethnie ; surtout si ceux-ci laissaient les « voies d'accès » à leurs pensées ouvertes. Il fut donc rapidement informé de la disparition d'Elfostrus. Par télépathie, grâce à sa connexion avec les représentants des sauriens dans le palais d'Aquasta, il assura le roi de sa volonté de tout mettre en œuvre pour chercher pistes et indices, qui contribueraient à élucider cet incident. Il demanda par le même moyen de transmettre son soutien à Lalie et Sterros.

Après la guerre, sous les ordres d'Asmodèle, des dragons contre les homininés, le nombre des reptiles avait baissé. Comme dans tous conflits, quel que fut le camp des belligérants ! Un recensement avait été établi, avant l'entrée en guerre, afin de répartir équitablement les effectifs dans les troupes, en fonction des diverses capacités des ethnies. Un dénombrement fut reconduit sur les survivants pour déterminer les affectations des aides à la restructuration des différents domaines et territoires. Ainsi Nexitys connaissait le nombre exact des sauriens au sein de chaque population.

Le chancelier demanda, avec l'aval du Conseil Reptilien, un nouveau comptage des volants. Requête acceptée, car présentée dans le but d'allouer des ressources à la recherche d'Elfostrus. Pour s'en démunir d'une partie, sans encourir le moindre préjudice à la création de la constitution de la Confédération Dragonne. La connaissance de la quantité de moyens disponible apparaissait évidente.

Fort du résultat obtenu, avec diligence du Conseil, Nexitys proposa son idée aux homininés afin d'éliminer la piste d'une implication d'un, ou plusieurs des rescapés, dans cette malheureuse affaire.

Le reptile reçut le décompte de ses congénères après la soumission de sa suggestion aux rois et reines alliés. Il manquait plusieurs infomnèmes, et deux spiritailes ne s'étaient pas présentés à leurs postes de superviseurs. Deux proligrognes étaient portés absents par les membres de leurs familles respectives.

☆

La politique, la diplomatie, la gestion des royaumes prirent le pas sur les réjouissances de la naissance d'Axenlysta — en attendant de pouvoir nommer l'enfant Axence ou Calysta —.

Les responsabilités et devoirs régaliens se conduisaient en parallèle de l'élucidation de la disparition d'Elfostrus et de sa gouvernante. Dans ce but, le vecteur était la mise en commun des ressources homininés et dragonnes.

Ni demande ou revendication formulée, ni message de départ trouvé, ce qui aurait expliqué une absence prévue et volontaire. C'était l'incompréhension complète. Une situation inexplicable. D'aucuns ne savaient ce qu'il s'était passé. Dans le doute, des opérations de protections rapprochées furent mises en place, pour les mages « enquêteurs », et plus prés du prince elfique, tous les membres de la famille royale.

Hélias, Sterros, Lalie et Nymphéa avaient reçu les messages de soutien, puis la suggestion de dénombrement de la population survivante dragonne de Nexitys. Le résultat du décompte suivi ; les recherches prirent une autre direction. Elles s'orientèrent désormais sur une double disparition, avec une forte probabilité de rapt par des dragons. Une possible collusion avec des homininés était envisageable, en l'absence de conclusion qui infirmait cette hypothèse. Un recensement fut donc aussi demandé au Grand Conseil, qui valida très rapidement la requête. Vitesse de réponse inhabituelle, mais justifiée au vu des implications et de l'ordre du jour en considération.

Les investigations remontèrent vers les membres de la famille d'Angédid, inévitablement. Des zhoms bleus dont les traces, dans les archives restantes, avaient été perdues. À condition que ces dernières aient été réactualisées dernièrement. Beaucoup de documentations avaient été détruites lors de la guerre, et dans l'écroulement, partiel ou non, des bâtiments.

Le dénombrement effectué parmi les hommininés, avec pour base de référence les registres de naissance et décès, allégés des pertes identifiées suite aux conflits récents, il existait un écart. Notamment un des parents d'Angédid, son frère aîné Cédrals avait disparu, un puissant mage chassé de l'ordre des Sages. Son intolérance sur les progrès-évolutions et à la mixité génétique le cataloguait comme ultra conservateur instable.

Manquait à l'appel en fait un groupe de dix hommininés environ, forgosses et zhoms bleus. Le détail chiffré était encore incertain, car lié à la faible fiabilité de la référence de départ, assujettie aux pertes subies lors du conflit avec les sauriens.

☆

# Chapitre 23

Les recherches pour retrouver Elfostrus et Angédid s'orientèrent sur un enlèvement. Un rapt de dragons, par des homininés, était tout simplement irréalisable, impensable, sans des complicités extérieures. Ce délit aurait laissé des traces, des indices importants. L'hypothèse retenue était le kidnapping de l'héritier, et de sa nurse, par les sauriens. Les investigations furent conduites par le zhom bleu Auréal et le forgosse Gronoss, comme non-lézards. Leur étaient adjoints les trois reptiles régents de chaque ethnie. Chacun devait rendre compte soit à son suzerain soit à Nexitys.

Les poursuites pour dépister les auteurs de ce rapt s'intensifiaient. Les deux enquêtes étaient menées de concert afin de conduire au même but : ramener le dauphin solrys et sa gouvernante. La localisation des victimes, celle des responsables pouvait être en des lieux distincts ; il s'agissait bien de deux quêtes différentes.

Les pistes se précisaient autour des membres de la famille de la nourrice, reconnus pour leurs sympathies à des idéologies anti-évolutionnistes, voire très conservatrices. Angédid avait, elle aussi parfois, des convictions bien tranchées sur le sujet, et restait campée sur ses positions.

Les limiers reptiliens avaient pu déterminer l'implication d'un petit nombre de forgosses. Les autres suspects incriminés étaient des infomnèmes, spiritailes et proligrognes.

Le champ des possibles avait pu être réduit par les efforts conjoints de la Confédération Dragonne, nouvellement instituée, et les actions énergiques d'Auréal et Gronoss pour remonter à la source du mobile. Celui-ci se résumait à des positions idéologiques et fondamentalistes. Grâce à l'impulsion de tous les participants, le protocole d'élimination des hypothèses faux-sens avait été accéléré. Le tableau des suppositions apportait maintenant des explications plausibles, et aboutissait à des conclusions logiques. Sans toutefois justifier un tel acte.

Les raisons, les responsables, les victimes et les conséquences, tous ces éléments étaient identifiés. Il manquait juste le lieu de détention. Sa localisation posait un réel problème, celui-ci devait être camouflé par des charmes puissants créés par Cédrals. Le mage autodidacte, instigateur de cette action, maîtrisait, et utilisait, nombre de techniques qui s'ajoutaient à ses qualités propres de zhom bleu. Il fallait aussi tenir compte des capacités des infomnèmes, et spiritailes. Ces dernières amplifiaient les mesures de protection, dissimulations, de la planque où étaient retenus Elfostrus et Angédid.

De plus, les perturbations électromagnétiques, liées aux intempéries sur Absurdie, ralentissaient les investigations des mages sur les courtes ou longues distances. Les recherches sur Prudhomgon donnaient donc des résultats « clignotants ». Le temps de réponse à l'envoi d'ondes psychiques était freiné par des écrans qui se manifestaient de manière saltatoire. Les émissions-réceptions étaient déréglées de la même façon sur les deux mondes, les communications étaient contrariées.

☆

Suivant grâce à Elfostrus, la seule direction *Sortie* retenue qui semblait être un passage vers l'extérieur, la fin de la caverne. Les deux « voyageurs » progressaient rapidement.

Chacun conjecturait au pourquoi du comment, aucun d'eux ne prit garde à la surveillance psychique dont ils faisaient les frais. Le jeune prince pensait à un nouveau jeu-rite, Angédid à une mauvaise blague ou pire, mais elle refusait de s'y appesantir, de crainte d'inquiéter le l'héritier. Même des fluctuations, dans le rythme de ses réflexions, pouvaient être décelées par Elfostrus.

Toute présence physique, tentative d'observation, aurait été détectée par l'enfant, d'où un espionnage mental à distance, par le biais de la nurse. Même s'il était absorbé et joueur, le dauphin avait conscience d'être au cœur d'un environnement différent, donc réactif à ses toutes modifications, intrusions dans celui-ci ; y compris cérébrale.

Cédrals n'avait plus vraiment de contact avec sa sœur, aussi il ne savait comment aborder sa cadette. Il avait toujours eu un grand respect pour cette femme, son courage et sa dévotion au service de la famille royale. Un lignage *pur*, symbole de la qualité d'exception d'une dynastie parfaite.

Mais voilà, les convictions du mage, recalé de l'institut de magie, avaient été mises à mal par la venue au monde du fils de Lalie, une abomination à ses yeux. Le rejeton d'une pseudo-zhom bleue et d'un elfe. Un croisement interdit, au code génétique aberrant, porteur dans sa « programmation » d'élément-traces de dragon !

Le frère aîné de la gouvernante devait d'agir, pour son mouvement de la pureté des ethnies. Angédid, qui avait été éduquée dans un contexte d'unicité des genres, ne pourrait que comprendre son action, y adhérer, inévitablement. L'aide qu'elle apporterait, à sa mission, gommerait l'attachement ignominieux dont elle faisait preuve envers la créature honteuse.

Les salles se succédaient en enfilade, comme bâties par adjonction. La deuxième en complément de la première. Une méthode pour spécialiser les infrastructures et les études à y mener. L'étendue du « laboratoire » était impressionnante. Sa localisation, polaire, et les matériaux utilisés à sa construction rendaient toute attaque d'éléments extérieurs sans effet sur son intégrité. Le bâtiment avait été conçu pour être une zone de recherches, puis de replis en cas de destruction de Prudhomgon. Il devait donc présenter toutes les qualités de défense, sécurité, protections et autonomies nécessaires à l'établissement-installation d'une population de survivants après un hypothétique cataclysme. Pour tous les rescapés des diverses ethnies de la planète d'origine.

Les espaces étaient logiquement bâtis en fonction des proportions des sociétés à déplacer, implanter.

☆

Lalie se laissa tomber sur la couche royale. Sterros la caressa par-dessus ses fragiles tuniques. Le roi attrapa un des seins de sa belle à pleine main, le dégagea de son écrin de voile transparent pour le flatter du bout des lèvres. Avec délicatesse, il souleva le jupon de sa femme.

Leur nuit de noces, suspendue par les derniers événements, demandait à être assouvie. La tension engendrée par le rapt d'Elfostrus réclamait un sursis, une douce trêve.

La souveraine, cambrée sous son mari, comme un appel à un contact plus mâle, retenait le visage de son amant entre ses deux mains. La tête rejetée en arrière, elle lui offrait son cou à embrasser avec passion.

Les doigts se contrariaient, et les envies se disputaient avec les tissus.

Un mouvement lascif du géant, vers l'intimité de l'Archimage, laissa la jeune femme au bord d'une frustration naissante, au début d'une attente. Elle ouvrit les jambes pour permettre à son mari de visiter sa féminité plus profondément.

Sterros respira avec lenteur les parfums sucrés de l'antre sacré. Soufflant sur le fruit gonflé, qui exigeait d'être honoré, le roi retardait l'extase et l'assouvissement du plaisir immédiat de sa reine. Il voulait lui donner ce qu'elle méritait, ce qu'elle espérait. Il désirait la combler d'amour et de passion.

Il plaqua sa bouche sur le bouton palpitant, et le goûta de sa langue. Il la fit tournoyer autour, il stimulait un des sites du plaisir. La souveraine gémissait sous les attentions labiales de son mari. Elle souleva ses reins pour signifier une volonté d'en finir, d'être délivrée de cette douce torture, de ce plaisir qui tardait.

L'amoureux investit la caverne d'amour avec deux doigts « danseurs ». Récoltant le nectar suave offert par sa femme, il lui arracha un cri de libération salvateur.

Sterros se redressa, se positionna au-dessus de son épouse, embrassa ses lèvres entrouvertes et le visage aimé de Lalie, tout en la pénétrant avec douceur. Puis il accentua le rythme, emplit l'espace humide et chaud dans un râle animal.

☆

Les observations, réalisées à l'aide du télescope bringuebalant, mais encore opérationnel de Prudhomgon, permirent de localiser le point d'origine des modifications crustales sur Absurdie. L'épicentre déterminé, les scienteux extrapolèrent et vérifièrent, toujours grâce à la lunette astronomique, les déplacements des plaques continentales, les affaissements ou élévations de chaînes de montagnes.

Tous les changements qui se mesuraient, en temps ordinaire, sur une échelle de milliards d'années, se visualisaient, avec ces dernières éruptions, en heures pour certains et prenaient le titre d'anomalies. Des prévisions fiables pouvaient être établies quant à la progression topologique de ces altérations.

Les statistiques, du modèle planétaire précédent confronté à l'actuel, prouvaient que ces remaniements ne pouvaient être d'origine naturelle. Ils étaient induits par une intervention extérieure suffisamment puissante pour transformer la configuration de la planète jumelle. Un autre problème fut donc soulevé : quel était le mécanisme responsable de cela ?

Dès que la nouvelle : « un élément extérieur non naturel est responsable des modifications sur Absurdie », fut relatée à Hélias, le Grand Conseil tînt une séance. Les conjectures allaient en tous sens, pas toujours très plausibles.

Le fait que les pôles aient été épargnés, ainsi que les installations de replis pour une éventuelle colonisation, fut aussi mentionné.

Il en ressortit qu'une expédition serait téléportée sur le globe voisin. Le but était d'étudier l'impact du phénomène sur les bâtiments, car, même encore debout, ils devaient avoir subi quelques dommages. Il fallait déterminer précisément l'étendue des dégâts.

Les robots d'observation, sur les lieux, avaient fourni des relevés physiologiques. Les résultats attestaient la conservation de la compatibilité atmosphérique malgré les modifications structurelles d'Absurdie. La planète restait viable, ce qui permettait l'envoi d'émissaires. Information à prendre avec des précautions, car les mécanismes des sondes pouvaient avoir été endommagés, et donc ne plus être fiables.

La viabilité du projet « *planète de replis* » était en jeu. Après l'attaque, orchestrée par Asmodèle, cette étude apparaissait comme une stratégie nécessaire à la pérennité des espèces. Au cas où un événement entraînerait l'extinction des populations de Prudhomgon.

☆

De la même manière que les enquêteurs dragons recherchaient à tracer les agissements des reptiles identifiés comme renégats, les homininés pistaient les bipèdes impliqués — afin de découvrir leurs rôles dans la disparition du jeune prince et de sa nourrice —. Tout était lié. Cette conclusion qui était déjà subodorée, pressentie, se précisait.

La discrétion des suspects, dans le paysage social, ne facilitait pas la tâche pour déterminer le lieu de séquestration des victimes. Les difficultés de communications télépathiques compliquaient les échanges d'informations. Il semblait que le concours de circonstances dont bénéficiaient les kidnappeurs fût une aubaine !

Les modifications géologiques sur Absurdie, leurs conséquences sur Prudhomgon avaient dissimulé leurs actions, sur les terrains d'investigations des enquêteurs.

Les recherches apportaient néanmoins davantage de résultats à propos des dragons impliqués : les sauriens recherchés étaient d'anciens soldats, il existait une trace de leur présence dans les registres militaires. Il fut plus aisé de suivre leurs déplacements, même si ceux-ci avaient été masqués par l'emploi d'un camouflage psychique.

Mais, comme un voile léger, donc aisément « retirable », pour ne pas attirer l'attention des autres mastodontes croisant les suspects, un écran de dissimulation saurien laissait toujours une empreinte d'utilisation. Plus la ruse était puissante, plus la trace était détectable. Enfin, c'était le cas pour ceux incriminés.

Cette marque, très identifiable, indiquait un manque de qualification des reptiles, ou une volonté de détourner les pistes. Seuls un infomnème, ou un spiritaile, suffisamment expérimenté, pouvaient amoindrir, voire anéantir les effluves-traces des filtres d'occultation.

Encore une interrogation qui se profilait.

Prudhomgon était vaste. Les interférences provenant d'Absurdie compliquaient tout. Les moyens dédiés aux recherches d'Elfostrus et Angédid étaient amputés, entre autres, par les affectations de personnel chargé de l'étude des dégradations survenues sur la planète jumelle.

Les populations, diminuées à la suite du conflit armé, ne pouvaient fournir, en nombre suffisant, des enquêteurs compétents. Les chefs d'équipes nommés par les monarques et Nexitys, difficiles à recruter faute de candidats, possédaient les capacités adéquates. Il fallait ensuite déléguer ; le personnel n'était pas toujours opérationnel, puisque récemment affecté, donc inefficace ou incompétent par manque de formations.

La distribution en deux groupes d'investigations, de premiers plans, réduisait la vitesse d'exécution et de résolution pour chacun d'eux.

Pourtant tout aussi essentielle l'une que l'autre, les deux instructions devaient être menées de front, sans n'en privilégier aucune.

☆

# Chapitre 24

Axenlysta, comme tous ces congénères, était sous l'influence de la lune, avec une croissance comparable à certains végétaux. Sa parenté solaire par son père Hélias, combinée à celle de sa mère Nymphéa, l'avait fait croître de façon spectaculaire. Pas autant qu'Elfostrus, mais plus rapidement qu'un zhom bleu, ou un solrys, qui ne présenterait aucun croisement dans son ascendance. Le mélange des deux génotypes activait la « poussée » de cet hybride.

Comme perdu, un poisson hors de son bocal, le jeune enfant semblait amputé d'une partie de lui-même. Il refusait de s'alimenter. S'enfermait dans un profond mutisme, sans lumière, ou espoir de vouloir en sortir. Hélias et Nymphéa tentèrent de lire ses pensées. Ils n'y décryptèrent que le fils de Lalie.

La chaleur ressentie dans le ventre maternel lui manquait, ses sourires et batailles avec le fluide nutritif entre ses orteils aussi. Mais surtout la présence douce, et vigilante, d'Elfostrus. Leurs contacts physiques, malgré les barrières dermiques, protectrices et nourricières de sa mère, avaient la capacité de le faire se sentir vivant. Les échanges de sensations établis entre les deux enfants, lors de la grossesse de Nymphéa, renforçaient leur interdépendance ; phénomène plus prononcé pour

Axenlysta. Telle une relation pseudo-parasitaire de symbiose, ou de commensalisme d'un végétal pour son hôte. Avec l'héritier elfique comme source d'énergie. Le descendant d'Hélias était une éponge à sentiments, un empathique vis-à-vis de son entourage, il renvoyait à Elfostrus une vision élargie, et approfondie, des pensées de ceux situés dans son cadre immédiat. Les deux successeurs se complétaient, communiquaient mentalement de manière continue. Mais c'était avant.

Stimuler Axenlysta, avant sa phase de chrysalide dans son cocon puis pupe adolescente, n'était pas une mince affaire. L'enfant prenait de la distance avec la conscience de son environnement. Cheminement logique pour la préparation de son évolution, mais très nettement amplifié pour son cas particulier. Le garder « présent » devenait compliqué, l'héritier-e persistait dans le refus de tout contact physique. Nymphéa et Hélias étaient les seuls à être tolérés, durant cette étape de croissance de leur progéniture.

Si les souverains, et les enquêteurs avaient manqué de motivations dans la nécessité d'activer les recherches pour trouver Elfostrus et Angédid, l'attitude de repli d'Axenlysta en était une de plus !

Bientôt, il atteindrait sa maturité identitaire sexuée, aurait besoin de toute son énergie pour affronter cette transition. Il était préférable, durant cette phase, que le prince des elfes soit auprès de lui. Il était évident qu'un lien existait entre les deux enfants, leurs parents en étaient convaincus en tout cas.

☆

Les investigations suivaient leurs cours, rien de plus ne pouvait accélérer les processus, il fallait attendre encore et toujours. Les souverains essayaient d'atténuer leurs douleurs respectives en se plongeant dans la gestion de leurs royaumes.

L'expédition pour Absurdie était sur le départ. Des mages, des « scienteux » pour l'étude des modifications de la planète sœur, ainsi que des soldats pour sécuriser les périmètres fragilisés. Des spiritailes pour le transport de matériaux ; une équipée réduite au strict minimum.

Les analystes se chargeraient de la résolution de l'énigme portant sur les changements survenus sur le planétoïde repli, ils n'auraient pas le temps de gérer l'intendance ; celle-ci serait prise en charge, en partie, par les enchanteurs télépathes. Les dragons bleus y participeraient, soit à « tire d'ailes » soit par la dématérialisation, délocalisation des éléments à transporter.

Le déplacement vers le centre d'accueil de l'astéroïde jumeau était contrôlé par un autre contingent d'Archimages resté sur Prudhomgon.

Les Astroscienteux, de la planète originelle, attendaient les premières conclusions de ceux envoyés en expédition sur Absurdie. Les explorateurs avaient commencé leurs premières constatations avant même de s'installer.

Hélias s'était déplacé jusqu'à l'observatoire, accompagné de Sterros, Auréal et Gronoss afin de superviser le départ, puis le confirmer aux souveraines.

Les investigations sur la disparition d'Elfostrus continuaient ; les enquêteurs de deuxième rang contactaient leurs supérieurs dès qu'une nouvelle information tombait. Les responsables la contrôlaient, et enclenchaient l'étape suivante. Les recherches avançaient par paliers successifs.

Une piste avait été soulevée. Cédrals, l'Archimage expulsé, avait connaissance, par le biais ses capacités, de l'existence et avancée de travaux, sur la planète sœur. Les limiers, sur Prudhomgon, interrogeaient les autres maîtres des charmes afin de déterminer l'ampleur du savoir du frère d'Angédid. Les enchanteurs ressentaient les différences de fluctuations psychiques du renégat. Cette capacité permettait de saisir l'étendue des certitudes de l'ainé de la nurse. De plus, les responsables de l'enquête pourraient faire le point de vive voix aux rois, définir différentes orientations à ces recherches, ou leur allouer des moyens plus pertinents.

Les détectives informés de l'histoire de Cédrals, de ses déplacements les plus récents, avaient découvert son accointance avec des dragons ultraconservateurs. Des nostalgiques de la théorie de la suprématie des reptiles, chère à Asmodèle. Ils avaient créé un mouvement qui prônait l'idéologie des races pures au sein des ethnies sauriennes. Il n'était pas anormal que les points de vue très similaires de ces protagonistes, d'espèces et genres différents, aient conduit à leurs rencontres et associations.

La compréhension du réseau, de l'Archimage rejeté, s'éclaircissait. Une architecture, un organigramme se dessinait, sans être encore bien détaillé. Les donneurs d'ordre, les exécutants, étaient positionnés, fixés, dans l'organisation du rapt d'Elfostrus et Angédid. Pourtant, aucune revendication ni demande n'avaient été réceptionnées.

☆

Cédrals ressentit, fortement, les énergies psychiques des druides de Prudhomgon tenter de s'infiltrer dans ses pensées, comme une tornade balayant la pièce dans laquelle il se tenait. Le souffle magnétique engendré le souleva de terre. Il virevolta dans l'espace entre plafond et sol, rétablit son équilibre, « atterrit » debout sur une jambe, tel un cygne noir aux ailes déployées, avec un pied à hauteur du genou de son autre membre tendu. Désormais, le renégat se savait épié ; il intensifia ses boucliers d'occultation, y englobant son groupe et la salle.

Les robot-sensors clignotaient, se télescopaient et vrombissaient dans la pièce. Une manifestation d'une telle intensité était rare.

Un événement inattendu se produisit :

— Monsieur, des intrus sont sur la base, ils déchargent leurs matériels et se dirigent vers notre centre ! Un proligrogne de son commando lui asséna cette nouvelle en entrant, faisant voltiger les portes à tout va.

Elfostrus se mit à trembler si fort qu'il lâchât la main d'Angédid. Ne tenant plus sur ses jambes, il tomba, agité de soubresauts. Les yeux révulsés, des mouvements saccadés des membres qui balayaient le sol. Des balancements de droite à gauche animaient tout son corps. Sa respiration était bruyante.

La nourrice, de crainte qu'il ne se blesse, de l'être elle-même en retour, recula et assista à la crise attendant une accalmie. Éloigner toutes les aspérités, tous cailloux ou branchages qui pouvaient entraîner une blessure. Protéger le prince. Sa mission, sa douleur.

La Dame d'Atours ressentait des vibrations intracrâniennes. Une migraine se profilait, en superposition des convulsions de l'héritier qu'elle absorbait, afin d'alléger ce combat chez l'enfant. Les ondes parcouraient, alors, son corps lourd. Par sécurité, elle s'assit, son embonpoint la gênait au milieu de ses jupons. Mais l'inquiétude, qu'elle éprouvait pour le jeune elfe, prévalait par rapport à l'introspection sur son état. Elle avait déjà vu, subit par captation ses crises convulsives. La nurse en connaissait la dangerosité.

Les relevés transmis par les robots-sondes divergeaient de ceux reçus, par télépathie, lors de « l'Absurdissage » des Prudhomgoniens. Les mécanismes, des sentinelles d'acier, avaient dû être endommagés au cours des changements intervenus sur la planète jumelle. Les révisions de la fiabilité du matériel, en place sur le globe, se feraient en un second temps. Les spiritailes avaient déchargé leurs équipements ; avec l'aide des enchanteurs, ils assemblaient les robots-sondes emmenés en prévision de l'obsolescence de ceux d'Absurdie. La défectuosité du stock, présent sur le site, avait été envisagée.

Les sorties sur les zones stables, non modifiées par les mouvements tectoniques de la planète, étaient au préalable sécurisées. Des vols de reconnaissance, effectués par les sauriens, permettaient la transmission d'informations visuelles par télépathie, en temps réel, rendant fidèlement compte de la situation.

Ces secteurs, identifiés comme sûrs, serviraient de camps de bases externes.

☆

Les dragons dépêchés pour pister ceux impliqués dans le rapt, durent à leur tour, déléguer une partie de leur tâche, afin que les recherches s'intensifient. D'autres enquêteurs de terrain furent affectés à la compréhension, à la chronologie des mouvements des reptiles suspectés.

Les traces-effluves des déplacements s'apparentaient à celles laissées par des proligrognes. Elles conduisaient à divers lieux de rencontres, où les sauriens douteux furent décrits et identifiés par des résidants ou des témoins de passage. Des estaminets, des auberges, pour la plupart les endroits, connus, des réunions de beuveries de soirées du roi défunt Elfius.

La surveillance des tenanciers, de leurs locaux, n’avait rien apporté à l’enquête, toujours en cours, sur la complaisance de l’elfe royal pour les dragons. Ces derniers étaient, à cette période, sous l’emprise de la camisole psychique d’Asmodèle.

Des proligrognes isolés n’auraient pu déplacer, séquestrer et camoufler deux zhoms bleus avec des dons tels que ceux d’Elfostrus et Angédid. De plus, les deux victimes, du rapt, n’étaient pas sans ressource. La conclusion qu’infomnèmes et spiritailes avaient dissimulé le lieu final de détention, de la gouvernante et l’enfant, était plus que vraisemblable. La collusion entre différentes espèces de dragons semblait une hypothèse évidente.

Les recherches sur les domaines reptiles s’intensifièrent. Les indices, donnés par les propriétaires des buvettes, appuyèrent les convictions des limiers, de l’ascendant de sauriens verts et bleus, absents au recensement, sur les proligrognes identifiés. Les dragons considérés étaient reconnus comme impliqués dans le rapt. La localisation, de la cache des otages, devenait, par ce fait, plus complexe à déterminer.

Les interrogatoires des tenanciers se prolongèrent. Il fut mis à jour, parmi les réponses fournies, de l’existence d’une destination joignable uniquement par téléportation. Les enquêteurs, sur le terrain, envisagèrent les archipels de Prudhomgon comme abris possibles. Le domaine des spiritailes s’étendait aussi sur les mers. Cela se tenait.

De nombreuses îles appartenaient au territoire des dragons bleus ; elles furent investies par les équipes des limiers d'Auréal et Gronoss. Aidés par des reptiles, détachés aux recherches, les homininés fouillèrent les îlots.

Aucune trace, apparemment, de présence de sauriens ni de zhoms sur les lieux. Aucun camp de transit n'avait été établi. Aucun relief de repas ni de feu ne fut décelé.

La piste des terres du large devenait une impasse.

☆

Le monde de Prudhomgon était en plein remaniement. Les peuples évoluaient au fil des mariages entre leurs représentants, les royaumes s'alliaient par des unions où l'amour avait sa place. D'autres devaient se relever, se battre pour exister, et survivre au milieu de conflits idéologiques.

De nouvelles formes prenaient vie. Des anomalies prouvaient être, non pas le chaînon manquant, mais la phase ou le stade de développement, le palier suivant. L'étape la plus adaptée aux contextes, et conditions environnementales, qui l'avaient fait apparaître.

Le système d'Utopie devait, lui aussi, faire face à des bouleversements plus généraux. Sa réalité, si elle était avérée, était en sursit.

☆

# Chapitre 25

Axenlysta était contenu dans sa cavité de soie grège. Dans son cocon, l'enfant asexué, pour l'instant, se sentait sécurisé et à l'abri de toutes douleurs. Apaisement identique à celui de sa vie prénatale. Quand, avec Elfostrus, il voyait la lumière en toute chose. La disparition inexpliquée de son âme sœur lui pesait énormément.

Du haut de sa jeune existence, la progéniture de Nymphéa et Hélias ne savait comment faire face à cette sorte d'abandon. Se replier, se protéger, se renfermer, s'isoler et se dissoudre du monde furent ses réponses. L'héritier-e ne désirait absorber aucune nourriture, rien ne le tenait en intérêt, rien ne l'attirait.

Sa phase de croissance, dans l'enveloppe de la chrysalide, lui apportait du réconfort. Bien qu'affaibli, il y plongeait avec sérénité et délectation.

Avant de voir sombrer leur rejeton dans l'apathie de la coque de maturation, les souverains, impuissants et désemparés, tentèrent d'atteindre Axenlysta par des pensées, des mots chargés d'amour et de force. Le cœur déchiré, ils devaient laisser faire la nature.

L'enfant seul, soutenu par les cycles lunaires du système d'Utopie, devait trouver la volonté de passer cette évolution. Avec les influences bénéfiques de l'astre de la nuit, sortir en vainqueur, devenir un adolescent zhom bleu comme les autres à Aquasta. Croître avec les phases ascendantes de la lune, se stabiliser sur les descendantes. Ces étapes disparaîtraient avec la mise en place de la détermination sexuelle, après le stade chrysalide.

Installé dans la Puberterie, comme des milliers d'autres, le cocon était connecté en série sur une alimentation hydroponique. Assurés d'être alimentés qualitativement et quantitativement pour les besoins fondamentaux, les jeunes en devenir étaient sous la responsabilité d'ouvrières. Ainsi nommées pour le parallélisme avec les abeilles, ou les fourmis, qui possédaient une organisation sociétale où les larves étaient réunies en un lieu dédié.

La salle des « préadolescents » ressemblait à un champ d'œufs ; il s'étendait à perte de vue. Cela avait été une des premières infrastructures à être restaurée. D'elle dépendait la croissance de l'ethnie des zhoms bleus, sa survie, son existence.

Les peuples de Prudhomgon déploraient déjà la perte des Nobles elfes. Un dysfonctionnement de la salle de maturation des homininés, les congénères de Nymphéa, risquait de causer leur disparition.

La descendance de la reine et d'Hélias serait sous haute vigilance. L'enlèvement d'Elfostrus avait conduit à une augmentation des moyens de protections dédiés aux membres des familles royales, donc de l'héritier, ici en phase pubertaire dans sa coquille.

☆

Les Astroscienteux avaient reçu les relevés actualisés par les mages, et les analystes, dépêchés sur Absurdie. En confrontant les diverses données, ils conclurent à une anomalie, non liée à un phénomène naturel. Les informations de la structure de surface de la planète-sœur ne laissaient, en aucun cas dans des conditions normales, supposer une évolution vers un déplacement d'une telle ampleur de ses plaques continentales. Il en résultait qu'une intervention externe avait été nécessaire pour aboutir à ce résultat. Ce n'était que les premières observations. Elles devaient être confirmées par celles des couches plus internes de la croûte des sous-sols, des mers et des océans. Les nouveaux robots-sondes seraient mis à contribution, pour les recherches sous la surface, y compris sous les eaux. Ces investigations, réalisées par les appareils, apporteraient de meilleurs résultats ; contrairement si elles avaient été faites par les dragons dans ces conditions abyssales.

Les capacités de dissolution des zhoms bleus, envoyés sur les lieux, se heurtaient aux différences de pressions dans ses milieux liquides de profondeurs : c'étaient des environnements où ils n'évoluaient pas habituellement. D'où la prise de relais par les radars mécaniques renforcés, qui supportaient de telles contraintes de forces.

En attente d'informations complémentaires, les images reçues ainsi que les mesures transmises orientèrent les questionnements des scienteux sur le « comment » ; le « pourquoi » viendrait ensuite. Les conséquences sur Absurdie étaient significatives, et avaient des retombées sur Prudhomgon. Les deux mondes, en interaction, s'influençaient mutuellement, comme il était fréquent entre deux planètes proches l'une de l'autre, surtout quand elles tournaient autour d'un même astre.

L'épicentre avait été déterminé, les robots remonteraient bientôt des images plus précises avec des indications sur l'aspect des couches plus profondes du sol. Avec ces résultats, les Astroscienteux calculeraient l'énergie nécessaire au déclenchement de tels événements. Et les moyens pour la mettre en œuvre. Ils venaient même à suggérer l'existence d'autres secousses, foyers sismiques, secondaires pour expliquer l'importance du remaniement de la configuration de la planète sœur.

La puissance définie, les mages espéraient remonter à la cause, à la technique utilisée ; puisqu'il était démontré que la nature ne pouvait avoir occasionné de tels phénomènes de manière spontanée. Le « comment » identifié permettrait de limiter les dégâts, si ceux-ci ne se montraient pas irréversibles.

La pérennité de la vie, la qualification de planétoïde-repli pour Absurdie, n'était pas assurée non plus. La stabilité, au départ, des conditions environnementales, et le fait qu'elles étaient adaptées aux prudhomgoniens rendaient les réponses aux interrogations urgentes. L'attente des conclusions était angoissante, préoccupante. Le globe d'asile ne le serait peut-être plus pour très longtemps, les conséquences sur Prudhomgon pouvaient être dévastatrices. Selon les facteurs d'influences actifs de l'astre d'accueil, dirigés vers le planétoïde source, et leurs durées. Rendant l'avenir sur le monde d'origine encore plus incertain. Il planait une menace de catastrophe naturelle, sans solution de repli sur la planète-refuge.

☆

De retour au sol, les spiritailes, partis en observation aérienne, transmettaient par télépathie les informations recueillies. Ils débriefaient ensuite oralement, pour préciser, affiner les détails. La communication psychique ne rendait pas toujours compte de la lecture d'ensemble des zones explorées.

Les comptes-rendus effectués, les chargés de mission, sur Absurdie, devaient désormais s'approprier les locaux de la base. Ils étaient affectés en rapport avec les statuts de chacun. Les gestionnaires de l'intendance s'assuraient de la salubrité, de la fonctionnalité des pièces, de l'adaptation à la corpulence des occupants, les rendre opérationnels et sûrs. La vie devait reprendre en ces lieux.

Les bâtiments, entretenus par les robots, avant, pendant et après les changements survenus sur la planète, avaient besoin d'une remise en forme. Les appareils aussi ; ils avaient été reconnus récemment comme étant défectueux !

Des anomalies, avaient été relevées, çà et là, attribuées aux dysfonctionnements des dispositifs de veille. Du matériel déplacé, déchargé, rendu obsolescent par sa perte de puissance. À moins que cette baisse d'énergie n'ait été consécutive aux orages magnétiques avec leurs radiations, durant les modifications topologiques d'Absurdie.

Angédid reconnut son frère au premier coup d'œil. Il ne s'était pas encore retourné, mais sa silhouette, gravée dans sa mémoire, était la copie conforme de celle de son père. L'aine était battit à l'identique de son paternel.

Au détour d'un passage en épingle, la gouvernante et Elfostrus s'étaient retrouvés face à un groupe d'individus, homininés et reptiles, sans en avoir pressenti la présence. Encore sous le coup de la crise émotionnelle et convulsive du prince, leurs attentions se portaient sur la récupération du physique de l'enfant.

Désarçonnés, la zhom bleue et l'héritier, pris au dépourvu, tombèrent aux mains de cette équipée. Surpris, dans un premier temps, puis se croyant sauvés, les deux voyageurs furent reconnaissants de cette rencontre fortuite.

Croisant le regard de Cédrals, Angédid blêmit. Elle serra l'enfant contre elle. La nurse connaissait très bien les capacités de son frère, et les raisons de son éviction de l'École de magie d'Aquasta. L'inquiétude la gagnait. Le prince se rapprocha d'elle, tenta de percer l'esprit de sa gouvernante, en vain pour l'instant.

Quelle ne fut pas la stupéfaction d'Elfostrus de se trouver nez à nez avec des êtres vivants ! Autre rencontre que des robots ! Sa joie était manifeste. Deux pas devant la zhom bleue, il voulut se précipiter vers les individus, les questionner sur leur présence, à eux, en ces lieux. Mais la Suivante ne l'avait pas lâché.

Se retournant vers elle, il la vit changer de couleur, du rose de la joie latente d'une telle rencontre, elle vira au gris cendre de la crainte.

Réaction bien au-delà de l'incompréhension de n'avoir pu détecter, avant, le groupe assemblé devant eux. Elfostrus essaya, de nouveau, de s'infiltrer dans les pensées d'Angédid, elle lui faisait barrage. Avec énergie, la nurse bloquait l'entrée dans son esprit. Le fils de Lalie en fut abasourdi ; il n'avait pas, jusqu'à ce jour, imaginé les talents et la force mentale de sa nourrice !

☆

Auréal, Gronoss, les dragons détachés par Nexitys, et les limiers délégués par les précédents, avaient permis de faire avancer les recherches tant que faire ce pouvait. Ils acquéraient la conviction que les deux victimes étaient probablement encore en vie, et bien dissimulées. Aucune dépouille n'avait été retrouvée. Pour ces otages, sauf si leur enveloppe corporelle était totalement détruite par leurs ravisseurs, quiconque les découvrait pourrait inévitablement identifier les propriétaires.

Les hypothèses fusèrent quant aux raisons pouvant conduire à l'enlèvement d'Angédid. Son passé, ses relations à l'extérieur, et dans le palais furent passés au crible. La seule piste retenue était son lien fraternel avec Cédrals. Les positions, un peu conservatrices et rétrogrades, de la gouvernante furent aussi mentionnées. Mais très loin de l'idéologie agressive et prosélytique dont faisait preuve le mage exclu. La nurse ne semblait donc pas être la cible première du rapt. Elle correspondait plutôt un dégât collatéral.

Le symbole, représenté par Elfostrus, était un mobile plus que valable pour les enquêteurs. Son ascendance était, à elle seule, suffisamment hors-norme pour soulever les passions. Les responsables des investigations étaient conscients de cette évidence. Toute euphorie sur une possible évolution, un mélange des genres — qui dépassait les unions entre espèces donnant des hybrides —, pouvait avoir ses détracteurs. Les considérations de successions étaient aussi à prendre en compte. D'un côté comme de l'autre, il y avait là motif à kidnapper le prince.

Estomaqués par cette constatation, ils soumirent leurs conclusions aux parents de l'héritier. Ils argumentaient leur exposé par la mise en avant de l'implication de Cédrals avec ses motivations probables : la conservation de la pureté, la légitimité des genres et espèces bien différenciés. La génétique d'Elfostrus était en opposition flagrante avec ses dogmes, par ce fait, correspondait à la manifestation vivante de l'anormalité suprême. Les individus impliqués, dragons ou homininés, étaient dans une même mouvance.

L'enquête avait un mobile, l'enlèvement du prince une justification, aux yeux des suspects incriminés. La disparition d'Angédid, dommage collatéral, car elle « couvait » et veillait sur l'enfant.

Les capacités réunies des malfrats pouvaient laisser supposer des moyens psychiques importants. L'Archimage Cédrals semblait tout désigné pour être à la cime de cet organigramme. Les autres, zhoms bleus ou spiritailes, en lieutenants, et têtes de groupes. Les proligrognes, les forgosses et les infomnèmes en membres plus actifs que décisionnaires ; bien que chacun ait pu, à tout moment, remplacer un des autres acteurs de cet ensemble. Hormis le frère d'Angédid, tous étaient interchangeables en fait, aucun irremplaçable.

Les indices avaient conduit à ces conclusions.

☆

# Chapitre 26

La chrysalide d'Axenlysta s'était développée. Elle pulsait et croissait en suivant les phases lunaires. La vie qu'elle abritait, comme beaucoup au sein de la Puberterie, allait bientôt éclore. Donnant pour ce cocon un héritier ou une princesse pour les trônes solrys et zhom bleu.

Il était ardu de naître une deuxième fois. Pourtant tout le peuple des Ondes en passait par là. La salle des juvéniles était presque à son seuil de saturation en matière de stockage des enveloppes de maturation — la population devait se reconstituer —. Cette salle n'accueillait pas les futurs adolescents au même niveau de développement ; certains en étaient à un stade de chrysalide d'une heure et d'autres à trois semaines d'incubation.

L'enfant royal était à son terme, mais manquait d'énergie pour sortir de sa coquille d'évolution, il devait en trouver, rapidement, sous peine de mourir asphyxié, à l'étroit dans cette enveloppe. Axenlysta avait négligé de se sustenter durant la dernière partie de sa vie, d'avant le cocon. Il-elle devait prendre, capter du flux vital à tout prix !

Les coques se déchirèrent, le liquide nourricier bleu cobalt s'échappa des nids de maturation, des membranes irisées s'effilochèrent pour finir en lambeaux sur le sol gluant de viscosités diverses.

Des explosions avaient lieu dans la pièce d'évolution des chrysadolescents. En fait, cela s'apparentait davantage à une expulsion forcée des individus hors de leur matrice de croissance. Les jeunes subissant ce phénomène n'étaient pas tous à terme.

Certains en étaient tout au début de l'adaptation au mode chrysalide, et à même de se reconstituer un module de transformation. Chez eux, aucune implication définitive d'une partie quelconque de leur individu n'avait été modifiée. Aucune quantité de leurs ressources intrinsèques n'était encore employée, mobilisée. Ils pouvaient relancer le processus qui leur permettrait de devenir sexués.

D'autres par contre, plus avancés dans la phase du cocon, se trouvèrent brutalement arrachés à leur transformation et ne purent faire face au double travail : se défendre, résister ainsi que croître. Pour un certain nombre, la deuxième naissance était proche, prématurée. Ils vinrent au monde avec des séquelles. Ces dernières, de gravités et natures diverses et variées, fluctuaient. Différences consécutives à l'écart entre leur entrée en chrysalide et leur venue pour cette deuxième existence, sexuée cette fois-ci.

Les fondations du palais d'Aquasta, endommagées puis consolidées après la guerre avec les dragons, étaient encore fragiles. Les vibrations et les vrombissements, provenant de la Puberterie, avaient déstabilisé localement, uniquement, la récente remise en état de l'édifice. Ne mettant aucunement le bâtiment en péril ni ses occupants. Les dommages structuraux restaient confinés à la pièce des chrysalides.

Les gardes les plus proches, les gouvernantes, les parents, tous ceux qui étaient à proximité, malgré le fait de tanguer sur leurs jambes, se ruèrent vers la salle de maturation. Pataugeant dans une bouillasse bleu-noir, des jeunes corps au sol, inconscients, parfois sans respiration. Les plus aboutis au dos rayé de zébrures azurées contenant le fluide zhom, d'autres encore au derme monochrome, mais déjà les stries en filigrane. Malheureusement, çà et là des lambeaux de vie étaient éventrés, à terre. Ceux pour qui l'implosion du cocon avait anéanti leur futur.

☆

Les Archimages, chargés de l'étude des phénomènes survenus sur Absurdie, avaient pu conclure à la localisation de la première anomalie, la plus déterminante, de ces événements. Celle à partir de laquelle tout s'était enchaîné. Elle était accompagnée d'autres secousses secondaires, de moindres amplitudes, décalées de peu, comme en cascade, un effet boule de neige. C'était une partie de leur rapport.

Un résultat complémentaire montrait que les épisodes responsables, de la modification de la topologie de la planète replis, n'étaient pas d'origines naturelles. Les calculs, les observations, se tournaient maintenant vers la méthode et les composés utilisés. Les moyens employés, pour aboutir à ces changements qui avaient épargné une partie d'Absurdie, étaient, en eux-mêmes, une signature.

Les Astroscienteux collaboraient désormais avec les enquêteurs. Le but était d'identifier le « Qui » grâce au « Comment ». Peu de personnes avaient ces ressources et capacités ; de tels résultats n'avaient jamais été obtenus ni même discutés. Pas à leur connaissance en tout cas.

Les mesures, les carottes de prélèvements récoltées sur les divers sites secondaires indiquèrent, après analyses, une composition identique à celle de l'épicentre principal, pour l'amorce du combustible de l'explosif.

Le décalage dans les transmissions, entre les deux planètes, pesait sur les astroscientifiques des deux centres d'études. Les relevés, enregistrés sur Absurdie, devaient impérativement être validés sur Prudhomgon, car celui de la planète-repli était trop peu rodé et efficace. Cela occasionnait un ralentissement dans la résolution de cette énigme.

Les avancées permirent de réfléchir sur une méthode pour endiguer, couper court, à toutes extensions du phénomène qui frappait la planète d'accueil. Au-delà de l'identification des événements responsables de ces changements, il fallait aussi éviter leurs aggravations, limiter les dégâts, voire inverser certains processus par endroits en appliquant une mesure antidote spécifiquement ciblée. Une réponse adaptée par un « traitement » opposé, géologiquement approprié.

Comme un vaccin, après avoir identifié la cause d'un mal, avec ses spécificités. Une contre-mesure.

☆

La mission d'étude pour la découverte des origines des bouleversements, qui affectait les deux planètes, se heurtait, en y regardant de plus près, à des anachronismes et bizarreries de tout ordre.

Les tremblements, et autres manifestations de surface pouvaient être responsables des dysfonctionnements des robots sondes, devenus obsolètes, mais des incongruités demeuraient.

Çà et là, comme des reliefs de vie quotidienne : des traces de lits improvisés de diverses dimensions, des niches creusées ou aménagées, des tas d'oripeaux à l'aspect faussement vieillis et déchirés avec l'air d'avoir été abandonnés précipitamment ; et bien d'autres interrogations, fort surprenantes, voire préoccupantes. Chose impensable sur ce monde, en principe, car Absurdie était vide de toute individualité autonome, capable de se déplacer dans ces locaux, aucun habitant avec un libre arbitre.

Les parois internes de l'édifice n'étaient pas, non plus, exemptes de marques étranges. Des impacts d'objets semblaient logiques, des détachements de partie des pans muraux ou autres revêtements paraissaient normaux, mais des brûlures et de larges bandes calcinées posaient un problème supplémentaire. Il n'y avait dans le bâtiment aucune source pyrolytique susceptible d'infliger ce type de traces.

Le malaise, palpable entre les deux adultes se faisant face, devenait oppressant. La présence des reptiles aux côtés de Cédrals n'allégeait pas l'atmosphère où planait une menace sourde, mais pesante.

Les yeux d'Elfostrus allaient et venaient de l'un à l'autre. Son inquiétude croissait d'autant que le silence n'était rompu que par le ronronnement lancinant des ventilateurs des machines. Il implorait silencieusement, du regard, un signe qui pourrait un peu apaiser ses craintes. Le jeune prince ignorait pourquoi il avait peur, il lui était impossible de l'expliquer, mais c'était là.

Sans aucun ménagement, Angédid projeta l'enfant au plus loin d'elle. La nourrice faisait rempart de son corps aux fluides émanant des mains, et des yeux, de son frère. Elle le connaissait trop bien, quand ses pupilles cillaient, que ses iris se dilataient ainsi, l'unique signe qui trahissait le déclenchement d'un sort chez lui. La nurse ne l'avait pas revu depuis des années, ils avaient été élevés ensemble auprès des jupons de leur mère, avant qu'il ne rejoigne le reste de la fratrie, sur leur terre près du père. Un Grand-Mage, lui aussi, avait voulu pour son fils l'éducation d'excellence de l'École de magie d'Aquasta. En vain, les tests comportementaux l'avaient exclu en deuxième année ; la formation d'Archimage de Cédrals, dans le domaine des sortilèges, était donc autodidacte.

☆

Les enquêteurs, et superviseurs de Prudhomgon, qui travaillaient sur l'enlèvement d'Elfostrus et Angédid, envisagèrent des recherches extraplanétaires. Ils avaient reçu, par le biais des Astroscienteux, des indices de présences reptiliennes et homininés sur Absurdie.

Aux vues des personnalités des kidnappeurs impliqués, il ne semblait pas aberrant de penser à une localisation sur la planète repli. C'était même, tout à fait dans les compétences et la psychologie du meneur, l'enchanteur désenchanté Cédrals. Cela correspondait totalement à son fonctionnement. Quitte à perdre son otage, dans les conditions de détention extrêmes, sur Absurdie en pleine restructuration géologique !

Les parents du jeune prince autorisèrent une expédition d'investigations sur la planète jumelle. Ce groupe pourrait prendre connaissance, sur place, des indices décelés par les scienteux déjà débarqués. Cette deuxième équipe explorerait les pistes, sans surcharger les recherches des analystes sur les origines des modifications sur le planétoïde de secours. Deux missions, une localisation. Il n'en fallait pas plus pour créer un raisonnement, peut-être tendancieux et farfelu, reliant les deux événements. Cela semblait trop gros, trop cousu de fils blancs, trop évident avec le recul.

La délocalisation des enquêteurs vers Absurdie s'effectuait de manière identique à la première expédition. Les limiers se téléportèrent, pour les homininés aptes à utiliser cette technique — les reptiles prenaient plutôt les navettes —, dans le bâtimentobservatoire de la planète sœur ayant accueilli le précédent groupe. Un centre de commandement avait été installé au sein de l'édifice pour les équipes d'explorations scientifiques.

Ce quartier général fut reconfiguré, pour servir deux missions en un seul d'espace, il fallait optimiser les locaux. Rentabiliser par un minimum d'interférences, les relevés et conclusions obtenus. La mise en commun, par les deux expéditions, des diverses données, maximiserait les possibilités de recueillir un résultat probant plus rapidement. C'était, du moins, ce qui avait été espéré.

Les espaces de vie furent, eux aussi, redistribués. À cette occasion, les observations et traces de présences ainsi que détériorations suspectes du bâtiment, se virent dûment répertoriées.

☆

# Chapitre 27

Axenlysta était là, et las, épuisé de tant d'efforts pour se libérer de la gangue gluante et nourricière de son cocon. L'adolescent tremblait de froid et d'effroi. Sa force mentale, à la croisée de celles de ses parents, avait détruit une grande partie de la Puberterie. Nombre de ses congénères étaient définitivement irrécupérables, d'autres en piteux états, mais encore viables dans leur chrysalide. Certains étaient nés, en même temps que la descendance royale, à cette existence en tant que zhoms sexués. L'enfant, qui n'en était presque plus un, possédait les talents de ses deux parents ; ses yeux d'améthyste pénétraient l'âme sans que rien puisse y faire barrage, sa peau cuivrée au dos zébré de lianes bleues lui conférait la transmutation dans tout liquide.

Tout cela était lié à sa double ascendance. Sa conception, par la fusion des cellules germinales de ses parents, lui octroyait non pas deux brins dans un chromosome, la configuration normale, mais les quatre éléments porteurs des facteurs de l'hérédité... Nymphéa et Hélias lui avaient transmis chacun la totalité de leur patrimoine génétique, phénomène non courant pour ce type d'événement. Pour Axenlysta, pas de séparation classique, normalement attendue : la distribution d'une part maternelle et une paternelle. Pour l'héritier-e, il y avait eu addition de l'ensemble des gènes. Ceci expliquant le pourquoi de la connexion entre lui et Elfostrus. Peut-être...

Les nurses, les gardes, les Suivantes et autres personnes dévouées à la progéniture de Nymphéa et Hélias étaient abasourdis. Une telle puissance en un si jeune être ! Tous se posaient la question du « par quel moyen ? », mais aussi celle de « comment panser toutes ces pertes ? ». Des dizaines de corps gisaient, certains tressautaient encore sous les impulsions électriques des arcs réflexes les parcourant, ceux-là pouvaient être réanimés, ils étaient vivants ; ces autres-ci ne s'en relèveraient pas, et exhalaient leur dernier souffle. Pour ceux-ci, la raideur les figeait déjà dans le froid et l'humidité de la salle dévastée. Les espoirs de l'arrivée d'une nouvelle génération, après la guerre contre les dragons, avaient été balayés par la deuxième naissance d'Axenlysta. Une rancœur sourde, muette, mais sombre aux râles profonds et graves s'insinuait dans les entrailles, soudainement pesantes et glacées, des observateurs de ce spectacle de désolation apocalyptique.

D'aucuns n'avaient songé à prendre conscience du genre sexué d'Axenlysta.

Il cristallisait le drame de la perte de ses compatriotes par sa seule existence..., en un instant il devenait à son insu le mal absolu, l'Anéantisseur de peuple. Sans autre action que de renaître.

☆

La mise au point de contre-mesures, endiguant le processus de dérive des terres sur Absurdie, par les Astroscienteux de Prudhomgon, se révélait complexe. Une grande partie de la surface, ainsi que des couches internes de la planète avaient été touchées, endommagées dans leurs structures et rattachements aux divers planchers — océaniques ou continentaux —, empêchant tout retour arrière.

Le but était de consolider, rendre adaptable, viable les nouvelles conditions de configurations de la jumelle de Prudhomgon, pour que celle-ci ne cause pas la destruction des deux mondes par ricochet. Les planètes étaient auparavant en symbiose l'une par rapport à l'autre, s'influençant mutuellement ; un état qui devait perdurer.

Créer un choc d'amplitude suffisante, pour déstructurer à nouveau Absurdie, risquait de la faire imploser. Les événements dévastateurs, qui l'avaient touchée, étaient par trop récents. Des microséismes étaient envisagés pour repositionner certaines zones, comme si l'on déplaçait des tuiles légères sur un liquide porteur. Par glissement, presque flottaison. À quelques unités de masse près...

Une des options retenues était la création de barrages de roches. Ceux-ci limiteraient les débordements des mers et océans en direction des terres, préservant derechef la faune et la flore rescapées du premier cataclysme. Les digues-obstacles seraient bâties, grâce à l'efficacité de cracheurs de feu des reptiles depuis les cieux, par la fusion de larges parcelles territoriales. Entreprise soutenue par les talents des mages, assignés aux déplacements des mini-îlots. Le débarquement sur Absurdie d'un groupe d'enchanteurs renforcerait l'équipe de jeteurs de sorts de ceux sur les lieux. Le contingent des enquêteurs, pour les recherches sur la disparition d'Elfostrus et Angédid, était déjà sur place.

L'opération envisagée était périlleuse à plus d'un titre. Deux mondes en subiraient les conséquences. Il fallait choisir la thérapie du moindre mal, celle qui rétablirait les influences positives, autrement dit la symbiose, des deux planètes l'une vis-à-vis de l'autre, tout en éradiquant définitivement le risque de destruction de la galaxie d'Utopie. Leurs emprises mutuelles signeraient la fin des populations, à l'échelle individuelle cela était évident, mais aussi de cette partie de l'univers. Il y avait gros en jeu, à la suite des modifications sur Absurdie. Son rôle de repli devait être préservé.

Les différentes équipes, sur les deux mondes, supervisées par les souverains saisissaient la pleine mesure du sauvetage de la planète-sœur. Cette action ne pouvait rester silencieuse, elle devait être diffusée dans les plus brefs délais. Les populations furent averties des décisions prises, mais sans être consultées quant aux méthodes et calendriers de sauvegarde des deux globes. Les divers peuples avaient donné les pleins pouvoirs à leurs représentants ; ils se déchargeaient de ce type de responsabilité. Les habitants faisaient confiance à ceux qui les gouvernaient. Les conseils veillaient à la légitimité des actes, leurs réalisations à bon escient, et surtout, à la destruction de la moindre émergence nocive dans les conditions présentes.

☆

Certain que le centre d'observation d'Absurdie était occupé par des individus étrangers à la mission d'étude, un groupe d'éclaireurs fut constitué pour les trouver puis les identifier. Il fallait déterminer les forces en présence avant que n'arrive l'équipe de scientifiques de Prudhomgon ! Peut-être de simples nomades égarés d'une précédente expédition ? Mais pourquoi ne pas s'être fait connaître, ou contacter le complexe des scienteux de Prudhomgon ? Des interrogations se profilaient, comme s'il n'y en avait déjà pas assez !

Le groupe se composait d'un spiritaile, un infomnème et deux zhoms bleus. Une petite escouade, car il était hors de question de diminuer l'efficacité des équipes qui travaillaient sur les changements advenus sur Absurdie. Ne pas affaiblir leurs effectifs.

Les membres, qui détaillèrent les locaux, découvrirent non seulement des reliefs de repas, mais aussi ce qui s'apparentait à des lits de fortune « mobiles ». Comme des « pageots » militaires, des plumards de bivouacs. Le mobilier semblait par endroit, à première vu, avoir été déplacé par les secousses, ou au mieux par les robots-senseurs d'entretien. L'incongruité de le retrouver au centre de diverses pièces, le transformait en indice de présence d'individus. Le désordre lié aux forces de la nature ne pouvait être imité ; l'intervention d'une mainpatte mortelle ne pouvait transcrire les manifestations des éléments originels avec les mêmes caractéristiques.

Avec ce nouvel angle d'observation, il était difficile de nier l'implication volontaire d'un ou plusieurs quidams, utilisant du matériel. Ceci avait laissé des traces dans les bâtiments.

Angédid se plaça entre Elfostrus et le groupe mené par son frère. En rempart et bouclier, elle isolait au mieux le jeune prince. Elle déploya mentalement un écran magnétique protecteur qui les englobait tous deux. Ils évitèrent de peu un feu reptilien, projeté à l'insu de Cédrals. L'aîné de la nurse désirait seulement les immobiliser. Le besoin d'action de certains membres de son équipe se traduisait par des initiatives malencontreuses... Directement réprimées ; le dragon responsable de l'attaque fut réduit à la taille d'une noix par l'Archimage ! Lui seul donnait les ordres, décidait de la conduite à tenir et des interventions à réaliser. Il l'écrasa sous ses chausses... Son autorité ne supportait aucun affront !

La paroi du mur juste au-dessus d'eux crépita, fondit et finit par perdre une partie de son pan. Une auréole noire, plutôt gris cendre, se forma autour de l'excavation verticale. Un œil éteint, qui aurait pivoté, un vide entre deux espaces.

Mais, la nurse n'était pas aussi rapide qu'elle l'aurait souhaité. Son corps empâté lui avait fait perdre de son agilité physique. De plus, Elfostrus sonné par la crise qu'il avait eue peu de temps auparavant n'était pas suffisamment remis, aréactif.

☆

Les deux équipes en provenance de Prudhomgon, maintenant installées sur Absurdie, avaient leurs objectifs respectifs. Toutefois, certains aspects étaient communs.

Retrouver les victimes, et les responsables du rapt, tout comme les moyens et capacités mis en œuvre pour transformer de manière significative la planète-repli se recoupèrent. Le tout aboutissait à la responsabilité de Cédrals dans les deux entreprises.

Les aptitudes, connues du mage déchu, donnaient une vision de la faisabilité des deux opérations et de leurs imbrications. Ses capacités, ses convictions levaient le voile sur sa participation directe, ou non, à ses événements.

Ses liens avec la nurse étaient aussi un élément à prendre en compte. Cette relation fraternelle avait atténué, involontairement, ceci était indéniable, la vigilance de la gouvernante royale. Son attention, ses préoccupations et intérêts se trouvaient manipulés et détournés. Un facteur supplémentaire, à charge, contre le frère d'Angédid.

Tous ces faisceaux de présomptions permirent de mettre en commun les méthodes de contre-mesures, tant sur les structures géologiques que sur les individus à retrouver. Les communications des résultats entre les deux groupes, celui des scienteux et des limiers, s'en trouvèrent facilitées.

Les enquêtes se recoupaient, quels que fussent les indices recueillis, les deux investigations progressaient en parallèle. La télépathie, la téléportation, et les autres moyens de transferts informatifs instantanés accéléraient le processus de partage des observations.

La mise à jour de preuves de la présence de Cédrals, de ses acolytes, devenait de plus en plus manifeste. Les soins apportés par les ravisseurs ne parvenaient pas à tout dissimuler. Ce n'étaient pas tant le volume d'indices, et leurs fréquences, qui permirent d'être significatifs, mais plutôt l'absence de toutes autres réponses évidentes et logiques. La netteté, la dissimulation de déchets qui auraient dû exister étaient des arguments probants de l'occupation des locaux par ces kidnappeurs. Le trop grand soin et la propreté du bâtiment étaient suspects. L'édifice n'était pas assez sale, pas en corrélation avec le mauvais état des structures, pour attester d'une non-présence. Les ravisseurs n'avaient pu s'empêcher de vouloir nettoyer leurs empreintes olfactives, entre autres. Activité partiellement réalisable, les traces-effluves étaient qu'atténuées. Ceci marquait le passage des malfrats..., paradoxe.

Les limiers et les scienteux formèrent des équipes distinctes afin de travailler sur les indices, souvent les mêmes, mais avec un regard différent. En extérieur, les enquêteurs pistaient sur les sols les traces de déplacements physiques. Les Astroscienteux aussi, mais pour déterminer les matériaux employés à la dénaturation d'Absurdie par les intrus. Une fois identifier, les neutraliser pour faciliter la consolidation et protection de la surface de la planète. Contrer les effets dévastateurs des éléments à l'origine des perturbations subies par le globe repli.

Tout était à l'avenant. Des observations différentes étaient enregistrées à partir des mêmes éléments. Les conclusions, discussions étaient complémentaires ; une enquête étoffait l'autre. Idem pour les investigations dans les locaux, certains recoins n'avaient pas encore été explorés.

Un des groupes de chercheurs se retrouva face à une porte solidement verrouillée. Indice totalement anachronique dans le contexte des précédentes modifications structurales dues aux explosions sur Absurdie. Protégée, de plus, par un fort champ répulsif. Un certain nombre d'entre eux avaient été projetés contre la paroi opposée du couloir tandis qu'ils s'étaient approchés de l'entrée !

L'information fut instantanément relayée aux autres envoyés de Prudhomgon, tandis qu'elle était vécue par les infortunés explorateurs.

☆

# Chapitre 28

L'enfant, de Nymphéa et Hélias, se tenait debout face au personnel du palais. Seul, drapé dans sa souveraine légitimité. Déboussolé, mais imposant, il avait saisi les conséquences de sa deuxième naissance. Il voyait dans les regards qui l'observaient le mécontentement, la fureur et l'inquiétude.

Le soulagement de le retrouver sain et sauf adoucissait tout cela. Il était nu comme un ver. Il offrait à tous la vision de son titre royal de prince et héritière. Axenlysta était hermaphrodite... ce ne serait ni Axence ni Calysta.

Sa conception si particulière avait perturbé la détermination sexuelle de l'hybride zhom bleu et solrys. Les croisements entre homininés étaient fréquents pourtant sur Prudhomgon, mais parfois décriés, contrairement aux unions entre les dragons quasiment inexistantes. Le double nombre de gènes était responsable de l'expression des deux formes sexuées du « solzhom ».

L'assemblée de gardes, nurses, assistant(e)s des naissances, et autres individus présents étaient médusés par la scène qu'ils avaient devant eux. Comment « titrer » cet enfant ? Comment être face à lui l'Anéantisseur de peuple, involontairement, mais bien réel. Ses capacités, à l'état larvaire dans sa prime enfance, s'étaient déployées lors de sa sortie de la chrysalide. Toutes et tous lui devaient déférence et respect, mais déjà, Axenlysta était craint. À peine moins d'un an, et il en imposait par sa puissance.

La gouvernante, qui jusqu'alors était auprès de lui, s'approcha, le couvrit d'un mantelet afin de le protéger du froid et de l'humidité, tout autant que des regards et jugements des autres. Son sourire apaisa l'enfant, le rassura. Il ne serait pas abandonné par les yeux et l'affection que lui vouait cette femme. Ce malgré les dégâts liés à son éclosion.

Un passage vers la sortie se fit devant eux parmi les cocons, comme une haie d'honneur dans la fureur et la douleur de l'hécatombe.

La reine zhom bleue et le roi solrys avaient accouru auprès de leur enfant dès qu'ils avaient été avertis des prémices de la déchirure de la chrysalide royale. Interrompus dans leurs élans par les secousses qui avaient ébranlé le château, ils avaient dû faire plusieurs détours avant de pouvoir rejoindre leur progéniture.

Enfin réunie, la famille régnante devait maintenant faire face à la population endeuillée dans son renouvellement. La relève des zhoms bleus avait été passablement anéantie dans la Puberterie. Il fallait, de plus, présenter Axenlysta au peuple en évitant de l'exposer à la vindicte des survivants de la guerre contre les dragons, le protéger de la colère inévitable et justifiée, à venir, des parents amputés de leur rejeton.

Les yeux de l'enfant se posèrent sur ses géniteurs, les fixant intensément, il put pénétrer leurs esprits. Une sensation de froid les enveloppa, et, dans un flou ondulant, il leur transmit une vision d'Elfostrus et d'Angédid entravés, dans une pièce blanche presque dépourvue de mobilier.

☆

Les études avaient permis de mettre au point les techniques qui ralentiraient le processus désintégration d'Absurdie. Les sites d'applications de ces traitements de chocs étaient déterminés. La réalisation, de ces opérations, devait se dérouler avec toutes les mesures de prévention possibles. Les personnes sur place, celles éparpillées sur l'ensemble de la planète, devaient être regroupées, maintenues aux abris.

Et là, le bât blessait comme il se disait fréquemment dans les discussions entre familiers. Rapatrier les groupes sur le terrain, à l'extérieur, s'avérait être le moins complexe. Les équipes pouvaient se téléporter ou voler à tire d'ailes de dragons. Par contre, celles dans le bâtiment étaient face à une contrainte de toute autre nature. En sus des faibles secousses résiduelles, espacées, certaines parties des locaux étaient toujours sous l'influence de charmes puissants. Ces lieux restaient inaccessibles. Les Archimages, dépêchés sur le site du centre d'observation d'Absurdie, se trouvaient inefficaces au regard des sorts déployés.

Les contre-mesures étaient installées ; les escouades d'artificiers et Astroscienteux, envoyées sur les terrains d'opérations, revenues au quartier général, le suivi et traitement des manœuvres sur le point de démarrer.

Les charges en place provoqueraient une réaction en chaîne, des microsecousses, qui seraient contrôlées mentalement par les Archimages. Les épicentres des premières explosions, presque à la surface de la planète, diffuseraient les modifications crustales de manière horizontale. La restructuration s'effectuerait sur cette zone des sols en contact avec l'air libre du globe malmené par les transformations. Elle entraînerait dans son sillage, comme par un effet d'attraction-tirage, les couches plus profondes par des déplacements « doux », consécutifs à cette opération. Pas de diffusion verticale, avec risque de fissure du noyau d'Absurdie, qui conduirait à la destruction de l'astéroïde repli.

Les résultats à venir avaient été estimés, calculés de manière statistique, avec des méthodes propres aux Astroscienteux. De ces conclusions découlerait la configuration du nouveau visage de la planète jumelle. Elles étaient prévues, déjà à l'étude pour envisager la restructuration et l'exploitation du globe.

Dès le retour de la totalité des équipes d'artificiers, le parti fut pris de lancer les opérations extérieures de remise en conformité d'Absurdie. Celle des sauveteurs à l'intérieur des locaux était isolée par des enchantements donc injoignable, et inaccessible ; elle se trouvait à l'abri dans le centre. Tout comme celle de l'état-major qui dirigeait les manœuvres. Les risques de pertes se réduisaient au minima.

Les individus étrangers aux escouades de recherches, les intrus suspectés du rapt et des modifications d'Absurdie, étaient un moindre cas d'inquiétude quant à leur sort, lors des événements à venir. Certains espéraient même que la cohésion, la confiance qui régnait au sein du groupe des malfrats serait ébranlée, leur action déstabilisée.

Les communications psychiques, perturbées, rendaient le contact avec les équipes parties en exploration dans le centre d'études, impossible. Rien ne garantissait que les informations, envoyées par télépathie, n'eussent été interceptées par les intrus. Informant malencontreusement les renégats.

☆

Des secousses de faibles amplitudes ébranlèrent l'édifice. Les limiers à la recherche d'Elfostrus et d'Angédid, bloqués devant une porte qui avait tout d'un sas anti-intrusion, se retrouvèrent entravés par leur équipement. Les appendices ailés tordus ou disloqués, enchevêtrés les uns dans les autres. Les membres, griffus ou non, se mélangeaient en un indescriptible fatras. Les armures métalliques saupoudraient le tout. Les équipiers-dragons étaient gênés par leurs statures, les reptiles « noués » entre eux, à la suite de ces mini-séismes, imbriqués avec les homininés, par la même opération.

Ignorant le pourquoi de ces ondes sismiques, toutes liaisons étant perturbées, le groupe se refocalisa sur sa mission de recherche des deux disparus. Il serait toujours temps, une fois de retour au quartier général, d'avoir les réponses à ce phénomène.

La porte devant eux avait été affaiblie, désaxée par les soubresauts subis. Mais la structure renforcée, intacte, du matériel, leur barrait encore le passage. Son rôle de résistance, tout de même diminué, avait dès lors amélioré les chances d'activer le sauvetage, et récupération des otages. Avantage aux explorateurs !

Les charmes de protection n'étaient pas rompus, mais vacillants. Des trouées dans la continuité de la barrière anti-intrusion transparaissaient. L'équipe de « libérateurs » percevait des défauts, des relâchements de la densité de l'obstacle. Comme un voile, dont le tissage serait par endroit plus fin, laissant deviner une fragilité du maillage.

Entravés, dos à dos, par des liens souples, mais efficaces, Angédid et Elfostrus étaient hébétés. Dans la pièce claire et peu meublée, hormis des sièges, un plan de travail sur lequel les otages reconnaissaient des feuillets, des armes de combats rapprochés, Cédrals dominait le groupe. Le zhom bleu, grand par sa taille, écrasait de son charisme et sa prestance jusqu'aux dragons de son équipe. Une autorité naturelle émanait de sa personne.

Sa sœur le fixait intensément, cherchant à sonder le fond des pensées de l'Archimage déchu. Rien ne filtrait. La nurse relevait le menton de dépit, le bravait de toute la colère qu'elle pouvait faire sourdre au travers son regard. Un dialogue muet s'instaurait entre les deux individus.

Mais la gouvernante ne cédait rien. Elle était la garante de la sécurité du jeune héritier. Il était son devoir et sa responsabilité. Et surtout, elle lui était très attachée.

Le prince, exténué, s'assoupit dans un sommeil agité. Tressautant contre le dos de sa gouvernante, il geignait parfois. Le prénom d'Axenlysta franchissait alors ses lèvres. Après sa série de tremblements, le diagnostic d'une autre crise d'épilepsie ne pouvait être posé avec certitude. Pas dans le contexte où ils évoluèrent, avec sa nurse, dans la « grotte », loin de tout moyen d'examens. Le dauphin sombra, enfin, dans une phase calme de repos réparateur, et bienvenu.

Ils étaient tous là : Cédrals, le responsable des kidnappeurs, ses acolytes dragons et homininés, et les victimes. Tous se trouvaient dans la pièce qui servait d'État-major de secours au centre d'observation d'Absurdie. Et, derrière la porte sécurisée, avec des sorts de protection générés par l'Archimage déchu, les équipes de sauvetage envoyées par les parents du jeune prince.

Les ravisseurs restaient impassibles, ils pouvaient fuir grâce à la téléportation, mais il était temps de poser les exigences et termes de la restitution des otages. Le rapt d'Elfostrus et de sa nurse, dommage collatéral, était porté par des dogmes conservateurs et rétrogrades sur les conditions évolutives des ethnies de Prudhomgon. Cédrals se positionnait en guide, voire en gourou autocratique, sectaire et xénophobe d'une faction d'individus régie et engluée dans l'obscurantisme. L'héritier cristallisait toutes leurs revendications. Il était leur cible, donc en danger. Son seul appui en ces lieux était Angédid. Ses facultés psychiques, hors-normes, étaient honnies par les malfrats opposants au progrès.

☆

Sur Prudhomgon, les explosions salvatrices programmées sur Absurdie avaient déjà des conséquences remarquables. Au-delà des panaches de fumée qui obscurcissaient les observations, les informations étaient toutefois capturées par les divers lunettes et télescopes. Les Archimages du centre d'études intégraient, physiquement, tous changements de variation tellurique de la planète repli. Le dynamitage, amélioré et calculé, avait perturbé les champs magnétiques nécessaires aux transmissions télépathiques entre les deux planétoïdes. Un autre moyen de communication devait être employé. Se fier aux connexions des mages, avec les forces de la nature, correspondait à ce besoin. Comme des relais entre la vie du globe repli et les analystes du centre d'observation d'Aquasta.

Transmettant aux Astroscienteux les impacts vus et ressentis de ces modifications, tous espéraient une réussite à cette phase des opérations, sur le deuxième astéroïde du système d'Utopie.

Les implications sur Prudhomgon étaient déjà perceptibles. Assez rapidement, les scientifiques l'escomptaient, l'effet boule de neige amplifierait le phénomène de guérison. La « réparation » était plus qu'amorcée sur la planète jumelle, les résultats calculés devaient maintenant être vérifiés, tous souhaitaient une corrélation avec ceux attendus. Mais la nature n'était pas un élément que l'on commandait, elle pouvait n'en faire qu'à sa « tête ». Le risque zéro n'existait pas, le choix du moindre mal était un coup de poker. Rien ne garantissait la réussite totale, ou même partielle, de cette entreprise, ni la qualité des impacts consécutifs sur Prudhomgon. Serait-ce une fin heureuse ou des désagréments nocifs ? Pour les deux globes.

Pour ce qui était des recherches, d'Elfostrus et de sa nurse, les souverains d'Aquasta n'avaient plus de nouvelles. Les indices avaient conduit les enquêteurs au-devant d'une porte protégée par des envoûtements, mais depuis les secousses dues aux explosions, aucune information. La vision que leur avait transmise Axenlysta ne les rassurait qu'à demi. Les otages étaient vivants ; mais pour combien de temps ? Lalie, prévenue, se tenait auprès du couple royal, soutenu par sa cousine. C'était son fils qui avait été kidnappé ! Que diable ! Nymphéa lui avait fait « voir » ce qu'elle-même avait réceptionné d'Axenlysta. La reine des elfes et des forgosses devint livide, elle ressentit dans sa chair les entraves de son enfant.

☆

# Chapitre 29

Axenlysta et Elfostrus. Deux individus, encore deux enfants. Deux êtres différents des autres représentants de Prudhomgon, deux hybrides d'ethnies homininés, deux personnalités de haut rang promis aux plus grandes responsabilités et destinées. Deux parents éloignés, au second degré, des rescapés aussi.

Connectés, en symbiose : alors qu'Axenlysta attendait le moment de naître, Elfostrus communiquait déjà avec lui par la transmission des ressentis. En retour, l'héritier elfique recevait les impressions de ce futur être : l'un s'exprimait par l'autre.

Quand ils se trouvaient volontairement ou pas séparés, les deux enfants se renfermaient sur eux-mêmes, se sclérosaient et perdaient pied. En la réalité, pour le fils d'Hélias et Nymphéa ; dans les sources d'énergie environnementales pour celui de Lalie et Elfius, roi d'un peuple éteint.

Deux âmes indissociables ; eux le pressentaient, le savaient, le voyaient. Deux êtres compatibles, vivant l'un par l'autre, les émotions du premier dans le corps du second. Les deux faces d'une même force.

Sentant son alter ego en mauvaise posture, Axenlysta très angoissé, se dissociait du présent, à distance de lui-même, hors de son enveloppe. L'épreuve de sa deuxième naissance et l'effet produit par la vue des autres « pubertaires » anéantis — du fait de sa trop grande énergie de vie — achevaient de l'éloigner de toute normalité. La seule vérité que le-la solzhom appréhendait était la douleur, le déchirement dans la souffrance, d'Elfostrus. Le jeune hermaphrodite se fendillait de l'intérieur, rendait son esprit, il était en perdition. La folie l'aspirait dans ses filets.

Être entouré de ses parents, de l'Archimage Lalie, lui apporterait peut-être la volonté de revenir parmi les individus conscients, ancrés dans le vrai. Mais rien n'était moins sûr. Le-la solzhom avait les yeux écarquillés par l'effroi, sa bouche restait ouverte sur son angoisse nouée dans sa gorge. Axenlysta avait les traits crispés, figés comme en un masque. Ses membres tremblaient, l'adulescent prodige était agité de mouvements trop longtemps contenus, les vibrations de son corps faisaient bruisser les volutes de poussières de l'air ambiant.

Les adultes présents se virent n'être d'aucun secours pour leur enfant. Face à la spirale du néant qui l'aspirait, ses parents l'agrippaient, le secouaient, l'interpellaient, rien n'y fit. Ils observaient un trou noir ; le destructeur de peuple s'était évanoui dans l'abîme sidéral de sa douleur.

Tétanisé par l'ampleur du vide que pourrait causer la perte d'Elfostrus, Axenlysta avait déclaré forfait. Son jeune mentor était aussi son oxygène. La vision mentale qu'il avait eue de son ami, entravé, amaigri, blanc, l'avait perturbé au plus haut point. À en perdre tout lien, notion d'avec la réalité ; plus aucune volonté combative. Amorphe, atone, l'enfant de Nymphéa et Hélias n'arrivait pas à reprendre le dessus.

Son trop grand pouvoir l'avait sorti de sa chrysalide, au détriment des adulescents de la Puberterie, mais l'héritier-e avait aussi consommé beaucoup d'énergie. Ceci le rendait vulnérable à toutes sensations qui se rapportaient à son ami, le descendant elfique. Ses ressentis étaient amplifiés, à en devenir démesurés.

☆

À l'observatoire de Prudhomgon, les informations envoyées d'Absurdie arrivèrent enfin. Tant les relevés visuels, fournis par les lunettes astronomiques, que les messages télépathiques émis par les spiritailes, directement, ou relayés, puis analysés par les Archimages zhoms bleus, les Astroscienteux.

Les modifications géologiques pouvaient désormais être observées précisément. Non occultées par les écrans de poussières et gravats, qui jusque là, camouflaient les conséquences des explosions programmées. Les résultats constatés semblaient se conformer à ceux attendus. Imperceptiblement, vu du centre d'études stellaire d'Aquasta. Les nouveaux déplacements, engendrés par les déflagrations provoquées sur Absurdie, minimiseraient donc les dégâts des précédents. Les scienteux, ainsi que le monde géopolitique de Prudhomgon, soufflaient momentanément vis-à-vis de ce sujet. La planète jumelle était provisoirement sauve, l'épée de Damoclès était levée. Dans l'attente d'une confirmation plus probante.

Les îlots, regroupés en digues anti-reflux sur le globe repli, faisaient leur office de barrages et protection des territoires plus internes. La faune et la flore reprendraient leurs droits et expansions. Elles avaient été, pour partie, asphyxiées par les nuages de terres soulevées lors des premiers bouleversements, sans être totalement détruites. D'autres missions de recensement, des espèces, devraient être conduites sur Absurdie. Pour confirmer le statut de « Terres d'accueil » du planétoïde, il fallait connaître la valeur du réservoir alimentaire.

Les dommages sur les ressources seraient évalués pour être restaurés sans surabondance, en juste équilibre avec les besoins. Les structures et assises continentales étaient désormais en bonne voie de stabilisation. La première étape correspondait en la réhabilitation des locaux dévastés. La seconde consistait à dénicher les responsables de ce chaos, les appréhender, puis les mettre hors d'état de nuire. Les enquêteurs s'attelaient à cette tâche. Les coupables étaient connus, les capturer serait plus délicat.

Les équipes d'études scientifiques en place laissaient le champ libre à celles responsables de la « reconstruction » du domaine-réserve, la fonction d'Absurdie. Sujet-débat sur la création d'un organisme, ici planétaire, pour la survie d'un autre. La mise au point d'un être-médicament à l'échelle d'un globe. Cette entreprise devait être conduite dans la plus stricte sécurité. Hors de question que cette démarche soit interrompue ou retardée par des individus effrayés par les progrès en matière d'évolution des peuples. Ceux-là mêmes qui utilisaient des arguments protectionnistes des espèces distinctes. Au risque de les exterminer, en raison de la perte de la diversification et l'appauvrissement du patrimoine génétique. L'individualité en opposition à l'hétérogénéité, le métissage, le brassage des cultures et des gènes.

☆

Les structures bougèrent. La porte de sécurité protégée par des enchantements, malgré le fait qu'elle fut désaxée, continuait à tenir bon. L'écran d'ondes magnétiques répulsives « ployait », se disloquait, se désagrégeait de plus en plus. Les trouées, déjà amorcées, s'amplifiaient au sein de cette unité de force magique.

Les envoyés à la recherche d'Elfostrus et Angédid, secoués, mais indemnes, se rapprochaient du blindage de manière « sournoise », reptilienne. Ils exploitaient chaque défaillance des sorts anti-intrusion, gagnaient du terrain à chaque secousse.

Les mages les plus expérimentés de l'expédition, sur Absurdie, lancèrent alors leurs propres contre-sorts pour désenvoûter les défenses de cette entrée. Les résistances céderaient-elles ?

Des fissures se firent jour à l'intérieur de la salle où se trouvaient Angédid et Elfostrus, les murs se craquelaient.

La porte avait bougé. Avec deux de ses gonds brisés, elle s'était voilée, tordue, comme fondue par endroits.

La cohésion du groupe de ravisseurs était érodée par les actes individualistes de certains de ses membres, ainsi que par l'intransigeance de son meneur. Des oppositions entamaient un processus de sape, au sein des acolytes de Cédrals, entraînant des dysfonctionnements et des antagonismes d'actions.

L'Archimage déchu avait perdu sa légitimité parmi les renégats, ainsi que son autorité. Son statut était remis en cause par ses lieutenants. Un vent de rébellion flottait au sein du groupe de dissidents. Cédrals faisait régner la terreur, même au cœur de ses troupes, tel un dictateur-autocrate, une variante du tyran. Ses disciples, sous le joug de son influence, se posaient maintenant des questions sur le bien-fondé du devenir des otages, de leur propre avenir aussi.

La rançon allait de soi, mais les victimes connaissaient leurs ravisseurs et pouvaient les identifier, les confondre, les accuser. Des désaccords profonds se mettaient en place. Alimentés de surcroît par la « réduction au silence », l'exécution sommaire de leur complice par leur chef. Écrasé pour la condamnation d'une action individuelle et intempestive.

L'Archimage souhaitait épargner sa sœur, et occire l'enfant. Ce dernier représentait la raison et le symbole de leur combat. Mais la nurse était de sa famille. Quelle que fût l'animosité palpable dans la pièce entre eux, il ne se désintéressait pas de sa cadette ni reniait les liens du sang ; ceux pour lesquels il professait ses dogmes : la pureté de la race et la filiation des espèces.

☆

Lalie, angoissée par le sort de son fils, se retrouvait confrontée au désarroi de sa cousine et d'Hélias pour Axenlysta. Le décrochage mental de l'enfant impacterait inévitablement l'héritier elfique. Tous avaient en mémoire les manifestations de la connexion des deux dauphins.

La druidesse devait se ressaisir afin d'épauler Nymphéa, l'aider de toutes ses facultés pour « récupérer » l'esprit du solzhom, puis faire son possible pour son propre rejeton, le descendant d'Elfius, qui lui avait été enlevé.

Dans ces épreuves, aucun des deux rois Hélias et Sterros ne combattrait ni ne pourchasserait les suspects. Leur présence apaisait et rassurait les reines, les consolait. Eux-mêmes, anéantis, endossaient la fonction et le rôle de rempart, pilier, roc ; ils devenaient inaltérables et indispensables.

Les coupables, identifiés pour le rapt d'Elfostrus, une fois appréhendés seraient traduits en jugement, puis purgeraient leur peine selon la sentence prononcée. Il faut savoir que sur Prudhomgon il n'y avait pas de centre punitif tel qu'ils pouvaient être envisagés dans d'autres contrées.

L'espérance de vie sur Prudhomgon était très longue. Les dragons dépassaient plus de cinq mille ans, d'où la raréfaction des couvées et progénitures, les homininés eux, en raison de leurs particularités, avaient une longévité avoisinant les deux cents ans. Cet état de fait avait conduit à des mesures alternatives pour endiguer toutes attitudes délictueuses. La forte représentation de mages et Archimages parmi les populations permettait l'application de sorts à des fins pénales. La solution exploitée fut la réduction physique des individus, au sens propre.

Cette option rendait compatibles le concept de non-violence et les directives condamnant la peine de mort avec la nécessité de réprimer des actes illicites.

Sur Absurdie existaient les centres de détention pour « mini Prudhomgoniens », les contrevenants aux règles, lois et devoirs en vigueur sur la planète habitée. Pour certains « pensionnaires », les incarcérations étaient couplées avec des mesures coercitives. Elles consistaient à museler, amoindrir, dénaturer les capacités psychiques des condamnés.

☆

# Chapitre 30

Il s'écroula sur la dalle fraîche à l'entrée de la Puberterie. Les émotions engendrées par sa sortie de la chrysalide, l'énergie déployée pour « renaître », avaient épuisé Axenlysta. Phénomène somme toute relativement fréquent et logique pour toute deuxième venue au monde de zhom bleu. Pour le-la descendant-e, il y avait ses ressentis pour Elfostrus en cumul.

La génétique particulière, du jeune solzhom, le-la rendait invulnérable, détenteur-trice d'une grande puissance psychique par certains côtés. D'une non moins importante fragilité émotionnelle sous d'autres aspects.

L'adulescent se détacha de son enveloppe corporelle pour partir à la recherche de celle de son double : l'héritier elfique. À la dérive vers le deuxième dauphin, sa résonnance, son écho, Axenlysta se désintéressait de son entité physique, ce fardeau organique. Seule vivait et vibrait l'essence de sa personne. Comme une signature, une identité par l'énergie, une aura ; l'indicible parfum de l'être, son âme intime.

La sortie consciente de son corps se fit dans les crispations et tremblements au vu des adultes autour de lui, alors que pour le regard introspectif du solzhom tout fut fluide et lié. Lalie, Nymphéa, Hélias et Sterros voyaient une guerre interne se dérouler dans la chair et l'esprit d'Axenlysta.

En spectateurs, les quatre souverains observaient, réduits à constater tout cela sans pouvoir entreprendre quoi que ce fût. Aucune action à mener qui ne combattrait ce recul de la conscience du solzhom.

Chaque contraction musculaire du jeune hermaphrodite était aussi ressentie par sa mère Nymphéa. La reine des zhoms bleus subissait le revers de ses dons d'empathie, son hypersensibilité était, là, au supplice. La chair de sa chair hurlait en silence, son cri muet assourdissait l'ancienne perle d'eau, comme celui qu'elle poussait naguère sous la forme d'une goutte de rosée. Elle vivait la déchirure de son enfant, la douleur semblable à un écartèlement.

Les monarques connaissaient les liens entre les deux dauphins. Ils s'inquiétaient d'autant plus pour le descendant elfique. À l'angoisse de la situation du rapt du prince, des conditions de sa détention inconnues, s'ajoutaient l'ignorance des réactions d'Elfostrus quand il ressentirait l'agitation psychique du-de la solzhom. Ce qui ne manquerait pas d'arriver !

Le destructeur de monde, Axenlysta, était la face nébuleuse et floue de l'héritier elfique, lui-même porteur de toute la génétique des ethnies de Prudhomgon. Les deux adulescents étaient le yin et le yang, la force et le côté obscur de celle-ci. Mais le devenir de l'une pouvait aspirer l'autre. Laquelle dominerait, prendrait l'ascendant ? La somme de toutes les expressions de vie et leur diversité du descendant elfique, ou l'anéantissement et le vide par excès énergétique de la progéniture de Nymphéa et Hélias ?

Dans ces interrogations se trouvaient les justifications, les raisonnements alambiqués, ayant conduit à la presque destruction d'Absurdie et au kidnapping d'Elfostrus. L'inconnu, le différent, l'inhabituel ne cesseraient jamais d'interpeller et d'effrayer. Prendre du recul, ainsi que le temps de l'observation et de l'analyse, demande à se dépasser, voir au-delà de ses propres limites et frontières.

L'apport de l'imagination était une porte, un moyen comme l'art, vers le « percevoir autrement », l'acceptation du Non-soi, la tolérance.

☆

Les Astroscienteux terminaient les évaluations de réhabilitation de la planète jumelle, les progrès étaient encourageants. Le planétoïde, considéré comme une entité vivante à soigner « réagissait » bien. Cette terre d'accueil était le médicament, la solution miracle, en cas de dommage sur Prudhomgon. Si le globe d'origine disparaissait, ou devenait impropre à toutes vies en son sein. La bonne santé d'Absurdie était la réponse à la survie des espèces du monde habité.

Optimistes par nature, et favorables aux expérimentations de toutes sortes — encadrées certes, mais calculées, empruntes d'un gros brin d'imagination — les scientifiques se focalisaient désormais sur un autre sujet d'étude. L'ennui ne valait rien de bon aux esprits aiguisés de ces savants ! La terraformation d'Absurdie, amorcée, leur fournissait cet alibi pour « tirer des plans sur la planète »..., le comment du pourquoi, et le devenir ! Que de sujets de discussion n'avaient-ils pas là !

Ils abandonnaient les groupes de recherche des victimes avec grande facilité, se concentrant sur leur domaine de prédilection : la science, avec l'implication des capacités de chaque ethnie sur l'évolution des sociétés reconstruites, et leurs territoires respectifs.

L'alerte avait été chaude ; la planète repli avait été lourdement endommagée, les conséquences s'étaient propagées jusque sur la « jumelle » habitée. À la suite des attaques qu'il avait subies, les effets néfastes du globe médicaments s'étaient répercutés sur Prudhomgon, avec toutefois un intervalle dans le délai de réponse.

Les mesures pour endiguer les dégâts avaient déclenché le reflux des dommages, ou du moins avaient limité leurs expansions sur Absurdie. Par contre sur Prudhomgon les résolutions, prises sur le deuxième monde d'Utopie, avaient inversé la courbe des conséquences, jusqu'alors dévastatrices. Un phénomène maintenant contenu.

Les contre-mesures, appliquées sur la planète d'accueil, avaient, non seulement, amoindris les chocs environnementaux sur place, mais aussi fait reculer ceux du globe habité. Les divers dirigeants, homininés ou reptiles, vivant sur Prudhomgon se délestèrent de la gestion de ce poids, définitivement, dans les mains des Astroscienteux. L'alliance des gouvernements se concentra sur les recherches d'Elfostrus et de sa nurse. Enquête bien avancée, mais non aboutie pour l'heure.

☆

Le blindage céda. Dans un fracas assourdissant, vu le poids, le battant s'écroula vers l'intérieur de la pièce. Là où se tenaient les ravisseurs, en présence de leurs otages. Les gongs étaient le point faible de cette enclave surprotégée. Grâce aux actions combinées de l'équipe envoyée pour les recherches, des conséquences des microsecousses, la mission de sauvetage bénéficiait de circonstances qui la mettaient sur la bonne voie.

L'escouade d'intervention venait de faire tomber le dernier obstacle matériel : la porte ; devant eux, leur but : l'héritier et sa nourrice.

De part et d'autre de l'ouverture béante, genoux à terre, à couvert, les membres du groupe de libération avaient une vue d'ensemble dégagée sur la salle où se trouvaient retenues les victimes. Ces dernières, au beau milieu de ladite pièce, servaient de bouclier pour les ravisseurs. Ainsi positionnés, sous surveillance, les prisonniers gênaient toute tentative d'intrusion ou de secours. Configuration préalablement réfléchie, anticipée par Cédrals

Angédid et Elfostrus étaient toujours assis et ligotés dos à dos. L'enfant affaibli, sonné par sa précédente crise, pas encore maître de toutes ses capacités, somnolait. La nurse quant à elle était aux aguets, à l'affut d'un cillement de paupière de son frère. Cédrals devenait un rempart contre l'animosité et la crainte que ses lieutenants manifestaient vis-à-vis des prisonniers. La gouvernante avait vu, ou mieux, lu, comme des éclairs dans un ciel noir d'orage, au sein des pensées de ses ravisseurs, leurs volontés de faire disparaître les otages : le prince et elle... la peur s'insinuait dans son esprit.

Le jeune dauphin, prostré, avait du mal à reprendre « du poil de la bête », contenance. Il n'avait pas conscience de la position de diversion, de barrière, qui était celle de sa nourrice et la sienne. Contrairement à sa nurse qui comprenait très bien pourquoi les ravisseurs, sur la demande du mage déchu, les avaient installés face à la porte. Soudain, de la poussière envahit la pièce.

Le sol de la salle trembla sous le choc. Aucune comparaison avec les microsecousses liées aux explosions programmées pour stabiliser la terraformation d'Absurdie. Le son était amplifié par le confinement de l'espace sous terre.

Les grottes, profondément enfoncées dans le sous-sol, formaient le centre d'études du globe repli. Cette configuration avait d'ailleurs participé à la préservation du bâtiment. Le choix de ces lieux, pour le projet initial de construction de l'établissement, s'en voyait confirmé. Dans un lointain passé, lors de la phase d'information, tous les éléments qui contribueraient au rôle de la planète-abri avaient été anticipés ; y compris les infrastructures. Elles avaient résisté aux précédents séismes. Cet agencement entérinait la validation de ces constructions sur le globe-repli.

L'effet de surprise passé, et les volutes de poussière en partie retombées, Angédid propulsa sa chaise à terre. Elle entraîna dans sa chute celle d'Elfostrus, les deux sièges étant soudés.

Le dauphin sorti enfin de sa torpeur pour se voir contraint à l'immobilité, face à des individus armés, dans la pièce où sa gouvernante et lui-même étaient retenus. Il embrassa l'espace du regard, et saisit très clairement la tentative de leur libération. Fidèle à sa réactivité et vivacité intellectuelle.

☆

L'avancée des opérations de sauvetage était suivie de près par les souverains de Prudhomgon. Tous savaient, désormais, que la porte derrière laquelle les otages étaient détenus avait été balayée. Information confirmée par l'équipe de secours et relayée par celle de gestion de crise sur Absurdie.

L'état de santé des prisonniers était acceptable. Ils étaient sonnés, à terre, vivants d'après les observations données par les limiers sur place, mais saufs ! Tous les espoirs étaient permis quant au dénouement positif de cette intervention sur le terrain. Tant sur le plan des secours que de la destinée des coupables.

Les responsables de ces forfaitures, requalifiés en actes de terrorisme et guerre contre les gouvernements, ne seraient pas faciles à appréhender. Ne préféreraient-ils pas une action kamikaze, à celle d'être traduits en justice ? Ils deviendraient ainsi martyrs pour leur cause. Avec comme impact, une possible conversion d'autres esprits fragiles ou du moins faire germer la graine du doute.

Pourtant les victimes, Angédid et Elfostrus, n'étaient pas encore libérées. Lalie décida de se transmuter sur la planète repli. Être au plus près des opérations et de son fils. Sterros, assisté de Nymphéa et Hélias, gérerait les affaires courantes, les royaumes des elfes et celui des forgosses.

Lalie n'en pouvait plus. Soutenir sa cousine, alors que sa propre chair était en péril, lui coûtait énormément. Monarque avec des devoirs, oui elle l'était. Mais elle pouvait déléguer dorénavant. À elle de s'impliquer sur place, elle refusait, maintenant, d'être une spectatrice inactive dans ces circonstances.

Les autres souverains ne pouvaient la dissuader. Autant être présent et intervenir, comme elle l'avait fait dans leurs moments difficiles. Même si ceux-ci étaient encore d'actualité et non totalement résolus. Nymphéa encourageait même la belle Archimage à se désolidariser du soutien psychique envers Axenlysta, son presque neveu. La souveraine des zhoms bleus rétablie et sereine, son côté combatif réapparaissait, libérant ainsi sa cousine de l'effort qu'elle fournissait.

Lalie reprenait ses responsabilités de mère, sans délaisser celles de reine. Son énergie et ses capacités allaient être dédiées au retour de son fils, et d'Angédid par conséquent, parmi les siens. Une rage dévastatrice l'habitait. À trop se contenir pour tenir son rang et son statut, elle n'avait plus laissé libre cours à son instinct maternel protecteur. Les responsables du rapt d'Elfostrus n'avaient plus qu'à bien se planquer, derrière les lois, à son arrivée !

☆

# Chapitre 31

Axenlysta à terre, affaibli, à la merci du premier prédateur ou révolutionnaire venu, était protégé par ses parents et Sterros. L'enveloppe physique de l'héritier-e, vide de toute énergie, respirait.

Dans le même temps, Lalie s'était téléportée vers sa progéniture sur Absurdie. L'esprit, la force vitale du jeune adulescent s'était aussi dirigé vers Elfostrus.

Il laissait derrière lui ce corps qui lui pesait, filant plus vite que la lumière vers son mentor et « équilibre ». Vers celui qui l'avait compris, perçu et « reconnu » comme un être vivant aux besoins particuliers. Ses parents veilleraient sur son Lui physique.

Axenlysta se sentait pousser des ailes, il se gonflait de ses actions à venir. Il viendrait en aide à son double lumineux, son complémentaire. Il serait le soutien, guide du fils de Lalie sur la planète repli. Le jeune héritier se glorifiait, devenait imbu de lui-même, suffisant. Son esprit se perdait dans sa logique. Il décrochait des raisonnements classiques.

La reine des elfes se retrouva, dans un premier temps, dans la salle d'État-major du centre d'études d'Absurdie.

Être sur place lui donnait le sentiment de se rapprocher, toucher son enfant. Elle prenait en main les opérations, avait un impact sur le déroulé des événements liés à Elfostrus. L'Archimage était « regonflée », envahie d'une énergie nouvelle. Celle des initiatives.

La souveraine, après en avoir informé les diverses équipes dans la pièce, s'infiltra, après s'être dématérialisée sous forme liquide, dans la tête de son fils. Ne pas perdre de vue que la belle rousse était une zhom bleue avec la capacité de se fondre dans tout élément non solide. Une fois sous cette consistance-forme, sa représentation mentale gagnerait le crâne d'Elfostrus, de manière indirecte...

Dans cette optique, elle se connecterait auparavant aux esprits du prince et d'Angédid, afin que les deux otages restent imperturbables lorsqu'ils ressentiraient sa présence ; si ce n'était déjà fait !

Atteindre la nurse fut assez simple. La barrière mentale de la gouvernante était dirigée vers ou contre les kidnappeurs, elle ne s'était pas isolée de toute autre pénétration psychique. Angédid sut garder son détachement lors du sondage par Lalie.

Pour son fils, la jeune femme utilisa le biais de la « reconnaissance » des liens du sang. Comme une imprégnation dermique, tactile, suivie d'une « remontée » par la fibre maternelle, le long des veines du dauphin jusqu'à son cerveau. Elfostrus avait des verrous mentaux infranchissables, pour tous. La levée d'accès ne se faisait que lorsqu'il le décidait. La voie empruntée par sa mère était la seule envisageable.

Axenlysta, débarrassé de son corps, s'immisça directement dans le mental du prince des elfes. Ce dernier avait repris ses esprits, analysé la situation et ressenti l'intrusion de son ami. Comme il recevait le contact de sa mère à travers son organisme.

L'enveloppe désincarnée d'Axenlysta se sentit à l'abri, et chez elle dans le cerveau, la tête d'Elfostrus, en symbiose, en harmonie. Sans obstacle à franchir, un esprit reconnu, comme attendu. Sans invitation ni refoulement, il avait atteint son but. Le-la solzhom pourrait enfin rendre la pareille à son ami. Les deux dauphins unifiés. Axenlysta allait aider Elfostrus !

☆

Sur Prudhomgon, Nymphéa, Hélias et Sterros se chargeaient de l'enveloppe corporelle d'Axenlysta. Sans se douter que la vie n'y était qu'apparente, ils l'installèrent confortablement dans la chambre princière sous haute surveillance.

L'animosité, focalisée sur le dauphin, nécessitait cette mesure de précaution. L'hybride avait détruit trop d'existences, trop d'espoirs, trop de futurs, trop d'avenirs lors de sa renaissance. Les parents, des adulescents défunts de la Puberterie, étaient en colère. Un ressenti légitime après tant de vies gâchées, dans le précédent conflit contre les dragons envoûtés par Asmodèle.

Les souverains géraient les royaumes de Prudhomgon, et avaient laissé Lalie partir en mission pour récupérer son fils, le prince des elfes ; une ethnie désormais aux traces génétiques plus que raréfiées.

Sterros désemparé du départ de sa femme et perdu sans elle, Nymphéa à qui la force et douce présence rassurante de sa cousine manquait, Hélias qui reconnaissait les talents de l'Archimage, tous avaient accepté et encouragé Lalie. Tous par la pensée soutenaient son fils, le porteur de la lignée elfique.

La vie avait repris ses droits sur la planète habitée, Prudhomgon. Les rues des villes et villages avaient été réparées depuis un certain temps déjà, les greniers se remplissaient de céréales et les entrepôts commençaient à regorger de diverses denrées. Les dépôts de prêts de vêtements, dévastés et calcinés après les attaques incendiaires des dragons, étaient de nouveau achalandés, petitement, mais sûrement.

Les forêts bourgeonnaient, la saison verte foisonnerait. Un peu comme suite à une remise en forme des sols, par la technique des terres brûlées, où les cendres servaient d'engrais.

Les Prudhomgoniens de tous bords s'étaient attelés à redonner un aspect agréable à leur planète.

Mais la grogne montait dans les peuples. L'héritier solzhom avait anéanti une grande partie de la génération qui devait arriver. En ces temps d'après-guerre, cet acte pouvait être requalifié de terrorisme involontaire. Un mouvement de révolte sourdait, risquait d'apporter de l'eau aux moulins des justifications et arguments de personnalités comme Cédrals.

Une fois, l'arrestation du mage déchu réalisée, sa condamnation, celle de ses acolytes, ne serait peut-être pas aussi évidente que celle attendue. La vengeance agitait l'esprit des Prudhomgoniens. La justice aurait du mal à s'exprimer.

L'enlèvement du prince des elfes et de sa nurse, ne serait pas reconnu, ni jugé, de manière totalement impartiale, après la destruction, involontaire, de la Puberterie par Axenlysta.

☆

Le fils de Lalie, Elfostrus, était véritablement hors-norme, la nouvelle force de ses contrées éloignées. Il pouvait « accueillir » dans sa chambre de bonne cérébrale plusieurs esprits simultanément. Hébergés, par sa volonté propre, ou en « visites impromptues » !

Tout cela, sans devenir schizophrène, puisque n'étant pas de sa causalité, ou d'une quelconque atteinte mentale, mais de ses capacités innées. Ainsi « habité » le jeune elfe, et ses invités pourrait créer une nouvelle stratégie de défense, ou d'aide. La création d'un espoir pour les sauveteurs, qui pénétraient dans la pièce où lui-même et sa nurse étaient retenus captifs.

Par respect pour ses colocataires intracérébraux, le prince isolait ses pensées, ne dévoilait qu'une partie de ses réflexions. Son esprit n'était pas une table ronde, un lieu de débats ! Ainsi il préservait une relation privilégiée avec chacun d'eux, malgré l'incongruité de la situation et sa localisation.

Il conservait aussi son libre arbitre, n'autorisait aucune influence extérieure ni manipulation. Son jeune âge n'était pas synonyme d'incompétence, peut-être d'inexpérience.

Ce n'était pas non plus de l'orgueil. Juste une prise de conscience de l'étendue de ses dons.

Seule Lalie dans l'habitacle crânien de son fils, du moins sa personnalité mentale sous forme liquide, connaissait l'état d'esprit des Prudhomgoniens. Elle ne devait le divulguer ni compromettre les efforts à venir. De cette manière, elle pouvait amorcer une action, envisager un plan pour une issue favorable à la situation d'Elfostrus et Angédid.

La mère et son fils se retrouvaient ; la belle rousse insuffla à sa progéniture un regain d'énergie, qui lui fut bénéfique. Il devait reconstituer ses réserves, bien entamées, après sa crise d'épilepsie et perte de conscience momentanée.

L'Archimage ressentait aussi la présence d'Axenlysta auprès d'eux. Un individu avec de telles capacités psychiques ne serait pas de trop dans cette entreprise !

La reine des elfes s'interrogeait. Elle questionnait son fils par la même occasion, sur sa résistance à maintenir l'intégrité de ses facultés. Un être au mental si occupé, habité par autrui, empli de tant d'entités !

— Mère, n'êtes-vous pas en deux esprits à la fois vous-même ? Vous divisez vos infiltrations, moi, je multiplie mon accueil, lui répondit Elfostrus. Je vous sais dans celui de ma nounou.

Axenlysta suivait les échanges, comme des discussions verbalisées, mais non extériorisées. Aucune personne, en dehors de l'esprit d'Elfostrus, ne pouvait entendre les débats ni les deviner, de quelques manières que ce fût. Aucun signe n'était visible à l'extérieur, de la réunion — au sommet — qui se déroulait dans la chambre de bonne du jeune prince.

Dans un premier temps en retrait, Axenlysta, qui se savait détecté, insuffla à son ami une vague d'énergie solaire pure. Héritage de son lignage solrys. Ses efforts, combinés à ceux de Lalie, eurent raison de la langueur et mouvement d'humeur de l'héritier des elfes.

☆

Angédid ressentit l'arrivée de Lalie dans ses pensées comme une onde de chaleur qui embrasait et brouillait son raisonnement. La nurse resta imperturbable à la venue de la reine dans son esprit, malgré l'étrangeté du phénomène. Le manque de réactivité, au vis-à-vis avec son frère, fut assimilé à la stupeur mise sur le compte de l'entrée explosive des sauveteurs, dans la pièce où elle était détenue avec le prince.

L'équipe de libération avait des mailles à pâtir avec les kidnappeurs. Tous ces événements, simultanés, firent de la présence de la reine des elfes, un élément invisible à toute personne autre que celles concernées.

La gouvernante accueillit avec soulagement l'esprit de l'Archimage et les nouvelles qu'elle lui transmettait. Ainsi informée, la sœur de Cédrals put actualiser, appréhender les évolutions des divers contextes. La riposte, pour sa délivrance, et celle de l'héritier, en serait d'autant plus efficace.

Avec toutes les capacités présentes, des uns et des autres, il était raisonnable d'envisager une issue favorable à leur situation. Tant de talents réunis ne pouvaient déboucher que sur une conclusion positive. Il était plus que temps !

Et, Angédid, pas dépourvue de dons, connaissait la manière de penser de son frère. La nurse était dans la position du « Cheval de Troie », celle de l'élément dont les « traîtres » ne se méfieraient pas. Cédrals et ses acolytes n'avaient plus qu'à bien se tenir !

Au beau milieu de la tourmente, des incantations de protections, des attaques lancées au travers des volutes de poussière, de projectiles guidés par télépathie par les divers assaillants, au cœur des flammes sauriennes des camps en opposition, il y avait l'avenir.

À tout moment, le prince, et sa nurse pouvaient être touchés. Tout se croisait dans l'espace de la pièce d'état-major de Cédrals ; les otages étaient de véritables boucliers pour les ravisseurs. Des dommages collatéraux non désirés pour ceux venus les délivrer.

Avoir le soutien psychique, d'Axenlysta et Lalie, était des appuis, et renforts très appréciés par le groupe d'intervention. La reine rousse et l'hermaphrodite permirent l'intensification du champ de protection, établi par Angédid. Il se créait alors, autour d'Elfostrus et sa gouvernante, un espace clair, où aucune attaque ne pouvait pénétrer. Pourtant, la présence du destructeur des mondes n'était toujours pas dévoilée à la nurse.

Dans cette zone « protégée », les quatre individus préparaient le plan d'aide à leur évacuation. Deux personnes physiquement présentes et deux autres en « visite » dans le mental des précédentes.

☆

# Chapitre 32

Dans l'esprit d'Elfostrus, Axenlysta en observation, lui insufflait, en priorité, son énergie. Le prince-sse, d'Aquasta, en retrait pour l'instant, ne savait pas trop par quel moyen intervenir.

Passablement épuisé par sa renaissance, l'adulescent en profitait aussi pour se recentrer. L'abandon de son corps lui facilitait la tâche. Plus besoin de se soucier des contraintes physiques. Le-la solzhom laissait cette tâche à ses parents ; ces derniers s'en acquitteraient avec efficacité.

Pourtant, son essence enflait au sein du mental de l'héritier elfique. Tel un incendie alimenté par un surplus d'oxygène, la vague de feu en pleine expansion. Une puissance sauvage, dévastatrice, difficilement contrôlable, une horde de chevaux au galop, les flots dévalant avec fracas sur des rapides.

Axenlysta ressemblait à une « Nova » sur le point d'exploser, un trou noir destructeur et avaleur de monde. Il se voyait, se savait ainsi. Le côté obscur de la force, que seul Elfostrus le doux apaisait. Le-la solzhom siégeait sur l'une des faces de la médaille, le fils d'Elfius trônait sur l'autre. L'enfant de Nymphéa et Hélias devenait la puissance de frappe, d'éradication, au service de son mentor elfique.

Il suffisait de patienter un peu, afin de maîtriser toutes ses capacités, les exploiter au mieux le moment venu. Prendre conseil auprès de Lalie la sage, qui avait tant fait pour tous dans la tourmente. L'adulte responsable, la reine bienveillante, Archimage aux nombreux talents. Le-la solzhom d'Aquasta respectait la belle rousse de cette manière..

Elfostrus entièrement remit de sa crise d'épilepsie, et de l'entrée de l'équipe de sauvetage dans la pièce où il était détenu avec sa nurse, sentait poindre un mal de tête carabiné. Certes, il pouvait accueillir plusieurs esprits dans son crâne sans trop de difficultés, ce qui était délicat était l'évolution des entités dans sa « chambre de bonne » !

La puissance psychique d'Axenlysta, son déploiement au sein du mental du prince-otage, risquait de mettre en péril les connexions de son mentor et son raisonnement. Le-la solzhom avait la capacité de « griller » les neurones du descendant d'Elfius. Endiguer ce tsunami énergétique requerrait la combinaison des facultés cumulées de tous les occupants de la « chambre de bonne ».

Débattre mentalement sans que rien transparaisse auprès des kidnappeurs, avec les « invités » intracrâniens, n'était pas donné à tous. Rester impassible était une gageure. Elfostrus appartenait à la catégorie des « Improbables », celle qui pouvait surmonter les obstacles les plus inattendus.

Le jeune prince filtrait aussi les échanges ; le partage de données n'était pas systématique. Par ce stratagème, il protégeait Axenlysta d'un afflux de signaux et d'informations qui pouvaient suralimenter son psychisme affaibli. Le dauphin elfique prenait soin de son disciple, tant l'inverse était vrai dans un domaine différent. Les deux héritiers étaient faits pour s'entendre, constat avéré bien avant la mise au monde du solzhom.

Lalie isolait, elle aussi, ses conversations d'avec Angédid, pour la ménager, comme pour éviter une surenchère de débat. L'Archimage ne se doutait pas que son rejeton puisse en faire tout autant. Et ce malgré son jeune âge ; pas six mois et la stature d'un presque adulte ! Sa croissance ultrarapide, similaire à celle des végétaux, la « marque de fabrique » des elfes, était accentuée par les ascendances dragonne et zhom bleu. Le triple dépositaire génétique des ethnies de Prudhomgon était un « Improbable » à plus d'un titre.

La souveraine elfique ressentait la fatigue physique et l'épuisement intellectuel de son fils. La belle rousse mettait cela sur le compte des épreuves endurées par sa progéniture, sur « l'occupation » de son mental par Axenlysta et elle-même. Vérité partielle ; Lalie n'entrevoyait pas l'importance des ressources déployées pour « contenir », endiguer la puissance d'Axenlysta, ni celles pour isoler les échanges télépathiques. Elles étaient très énergivores. Méconnaissance logique pour la souveraine, qui ignorait son fils capable de réaliser ces actions.

La préparation d'un plan d'évasion avait pris forme dans l'esprit de la reine. Elle ne jugea pourtant pas le moment propice d'en dévoiler la teneur ni à Elfostrus ni à Axenlysta. Leurs états psychiques respectifs trop faibles, face à l'euphorie engendrée par une annonce porteuse d'espoir, risquaient de s'extérioriser, et semer le doute parmi les kidnappeurs. Leur enthousiasme devait être canalisé, lui aussi. L'élaboration d'un coup d'éclat, l'anticipation de la riposte de l'ennemi, s'organisait avec recul et circonspection. Hors de question de l'aborder exclusivement avec Angédid, elle se serait involontairement trahie. Dans ce cas, les jeunes gens n'auraient pas nécessairement compris une mise à l'écart, même temporaire. La réactivité de chacun d'eux était exacerbée, les sensibilités à fleur de peau, leur désir de liberté légitime.

La nurse royale, qui avait déployé un écran de protection pour Elfostrus et elle-même, était moins réactive à l'entrée de Lalie dans son esprit. Focalisée sur ses responsabilités auprès du prince, elle offrait peu de résistance à l'action de l'Archimage.

Ressentir la présence de la reine rousse rassurait Angédid, qui ignorait pour l'instant la venue d'Axenlysta. La gouvernante se détendait un peu.

Le maintien du bouclier énergétique, la santé du dauphin, le stress de leur détention, reconnaître en son frère le commanditaire de leur rapt, des explosions sur Absurdie, tous ces éléments avaient mis sa solidité et ses nerfs à rude épreuve.

La sœur de Cédrals n'était pas préparée à tout cela, ses fonctions d'éducatrice étaient largement dépassées. Malgré ses capacités liées à son ethnie, celles de mages transmises oralement dans sa famille, Angédid était soulagée de la venue de Lalie. La nurse lui transférait la gestion du bouclier énergétique, se recentrait sur les soins au dauphin, et gardait « un chien de sa chienne » pour son aîné.

La rancœur enflait en une colère tenace. Son frère s'en était pris à l'héritier dont elle avait la charge ! Elle devait pourtant contenir cette rage de destruction aveugle qui montait en elle. Mais, la cacher à la mère du prince, immiscée dans son esprit : impossible. Par tacite entente, sa cause avait été plaidée dans le groupe d'invités de la chambre de bonne d'Elfostrus. La décision fut relayée à la gouvernante grâce à Lalie par télépathie ; conclusion très satisfaisante pour la nurse. Elle distrairait son frère lors de l'action finale, celle qui conduirait à la libération des otages. « Le chien de la chienne », il était là.

☆

Les membres de l'équipe de sauvetage avaient subi des pertes, tout comme leurs adversaires. Les dégâts se concrétisaient par des incapacités, des paralysies des moyens d'attaque parmi les kidnappeurs, et des dommages plus définitifs du côté des secours.

Les malfrats devaient être jugés, donc capturés vivants pour répondre de leurs actes. Ils ne s'embarrassaient pas de telles considérations sur le principe de garantie de vie pour les membres de l'équipe d'intervention. Moins de sauveteurs à combattre seraient présents, au mieux ils satisfaisaient les exigences de leur « grand maître », leur « gourou ». Il suffisait aux dissidents de ne pas décevoir leur chef. Tous souhaitaient s'en sortir vivants, pas un n'oubliait le caractère lunatique de Cédrals.

Leurs élans de générosité, à l'état de trace, étaient peu de choses face aux dogmes qu'ils prônaient, seule comptait l'idéologie de la race pure..., dans l'absolu.

Parallèlement, les sauveteurs progressaient. Ils étaient dégagés de la protection des otages, puisqu'Angédid avait fait le nécessaire, action récupérée par la reine des elfes, Lalie. Participation dont ils étaient informés, à la suite des renseignements reçus de l'État-major d'Absurdie. Ils ignoraient la présence d'Axenlysta, discrète pour l'heure.

Malgré l'intervention des mages du quartier général, ceux du groupe d'extraction avaient péri. Les capacités incommensurables de Cédrals, soutenues par les assauts des belligérants, en étaient la cause. Le sorcier évincé avait fini par leur lancer un sort de combustion, ils brûlèrent de l'intérieur.

La cible de l'opération, les otages, était quasiment à portée de mains-pattes des libérateurs. Les agresseurs, en retrait, derrière les corps d'Angédid et Elfostrus. Les victimes servaient de bouclier aux dissidents, par la même, faisaient obstacle à la précision de l'attaque des malfrats.

La configuration tripartite de l'ensemble, en l'absence d'impacts sur l'escouade de sauvetage, facilitait l'avancée de cette dernière : lente et reptilienne.

Cédrals, et ses acolytes, sans aucune perte physique dommageable, constataient la progression constante de l'équipe de secours, dans la pièce qu'ils utilisaient comme de salle de détention.

Les lieutenants du mage déchu, sans désavouer ouvertement leur meneur, s'interrogeaient de plus en plus sur le devenir des opérations menées, et le leur. Des dissensions au sein du groupe de renégats se profilaient ; la crainte inspirée par le frère d'Angédid, plus sûrement que l'échec des missions, risquait de précipiter la fin de la rébellion, du dogme anti-évolutionniste.

L'exécution arbitraire d'un des membres de leur équipe, par leur chef, avait semé le doute parmi les félons sur l'équilibre mental de Cédrals. L'absence de directives premières vis-à-vis des otages, la gestion catastrophique du mouvement de révolte, par l'Archimage, amenaient ses complices à envisager sa destitution.

L'aine d'Angédid sentait la méfiance s'insinuer dans les rangs de ses acolytes. Il n'avait pas besoin d'user de ses dons pour déceler leurs changements de comportement. De despotique et paranoïaque, il en devenait aussi mégalomane. Cette accumulation, de travers psychiques, en faisait un être plus que dangereux.

L'instabilité de son mental était son état permanent depuis son échec à l'école de magie ; les phases d'accalmies étaient annonciatrices « d'orages », suivis de retombées totalement imprévisibles et dévastatrices.

— Butors, traîtres, malfrats, assassins ! Vous projetiez de me renverser, m'éliminer, prendre les rênes de la rébellion ! Je le vois dans vos âmes noires et tortueuses ! Foi de Cédrals, je vous mâterai, par la force et la magie de tous mes ancêtres !

Le mage déchu avait eu une vision prémonitoire, elle annonçait sa destruction par ses alliés qui se retournaient contre lui. Dans ses rangs se trouvaient des dragons, dont il pouvait maîtriser les capacités, s'il les prenait individuellement. Ses exécutants ligués ensemble, à ses dépens, ne lui laisseraient aucune chance. L'ainé d'Angédid se devait « d'étouffer dans l'œuf » la révolte.

Il « soufra », brûla, avec une frénésie sauvage sur ses lieutenants. D'aucuns ne purent en réchapper ; la soudaineté de l'attaque et son imprévisibilité avaient eu raison de toutes leurs défenses et protections. Les acolytes du mage noir étaient engagés dans le combat contre l'équipe de sauvetage, ils n'avaient pas vu venir l'explosion hystérique de Cédrals, annonçant sa décompensation psychique.

Le frère d'Angédid avait investi dans cet assaut toute sa puissance, par ce fait, il avait fragilisé le front d'attaque, les défenses et barrières, mises en place grâce aux charmes dirigés contre les secours.

Le mental du mage déchu était perdu, il était perdu..., tous l'avaient perdu...

☆

# Chapitre 33

L'enfant de Nymphéa et Hélias, Axenlysta, se délestait de son surplus d'énergie, il aidait à la consolidation du bouclier en place autour des otages. Un élément qui s'avérait être efficace à plus d'un titre.

Grâce à sa configuration sphérique, le champ de force les englobait, atténuait l'impact de leur projection contre les parois de la pièce. Déplacement qu'Axenlysta avait pu anticiper ; il percevait, au travers des sens de son hôte, les événements extérieurs. Les capacités conjointes des deux jeunes gens permettaient de prédire certains épisodes futurs.

L'exécution des acolytes de Cédrals ne s'était pas faite sans débordement. Soudaine, imprévisible, elle fut aussi sanglante et barbare. Les homininés brûlèrent rapidement, pour les dragons, ce fut une autre histoire. Tout comme Lalie, le-la solzhom voyait cela par procuration. Abasourdi-e, surpris-e par cette attaque, tant il-elle était focalisé-e sur la consolidation du bouclier, Axenlysta n'eut pas le temps de réagir.

La déflagration, liée à la destruction de l'équipe homininé des kidnappeurs par leur chef, avait déstabilisé la continuité, le maillage du champ de force. Cette déstructuration offrait la possibilité à Axenlysta, de se libérer d'une quantité importante d'énergie, afin de rétablir l'écran protecteur.

Le-la solzhom avait ainsi limité son expansion au sein de la « chambre de bonne » d'Elfostrus. Malgré ses difficultés à canaliser sa puissance, l'adulescent-e avait pu alléger la pression induite dans le crâne de son mentor.

Axenlysta ressentait toujours un besoin irrépressible de destruction, de libérer la totalité de sa fureur si longtemps réprimée, tout dévaster autour de lui. Agir selon la technique de la terre brûlée, pas celle de l'assainissement des sols, non. Un résultat identique à de la lave dévalant le flanc d'un volcan, une vague qui embrasait et suffoquait tout sur son passage.

Créer un maelstrom de cendres et de sang, l'hermaphrodite voulait annihiler sa colère par la destruction de la vie. Utiliser cette force, cette sève violente pour débarrasser la souffrance qui rodait autour d'eux. Exploiter le mal contre le mal. Le feu pour le feu.

*— Enfin, merci Axy, j'ai pas encore bien suivi comment tu as fait, mais c'est une très bonne idée ! Quelle qu'elle soit. Mon mal de cheveux a diminué* ! Elfostrus envoyait mentalement ce message à Axenlysta.

*Mère et toi, vous avez vu ce qui s'est passé avec ceux qui nous détiennent ! Il faut agir vite, je crains une nouvelle « explosion » incontrôlée, un « décroché » de Cédrals.*

*Mère, Majesté qu'en pensez-vous ? Il faut ouvrir la discussion à Angédid ?* questionna mentalement Elfostrus.

*— Mon fils, il est vrai que le mage noir nous a simplifié la tâche par la suppression de ces lieutenants. Pourtant, ces derniers devaient être jugés puis purger une peine proportionnelle à l'étendue de leurs actes. Ils auraient dû réfléchir à la justesse de leurs choix.* Répondit Lalie de la même manière.

*— Je suis ravi d'avoir pu soulager tes cheveux, Elfostrus, je me sens gonflé à bloc. Comme en surcharge. Malheureusement, depuis que les attaques sont moins intenses, orienter mon fluide vers le bouclier ne suffit plus à dissiper mon énergie. Je suis donc tout disposé à diriger ma puissance sur le « psychopathe » dehors, ce bougre et scélérat de sorcier !* intervint Axenlysta.

*— Pas de déplacements énergétiques trop puissants jeune Axenlysta ! Ce gredin doit être pris vivant et passer en jugement ! Et tu es de sang royal, tiens ton rang ! Ne te laisse pas dominer par tes pulsions ! Je suis une redoutable enchanteresse usant de magie blanche, et s'il le faut j'entraverais tes capacités pour éviter tout débordement. J'ai ouvert le débat à Angédid. Qu'en pensez-vous, chère nurse ? Il s'agit de votre frère tout de même !* rétorqua la reine des elfes.

*— Vos Majestés, Cédrals est en premier lieu un monstre qui n'a pas hésité à s'attaquer à un enfant. Que notre jeune prince soit ce qu'il est, et représente les espoirs ou les angoisses des uns et des autres, ceci est très secondaire ! Après la guerre contre les dragons « amoindris » et « décérébrés » de manière maléfique par Asmodèle, il est inadmissible de s'en prendre à la*

*nouvelle génération ! Celle qui rebâtira, réunifiera, redéveloppera les royaumes de Prudhomgon !*

*Je suis scandalisée, furieuse, et oh par tous nos dieux, j'ai une envie de l'écorcher vif ! Oui, c'est mon frère, du moins il l'était. Maintenant, seules son enveloppe corporelle et la couleur de ses yeux me rappellent notre filiation commune. Si je n'avais moi-même quelques préférences pour l'ordre et les lignées bien déterminés, je ressentirais ses actions comme des trahisons aux fondements de tolérances de nos nations.*

*Mais, en fait, si. Je renie et abhorre ce qu'il est devenu. Sans compter sa volonté de détruire nos mondes, s'il n'avait obtenu satisfaction pour ses exigences ! Je demande votre indulgence pour mon lien fraternel avec ce gredin. Pour mériter votre pardon, je suis volontaire pour lui asséner le coup de grâce, le déstabiliser, qu'enfin il soit puni comme il se doit.* Répondit Angédid, au comble de la fureur.

☆

L'équipe de sauvetage se trouvait tout près des otages, quelques longueurs de mains-pattes en fait. Le groupe progressait par quasi-reptations vers leur but.

Quand soudain, les rescapés des secours reçurent une avalanche rouge, verte et bleue de liquides gluants, chauds et corrosifs. Tandis que l'atmosphère de la pièce se chargeait d'une pestilence âcre et soufrée. Des bruits sourds consécutifs à des chutes de masses informes et malodorantes..., des quartiers de viandes déchiquetées et indéterminées frappaient les envoyés survivants.

« Démembrement » ; le mot se formait dans les pensées de chacun d'eux. Pourtant, aucune torture n'avait été commise au cours de l'assaut !

— D'où proviennent ces morceaux de... ? Je ne sais pas encore quoi, par Zeus, Apollon, Minerve, Bacchus et tous les autres ! Qui me répondra ? s'époumonait le meneur de la force de secours.

— *Restez serein, soldat ! Ici Lalie, je vous parle par télépathie. Ne réagissez pas, vous risqueriez de trahir ma présence ; Cédrals a exterminé les membres de son groupe. Il a pulvérisé les dragons.* Répondit la reine rousse mentalement.

— Quoi ? Il ne reste plus que le mage noir ? Avançons ! Mais prenez garde aux sorts et incantations formulés par ce gredin psychopathe ! Il faut l'appréhender vivant !, rétorqua le chef de groupe, un peu rapidement. Il avait laissé échapper des interrogations ambigües pour quiconque l'écouterait avec attention.

— *Émissaires, restez sur vos positions, vous pourrez nous apporter votre aide par une diversion effectuée à mon signal. Nous allons capturer cet Archimage, je vous le promets, mais, par l'utilisation de moyen non létal. Je vous recontacterai dès que le plan sera arrêté,* coupa Lalie. *Et répondez-moi mentalement ! Je vous entendrais m'appeler, même si vous ignorez tout de la transmission de pensée.*

— *Bien votre Majesté, nous attendrons vos directives, mais, nos positions ne sont vraiment pas sûres ; et cet escogriffe est un vrai tordu ! Si mes gens sont en danger, je devrais agir pour les protéger. Pardonnez mon anxiété,* obéit le meneur du groupe.

*— Soldats ! Grâce aux énergies d'Axenlysta, de mon fils, celle d'Angédid et la mienne nous nous chargeons du bouclier qui vous abrite ; ainsi que de neutraliser Cédrals. Mais, restez en alerte et gardez vos positions, je vous le redis !* vociféra mentalement la reine.

Avec ses mots, Lalie donnait ses directives et informait l'équipe de secours. Puis, elle se recentrait sur les esprits d'Elfostrus et sa nurse pour partager les grandes lignes de son plan d'action.

Les mastodontes, alliés de Cédrals, avant de périr avaient masqué leurs réflexions à leur meneur. Les sauriens ne se reconnaissaient plus aucune valeur commune avec le mage noir. Aussi avaient-ils tenté une approche auprès des autres kidnappeurs : les homininés dissidents.

Les capacités de dissimulation des dragons, même très affinées, ne pouvaient rivaliser avec celles de divination du frère d'Angédid. Les bipèdes et quadrupèdes rebelles ignoraient ce don du sorcier déchu. Ils furent totalement désarçonnés par la tirade vindicative prononcée par le mage protestataire à leur endroit :

« — Butors, traîtres, malfrats, assassins ! Vous projetiez de me renverser, m'éliminer, prendre les rênes de la rébellion ! Je le vois dans vos âmes noires et tortueuses ! Foi de Cédrals, je vous mâterai, par la force et la magie de tous mes ancêtres ! » Ce fut le début de leurs fins.

Les homininés, rebelles, se blottirent et faufilèrent entre les pattes arrière des reptiles. Ils se trouvaient ainsi à l'abri de la colère du mage. Ils le pensaient en tout cas.

Les dragons surpris, lents, car gênés dans leurs déplacements par leurs imposantes statures, hérissèrent leurs colliers d'écailles. Ils sifflèrent, crachèrent, cliquetèrent et soufflèrent ; leurs glandes pyrocrines se remplissaient.

La fureur des sauriens enflait, elle alimentait la fabrication de leur fluide destructeur. Mais, le remplissage des saccules était long... et incomplet au moment de l'attaque du mage déchu. Le transport de la sève, fabriquée en quantité insuffisante, devenait inefficace par manque de pression dans les vaisseaux. L'éjection, improbable, pour les mêmes raisons. Les armes de feu reptiliennes n'atteignirent jamais leurs objectifs.

Quand Cédrals paralysa les mouvements des dragons, les statufiant par des sorts de magie noire, ces derniers eurent le temps de voir venir leur Tartare personnel. Leur enfer approchait à vive allure, mais en vision élastique. Comme ralentie, accentuant ainsi les souffrances à venir.

Ces reptiles sentirent leurs articulations se disloquer, leurs tendons se rompre, leurs muscles se déchirer, leurs chairs s'écarteler et leurs membres s'arracher.

Leurs feulements furent proches du hurlement d'un tsunami, profond et sourd. Vrombissant et assourdissant. Une lame d'énergie déferlait, elle les lacérait, les découpait pour finalement les écorcher vifs.

C'était fini.

Les homininés ne vécurent pas ces tourments, leur mort fut beaucoup plus rapide. Leurs enveloppes corporelles offraient moins de résistance. Ils furent désintégrés, pulvérisés, vaporisés instantanément.

☆

La chambre de bonne d'Elfostrus, son crâne moins douloureux, était le siège de débats accompagnés d'élévations thermiques fréquentes. Ces dernières correspondaient à la mise en place, aux déplacements nécessaires des énergies de défense et attaque.

La circonstance favorable offerte, par la diminution du nombre des kidnappeurs, était une aubaine à ne pas laisser passer. C'était la fenêtre d'action tant attendue, l'ouverture temporelle adéquate pour renverser la situation.

Lalie, Elfostrus, Axenlysta et Angédid étaient maintenant tous reliés. L'effervescence à son comble. Tous les esprits en une seule entité ; les pensées en commun, sans mot dire. Les visions des divers possibles se succédaient, les hypothèses de dénouements les plus fantasmagoriques passaient devant leurs regards intérieurs, comme un film qui serait projeté mentalement. Des images qui se dissolvaient dès qu'elles étaient invalidées.

Des passages éclair, fugaces, simultanés ; plus longs à exprimer qu'à entrevoir ou vivre. En une fraction temporelle, tous les scénarios étaient expérimentés, envisagés. Seul resterait le plus efficace.

L'effet de surprise devra être à son comble pour déstabiliser le mage noir, le frapper là où ça fait mal. À l'aide d'un moyen totalement imprévisible, par l'intermédiaire de la main d'un ou d'une proche..., une presque alliée : sa sœur, Angédid. La nurse serait le vecteur, le point de départ de l'attaque. Car il s'agissait bien d'une charge en bonne et due forme.

L'arme : les énergies des victimes du kidnapping, associées à celles de la druidesse blanche et d'Axenlysta. Elles seraient déployées, focalisées sur une cible unique : Cédrals. Une seule chance, un seul coup, un seul tir. Mais quel impact ! La diversion serait menée par la force de secours présente sur les lieux.

Tous se localisèrent, mentalement, dans l'esprit de la gouvernante. Il fallait que cela soit bref, la nurse n'était pas entraînée à ce type « d'occupation » de son intellect. À tout moment, elle risquait la rupture, la perte de contrôle de ses connexions, la fracture de son raisonnement.

Pour certain, le déplacement était déjà effectué. Mais Elfostrus dut se libérer de son enveloppe corporelle pour que son esprit migre dans celui de sa nourrice. Dans ce transfert, il fut guidé par Axenlysta, qui avait précédemment vécu ce type de voyage. L'hermaphrodite, enfant de Nymphéa et Hélias, trouva là encore le moyen de remercier, aider son mentor et ami, Elfostrus.

Mais l'action devait maintenant être menée.

☆

# Chapitre 34

Axenlysta n'était pas peu fier d'avoir apporté son savoir à Elfostrus. Lui montrer comment ses leçons avaient été retenues pour être restituées de la plus belle des manières : le contrôle de son côté obscur. La maîtrise de ses émotions, la canalisation de son énergie négative ; l'utiliser pour construire plutôt que dévaster.

L'apaisement, que le prince des elfes avait prodigué et transmis au solzhom, avait été déterminant pour guider ce dernier dans l'esprit de la gouvernante. Sans aucun dégât pour ceux dont le psychisme s'y trouvait déjà, et surtout pour la « propriétaire » du lieu.

Angédid prenait sur elle pour paraître impassible, agir en tant qu'individu « unique ». Rester maîtresse de ses sens, notamment la parole, pour que le discours d'un de ses locataires ne sorte involontairement par sa bouche avec la voix du visiteur. Gymnastique intellectuelle tout autant que physique. Ne rien laisser deviner. Effectuer sa mission de « Cheval de Troie », la porteuse d'un moyen de défense-attaque rarement employé. La constitution de cette stratégie offensive prévoyait la création d'un principe énergétique : le Ridleylien.

Issu de l'association de plusieurs êtres, et projetée d'un organisme hébergeur, telle une déferlante emplie d'agressivité. Un rayon dévastateur d'origine multiple, propulsé et guidé par sa force mentale propre. Une structure particulière, éphémère, indépendante, avec un but unique. Mise en place dans un seul objectif, une entité imprimée des volontés et choix de ses concepteurs. Voilà ce qu'était cette ressource, une arme d'attaque si puissante qu'elle en était dissuasive par sa simple évocation, donc exceptionnellement employée.

Autant du fait des conditions, elles-mêmes très spécifiques — la combinaison de plusieurs esprits pour produire une conscience autonome à part entière, mais programmée —, que pour la justification du contexte de son utilisation. Ici, dans le cas d'absence de tout autre recours de préservation des individus, durant leur capture.

Axenlysta, le croisement des ethnies solrys et zhom, vagabondait dans le cortex de la gouvernante. Il fouillait toutes les anfractuosités où se cachait la moindre énergie surnuméraire afin de se l'approprier. La-le solzhom était le carburant principal du Ridleylien. Sa puissance de destruction comme élément moteur de l'entité nouvellement créée ; délesté de son corps, il pouvait se focaliser exclusivement sur la mise en forme du rayon à projeter.

☆

Tous avaient leur enveloppe corporelle à proximité, ou y « résidaient », Axenlysta avait laissé la sienne aux bons soins de ses parents.

Ces derniers administraient les royaumes de Prudhomgon. Les dragons régents et les membres de la Communauté du Cercle apportaient leurs aides aux monarques. Les souverains étaient au fait des développements sur Absurdie par leurs liaisons avec Lalie. Ils savaient l'esprit de leur progéniture actif et relativement équilibré, partiellement stable, car fragilisé et par trop réceptif. Le risque de répondre vivement, aux agressions dirigées contre les personnes qui lui étaient chères, existait.

La dissociation d'avec son enveloppe corporelle ébranlait, modifiait aussi ses perceptions, son mental. Les régulations organiques étaient gérées différemment, et les substituts ou compléments naturels de remplacements usités n'avaient pas toujours la même efficacité que les systèmes intrinsèques du solzhom. Les apports, nécessaires aux fonctions et équilibres neuronaux, étaient insuffisants. Ceci pouvait occasionner des anomalies cérébrales. Vu le contexte, la voie était déjà ouverte, la brèche risquait de devenir un gouffre, un antre à une folie irrémédiable.

Les monarques mettaient leur sentiment d'anxiété sur la touche, une émotion qui parfois servait de moteur dans leur rôle régalien quotidien. La fonction royale intégrait aussi, dans le respect et l'application des lois prudhomgoniennes, la tenue de jugement à l'encontre des contrevenants à ces règles, ces codes en vigueur.

Les délits et actes de révoltes commis étaient d'importance ; ils justifiaient la mise en place d'un tribunal dirigé par les plus hautes autorités judiciaires de la planète. Les souverains homininés étaient, dans ce cas de figure, impliqués. En tant que « témoins », voire

« victimes », ils ne pouvaient présider les audiences. Les sauriens du Conseil Reptilien furent désignés pour les représenter pendant toute la durée de la procédure. Le dragon Nexitys en Grand Ordonnateur, « Maître de Cérémonie », veillait à la probité des débats.

Dans les mœurs des Prudhomgoniens, la peine de mort n'était pas un verdict acceptable. Tout devait mourir, disparaître ; la fin physique n'était donc pas une punition crainte, puisqu'inévitable un jour ou l'autre. De plus, sur ces sols, les ethnies avaient une espérance de vie qui se comptait en plusieurs milliers d'années chez les reptiles, les homininés dépassaient fréquemment cinq siècles. Les décès naturels étaient attendus comme des délivrances, au bout d'un chemin riche en expériences. Les morts d'autres origines étaient très rares. Pour ces raisons de longévités, essentiellement, mais culturelles aussi, la véritable sanction était l'emprisonnement à perpétuité.

Question logistique, et parce que les peuples en avaient les capacités, les condamnations se réalisaient après réduction d'échelle corporelle, les proportions, la taille des condamnés. L'espace sur Prudhomgon n'était pas extensible, et certains détenus imposants. La planète Absurdie justifiait ainsi sa fonction pénitentiaire.

☆

Lalie, en « archimage orchestre », synchronisait les différentes équipes. Celle qui se chargeait de la diversion physique, avec le groupe d'intervention armée d'un côté. Associée, d'autre part, à celle de l'attaque psychique, constituée par le Ridleylien, et les esprits hébergés dans le mental de la nurse Angédid, le « cheval de Troie ». Elfostrus, en tant qu'otage, ne pouvait « s'absenter » trop longtemps hors de son enveloppe corporelle, s'il ne voulait pas attirer l'attention de Cédrals. Le dauphin elfique, bien doté, dans le domaine des capacités mentales, était épuisé physiquement par sa captivité. Sa crise d'épilepsie était un des signes, avant-coureurs, de l'effondrement de sa résistance. Fatigue engendrée par la mise en place, utilisation de ses dons, tout comme Axenlysta. Les enfants gagnaient en énergie psychique, mais parallèlement, faiblissaient physiquement. Un équilibre s'installait entre les deux aspects, l'esprit et le corps. Comme des vases qui communiquaient, si l'intensité, le volume d'un des réceptacles augmentait, il diminuait dans le second.

Lalie, mère immatérielle — pour l'instant — d'Elfostrus, était aussi une guerrière, une résistante. Elle temporisait les uns, soutenait les autres. Elle attendait la faille, la faute d'inattention de Cédrals. Celle qui sonnerait le glas du mouvement de révolte qu'il avait déclenché.

Son mari lui manquait, son forgosse sensuel et intrépide. Elle gardait également le souvenir nostalgique son premier roi, un conjoint différent : Elfius, l'amant aimant. Comme un moteur dans son rôle présent, pas une rancœur ou une vengeance vis-à-vis de son passé. Tant d'éléments se télescopaient en elle, tant de sources et ressources pour nourrir le Ridleylien.

— *Défenseurs de la paix, respirez un bon coup, tenez-vous prêts.* Lalie lançait son appel mental à la force d'intervention, l'équipe de secours venue les délivrer.

Cédrals faisait les cent pas dans la salle de son quartier général. Sans risque de dommage pour sa personne, de la part de l'escouade de libération, puisque ses incantations le protégeaient. Après avoir tué ses complices, il se prenait la tête entre ses mains. Ses cheveux plutôt, le mage déchu se les arrachait par poignées. Son agitation, ses gesticulations étaient hystériques. Irritabilité et anxiété étaient palpables. L'ainé d'Angédid ne savait plus comment se sortir de cette impasse.

En pleines délibérations internes sur la conduite à tenir, menaçant, alternativement, de son regard aux pupilles dilatées sa sœur puis l'héritier des elfes, le sorcier marmonnait un dialecte connu de lui seul. Il ressassait, par grognements et borborygmes, les faits qui l'avaient mené à cette situation, l'attitude de ses acolytes qui avait valu un tel retournement de force. Il désengageait sa responsabilité de ce revers de fortune. Son plan était limpide, mesuré, chronologique et sensé ! Pour lui.

L'Archimage projeta une onde énergétique en direction de l'escouade de secours, il vit le résultat de son attaque sur les positions abritées des libérateurs. Deux des soldats rebondirent sur le mur de la pièce, deux autres étaient encore protégés par les décombres du combat précédent. Cédrals avait un comportement presque animal, une attitude de défense-fuite-attaque ; il ne se contrôlait plus. Il régressait, perdait davantage pied avec la réalité des événements. Il se déconnectait d'un quelconque raisonnement logique. Il avait le sien propre, qui faisait office de loi et vérité absolue.

Le sorcier devait détruire tous ceux qui n'adhéraient plus, ou pas à ses visions ! Il avait pris sa décision.

Le mage se campa sur ses jambes, dans une posture en « Y », face aux otages, il ouvrit ses bras en même temps que sa bouche et...

☆

— Molrdorher ! Vemiculmonter ! Specificulmonter ! Alcumonter ! Destructilmont...

L'ensorceleur fixait Angédid. Une langue de feu s'échappa des lèvres de la nurse, au moment où des larmes de sang coulaient des yeux du sorcier, il allait achever son incantation.

Le Ridleylien, telle une lame laser, se propulsa vers sa cible ; une arme avec un seul but. Chargé toute la puissance de ses créateurs pour y parvenir.

L'extrémité dardée de la lance destructrice se ramifiait en doigts interminables. Le Ridleylien visait, pénétrait les orifices de son visage, le centre de ses iris dilatés par la surprise et l'incompréhension, s'enfonçait vers le cerveau du mage noir. Neutraliser, paralyser tous les moyens d'expression du frère d'Angédid. Ne pas lui donner la possibilité ni l'occasion de riposter, immobiliser Cédrals.

Cet arsenal, tel un poulpe en pleine traque, tous tentacules dehors, fondait vers sa proie.

Le sorcier statufié de stupeur et de crainte, tétanisé par la soudaineté de l'attaque en provenance de sa sœur, sentait la puissance de l'entité s'infiltrer en lui. Le « vermiculaire » sournois, le serpent de feu s'insinuait en lui. Le Ridleylien le dépossédait de toute volonté.

Le pouvoir avait changé de camps. « L'anarchiste » Cédrals, après Asmodèle — la dragonne-dictateur —, voyait le totalitarisme et son exigence de son monde utopique s'étouffer. Les contestations des adversaires à ses dogmes dans ces mondes harmonieux, en recherche d'apaisement permanent, ne tôleraient ni écueils ni reliefs d'escarmouches. Les « Bisounours » défendaient leurs convictions.

Le mage noir ressentait ainsi la gouvernance des monarques de Prudhomgon. La tolérance multigénique était, pour lui, insupportable ; l'administration des « bénits oui-oui ». L'inadmissible à ses yeux : des lois et leurs garants d'application qui n'acceptaient personne aux visions, ou objectifs, différents de l'univers plat de non-opposition en vigueur.

C'était échanger une forme d'obscurantisme lissé vers la race pure pour un autre, sous alibi de libéralisme et ouverture d'esprit. La création de peuples de moutons suiveurs sans velléité de discussions contradictoires. Tous, de manière unanime, acceptaient les différences, sans révolte ni rébellion, le règne de l'uniformité des comportements sociétaux. Tous devaient valider les décisions, comportements d'intégrations des disparités, sous peine d'être exclus, mis à l'index, marginaliser ou identifier comme dissident... un Cédrals en somme !

Tous ces éléments, assemblés, rendaient compte de l'incompréhension du sorcier-renégat vis-à-vis de la prise de position de sa sœur Angédid. Élevée tout comme lui dans les principes de discussions et d'ouvertures critiques des règles établies. L'attaque provenant de sa cadette était le chiisme qui faisait chanceler ses résistances de mage. Il perdit connaissance, tomba sans ménagement au sol tant de surprise que d'effarement, victime de la charge du Ridleylien.

☆

# Chapitre 35

Axenlysta « s'écroulait » dans la boite crânienne d'Elfostrus, ou plutôt sa projection mentale. L'énergie dépensée par la-le solzhom pour alimenter, canaliser le Ridleylien, celle pour renforcer le bouclier de protection émis par le prince des elfes et Lalie, n'avait pas éteint le feu dévastateur de ses yeux de « destructeur de Monde ». Juste affaiblie oui, mais sévèrement.

La chute brutale de la puissance, psychique, de l'hermaphrodite avait conduit au « décrochage » de sa raison. Il rebasculait vers une forme d'obsession d'anéantissement. Son côté « tueur psychopathe » affleurait, ne demandait qu'à s'exprimer :

— *Où sont-ils ? Je n'y vois goutte dans cette grotte. J'ai mal aux yeux et je manque d'air ! Mal, si mal. Ma gorge est sortie de moi. Mes mains sont noires de sang et les flammes dansent sur mes bras. Si en fait, je respire, mais pas par mon entité, pas ici. Le volcan qui se retourne dans mes entrailles veut une cible. Mes crocs poussent et je me déchire vers un extérieur sombre et soufré.*

*Elfi, n'approche pas, je risquerais de te déchiqueter ! De toute façon, il n'y a que moi dans ce cloaque nauséabond ! Mes membres voyagent au bout de mes épaules et de mes hanches. Je le ressens, puisque je ne peux les voir... MES YEUUUUXXX ! Sang et métal, tout recouvre mes lèvres retroussées en ce rictus animal qui me déforme la face. Qui m'entrave ? Qui me retient dans mon déchaînement ?*

*Approche, espèce de traître ! Tu vas sentir ma colère te dépecer à grand coup de lanière acide, ma langue va te vider de toi ! Mondes ! Tremblez, je me lève et marche sur vous ! Lux et Umbra, rayonnement et noirceur, vie et mort. Par nos dieux ! Je balaye vos âmes !*

*Qu'est-ce ce tiraillement, cette fulgurance brûlante dans mes orbites ? Ors de l'astre du jour, mes paupières sont dilatées ! AHHHHHH ! Hélias, mon père-roi et toi, Nymphéa, ma mère, je vous maudis du fond de ma douleur ! Aidez-moi, je vous prie ! Je vous hurle ma souffrance ! Où êtes-vous, parents ? Êtres mystiques, quasi-déités, je suis votre héritier et votre malédiction. Arraché, distordu, pétrifié je suis loin de mon rivage corporel ; la lame de Damoclès a percé mes iris et énuclée mes portails passeurs d'âmes, mes globes oculaires sont désormais déchirures.*

L'hermaphrodite monologuait dans sa folie, il cherchait, voulait des réponses et la garantie d'une sécurité pour toutes les facettes de son être.

☆

Le souverain des solrys, et sa femme Nymphéa veillaient le corps de leur enfant ; cet-te héritier-e volcanique en perpétuelle absorption de « puissance », une éponge à énergies. Quand il-elle n'était pas un dévoreur de forces.

Le couple royal vivait les événements sur Absurdie grâce aux liaisons télépathiques avec les « combattants » présents sur les lieux. Les monarques recevaient de plein fouet les émotions endurées par la-le solzhom, avec leurs capacités propres. Les affres de ses sentiments et douleurs aussi. Les dirigeants d'Aquasta ne se berçaient pas d'illusions sur les conséquences du basculement mental de sa descendance, Axenlysta, dont l'esprit voguait vers des rivages sombres et tumultueux. Ses parents s'inquiétaient pour la santé psychique de leur enfant, pour son intégrité physique aussi. Après la séparation de l'entité spirituelle de l'enveloppe corporelle, la ré-association des deux structures serait-elle sans dommage ?

Hélias et sa femme étaient terrorisés quant aux retombées, sur les autres protagonistes, de l'opération de sauvetage en cours. Ils percevaient les fluctuations, les revirements d'Axenlysta qui cherchait des stratagèmes pour éviter tout débordement d'énergie. Les souverains avaient conscience de son risque de blessure auto-infligée à distance, même de manière involontaire ; ils « contentionnaient » donc leur enfant. Les monarques avaient été bien inspirés..., la-le solzhom, soudain, se raidissait, se crispait, s'arquait convulsivement. La frayeur apparaissait dans les regards des parents désarmés. Leur chair et leur sang se contorsionnaient sans un son, une marionnette animée de « décharges » et contractions. Il réussissait à déplacer sa couche.

Il existait peu de moyens pour contenir une telle violence, une aussi grande puissance corporelle, une incroyable « in-corp-oration » d'énergie. La seule méthode efficace, jusqu'alors refusée, car très éprouvante à réaliser était de fermer, clore les voies d'accès des diverses ondes. Autrement dit, « incapaciter » leur enfant. Nymphéa et Hélias devaient déterminer quel sens ils éradiqueraient chez leur héritier-e... L'ouïe, le goût, le toucher, la vue, ou un des autres qui entraient dans un fonctionnement médiumnique. Le dilemme était d'importance, douloureux. Décidé vite, plutôt que le laisser en une souffrance si intense et perdre du temps en tergiversation... Dans tous les cas, c'était un drame. Opter pour le moindre mal, préserver le plus grand nombre, agir en souverain. La position impliquait des devoirs et responsabilités que les liens familiaux ne devaient pas entraver. Ils venaient de trancher pour retirer la vision à Axenlysta.

Les dégâts ne se comptabilisaient pas uniquement en individus, il s'agissait de les minimiser ; les blessures post-traumatiques étaient aussi psychologiques. L'amour des souverains, leur infinie tendresse pour l'adulescent-e, serait d'une aide précieuse pour faire accepter, encaisser, et soigner l'impact du traumatisme retour à l'héritier-e.

☆

Lalie déplaçait mentalement son enveloppe corporelle vers le quartier général de Cédrals. Il n'y avait plus de danger du côté du mage noir, il était inconscient et à terre ; mais les débris de l'assaut voltigeaient encore dans la pièce, et l'agitation extrême d'Axenlysta, dans le crâne de la nurse, n'était pas un moindre risque.

L'effort développé, pour réussir le sauvetage, avait épuisé plus d'un des participants. La nourrice, en tout premier lieu, hébergeait la majeure partie des attaquants, dont l'entité du Ridleylien, maintenant désincarnée et évaporée. Axenlysta, en plein syndrome paranoïde, s'y trouvait aussi. Son mental se structurait sur un début de psychopathie. Ce dernier se réfugiait, il se repliait dans une anfractuosité de sa psyché déformée. Lalie, « locataire » dans l'esprit d'Angédid, ressentait les effets des efforts soutenus de cette expédition. Toutes ses personnalités, introduites dans la « chambre de bonne » de la gouvernante, les actions découlant de l'opération de sauvetage avaient eu raison de la conscience de la nurse. Cette dernière se laissa tomber, appuyée sur le seul survivant elfique. L'attaque dirigée contre son frère avait éprouvé sa résistance nerveuse de manière indélébile.

Elfostrus y séjournait aussi, la cible, l'otage, le prince..., l'héritier d'un peuple exterminé, représentant de la croisée de génétiques diversifiées et unifiées. L'improbable compilation d'évolution des genres. Presque un retour à la cellule mère, porteuse de tous les codes exprimés ou pas. Le poids du génotype sur le phénotype ; autrement dit l'expression de « l'éventuel » — la partition, les possibles — « visible » à l'extérieur.

L'existence même du fils de Lalie et d'Elfius, raison des prises de position de Cédrals et ses acolytes, était, selon les convictions, un miracle ou une malédiction.

Épuisé, le mentor d'Axenlysta soutenait, sans s'en rendre compte, sa nurse éreintée. Toujours entravés l'un avec l'autre, reliés aussi par leurs énergies, ils avaient participé au Ridleylien. Angédid avait davantage eu conscience du processus de l'action.

Le jeune prince était resté dans l'esprit la gouvernante le temps de l'attaque. Pas plus. Devoir sortir de son organisme, ne pas éveiller les soupçons du mage noir, et ménager son enveloppe corporelle constituait un tour de force pour l'héritier elfique. Les deux adulescents n'étaient pas égaux face aux sollicitations physiques. Pour un même chemin d'évolutions, concernant les capacités psychiques avec des conséquences identiques de vases communicants, elles étaient toutefois plus marquées extérieurement pour Elfostrus.

Lalie prit son fils dans ses bras, après avoir réintégré son corps, coupa les liens qui l'attachaient à Angédid. La Suivante reprenait connaissance sur ces entrefaites. La mère et l'enfant s'étreignirent sans mot dire, sans autre signe qu'un enveloppement doux et filial arrosé par des larmes d'amour.

L'équipe de secours se réduisait alors à quatre soldats, dont deux blessés. Tous présentaient des brûlures corrosives causées par les fluides des dragons, des traumatismes liés aux impacts de chutes, de fragments muraux, induits par les incantations de Cédrals. Les mages venus en renfort étaient restés en retrait. Ils ne souffraient d'aucune contusion externe, mais leur mental était vidé de toute énergie.

☆

L'ensemble des participants à ce sauvetage étaient mal en point. Tous se soutenaient au mieux, attendant d'être évacués en même temps que le mage noir désormais privé de sa liberté et de ses facultés.

Le groupe fut emmené vers la salle d'état-major, certains en brancards virtuels, d'autres encadrés et épaulés. Cédrals, lui, était entravé, en lévitation horizontale, comme flottant dans l'air sur une surface plane et invisible.

Des équipes de consolidation de l'édifice, formées de robots, furent envoyées pour sécuriser cette partie endommagée du bâtiment ; les murs et fondations avaient souffert du combat.

Puis vinrent les groupes de sensors-radars pour l'évaluation des dégâts et risques, afin de déterminer la conduite à tenir, sur la justesse de conservation de la bâtisse en totalité, ou en partie.

Le planétoïde fut abandonné aux bons soins des robots-sondes d'entretiens tandis que les homininés et les dragons regagnaient Prudhomgon. Par dématérialisation et téléportation pour les uns, ou embarquement dans les modules spatiaux pour les autres.

L'arrivée sur Prudhomgon promettait nombre d'effusions. Les larmes, la douleur et la joie seraient de mise.

☆

Cédrals, au vu de son statut, avait été engeôlé dans une des anciennes salles des grimoires, une pièce aux murs épais et renforcés. Le sorcier noir avait été dépossédé de ses facultés de mage par un charme élaboré par Lalie et le Grand Collège de Magie Aquastien.

Une précaution supplémentaire avait été prise : il était mis et maintenu en sommeil artificiel, entravé par des incantations « suspendues » dans les airs, comme une écriture de symboles runiques dansant dans le vide au-dessus de lui, créant un champ de contention ; une prison enchantée, une « cage de force magique ».

Son procès, déjà organisé, se tiendrait dès que les principales victimes et témoins pourraient s'y présenter. Ce qui ne tarderait pas, au vu des capacités de récupérations des uns et des autres.

Lorsqu'Axenlysta réintégra son corps, il lui sembla ne plus être « chez » lui. L'opération se déroula sans écueil d'aucune sorte. Les craintes de ses parents s'étaient révélées injustifiées, avec le recul, mais légitimes lors de leurs survenues. Il comprenait le pourquoi de ses douleurs au niveau de ses orbites ; pas les motivations de ses géniteurs...

Entravé, alors que peu de temps avant il était libre, aveugle tandis qu'auparavant il voyait par le Ridleylien ; sa sensation de persécution ne diminuait pas.

La-le solzhom sentit une entité se glisser en lui. Pas uniquement dans son esprit, mais dans son corps aussi.

Quelqu'un se coulait en lui. Une chaleur apaisante se répandait dans toutes les fibres de son être. Une réminiscence de sa période avant naissance s'insinuait en lui. Identique à celle vécue lorsqu'Elfostrus communiquait avec lui, par l'imposition de ses mains, au travers du ventre de Nymphéa.

L'adulescent-e se sentait plein ; non, mieux complet. Le descendant elfique l'avait pénétré de la plus douce des manières... il irradiait en lui, l'enveloppait comme le ferait un vent chaud et frais à la fois ; une autre conscience l'habitait, le faisait vibrer. Et..., les yeux du destructeur de monde s'ouvrirent. Il sut, et le fils des elfes sut en même temps que lui...

Le couple royal d'Aquasta, tout à la joie de constater la vie dans le corps de leur enfant, ne se doutait pas de ce qui s'y déroulait. Il caressait les cheveux de l'hermaphrodite, passait des linges humides sur sa peau, brossait sa chevelure. Les souverains inondaient Axenlysta de leur amour.

La-le solzhom, mis en condition de réception par la douceur de son mentor, ressenti tous les sentiments que déversaient ses parents sur lui. Il entrevoyait les déchirements qui les avaient saisis, leurs désarrois alors qu'ils prenaient la décision de le priver d'un de ses sens. Maintenant, il comprenait. Il s'endormit pour se régénérer.

Angédid fut remise entre les mains des meilleurs guérisseurs du palais ; la nurse en titre du château sombra dans un profond sommeil réparateur.

L'équipe de secours pansait ses plaies auprès des mêmes soignants.

☆

# Chapitre 36

Axenlysta était maintenant serein ; il avait levé le voile sur son avenir. La-le solzhom savait ce qu'il-elle était, ce qu'il-elle voulait être, son devenir, ce qu'il-elle ferait de son identité. Et surtout, ce qu'il-elle refusait comme futur. Cette révélation lui avait été insufflée durant le passage d'Elfostrus en lui-elle, après leurs retours sur Prudhomgon. Aveugle, non voyant, mais lucide.

Les deux adulescents s'étaient trouvés alors que l'un d'entre eux n'était pas encore né, puis n'avaient cessé de se ressourcer réciproquement. Ils s'étaient épaulés, soutenus sans faiblir, en dépit des conséquences liées à leur nature génétique respective.

Ils se savaient unis depuis, et pour longtemps. Leur complicité d'enfants s'était muée en une tendresse plus sensuelle. Sans un regard sur leurs différences, ou similitudes. La-le solzhom pouvait orienter son genre sexué, cela il-elle le comprenait désormais. Son mentor aussi ; voilà une des découvertes réalisées par les deux héritiers lors de leur précédent contact.

Une autre révélation était l'attachement qu'ils éprouvaient l'un pour l'autre, avec la certitude qu'ils ne se sépareraient jamais, qu'ils ne donneraient aucune prise aux obstacles qui les attendaient. C'était maintenant de l'amour, qui est le sentiment le plus noble et le plus puissant qui puisse exister. Il ne connaît ni le temps, ni la distance, ni les formes.

Curieusement, il naît de peu. Un regard échangé en silence qui en dit plus qu'un long discours, une voix dont le timbre nous fait vibrer jusqu'au plus profond de nous-mêmes, deux mains brûlantes qui s'effleurent intentionnellement… La mèche allumée, nul ne peut l'éteindre, la foudre embrase les corps et les âmes. Ce sentiment est trop magique pour en dévoiler les secrets.

La même intention, la même force dans leur amour que Nymphéa et Hélias. Sentiment qui télescopait les amants l'un vers l'autre, les éblouissait sur les remparts de la forteresse d'Aquasta..., il y avait des lunes de cela. Avant, bien avant la guerre contre Asmodèle, et le sort jeté aux jeunes dauphins d'alors.

Eux, les nouveaux héritiers, étaient le regard de l'autre, le souffle de l'un, les joies des deux, les douleurs combattues, l'avenir ensemble. Ils étaient eux, ils étaient nous, ils étaient tous et chacun.

☆

Les plaies pansées, les corps réalimentés et reconstitués, les esprits apaisés, voire au repos ou sous surveillance pour Axenlysta, le procès avait pu se tenir peu de temps après le retour des équipes sur Prudhomgon.

Les témoignages, au regard du statut des personnalités impliquées, avaient été entendus à huis clos. Les débats, plaidoiries, s'étaient déroulés en public après lecture des différentes pièces, à charge et défense recueillies. Le verdict fut rapidement donné, une condamnation à l'exil sur Absurdie avait été rendue à l'encontre de Cédrals.

Comme prévu par les textes de loi, applicables dans la galaxie d'Utopie, une réduction corporelle serait d'abord effectuée sur le mage. Bien que sa stature puisse supporter un emprisonnement à sa taille normale, pour des questions d'intendance et d'espace, ses dimensions allaient être diminuées pour atteindre celles d'un haricot sec.

Traitement habituellement réservé aux dragons. Mais le sorcier noir, au regard de sa longévité, requérait des dispositions particulières pour sa condamnation à l'enfermement à perpétuité. Ses conditions de détention, de vie allaient être proportionnelles à sa nouvelle corpulence : minimalistes ; ne pas dilapider des ressources pour l'entretien d'un rebelle.

La sentence ne tarda pas ; une fois les mesures prises pour le transfert du sorcier déchu sur Absurdie, son départ suivit dans la foulée. Angédid ne fit aucun adieu à son frère ; la nurse estimait qu'il n'en était pas digne, pas question de lui amener le moindre réconfort ou satisfaction.

Le dissident, tout du long de la procédure de justice, y compris lors de la lecture du verdict, ne se manifesta pas. Aucune réaction ne l'habitait. Il ne s'émut pas davantage durant sa réduction corporelle. Par contre, au moment d'embarquer, pour gagner le centre pénitentiaire de la planète jumelle, il sortit de ses gonds. Il réclamait sa sœur, hurlait qu'il voulait la voir, lui parler. Il ne pouvait la joindre par télépathie, toutes ses capacités avaient été neutralisées par les soins des plus puissants mages de Prudhomgon.

Rien n'y fit ; il n'obtint pas satisfaction ; il disparut à la vue de tous, dans le mépris le plus complet de la part des Prudhomgoniens.

☆

Les monarques retrouvaient une sérénité relative après l'épisode du rapt d'Elfostrus et de sa nurse. Les retrouvailles, la présentation du jeune héritier elfique aux diverses ethnies de Prudhomgon, après le procès de Cédrals, annonçaient enfin un cycle de répit.

Une paix obscurcie par l'état d'Axenlysta. Sa cécité était tout autant le reproche évident que se faisaient Nymphéa et Hélias, signe indéniable d'un échec dans leur rôle de parents, que la signature d'un mal nécessaire pour la survie de leur progéniture. La compréhension et l'accord, à postériori de l'hermaphrodite, n'atténuaient que petitement leur sentiment de culpabilité.

Lalie et Sterros entouraient Axenlysta, lui prodiguant une attention particulière, comme le prolongement de leur propre enfant. La reine des elfes et forgosses, depuis son mariage au souverain forgeron, soutenait sa cousine Hélias dans l'épreuve qu'ils traversaient avec leur progéniture.

Une cérémonie dite « du balcon » fut organisée. L'objectif était de montrer, aux représentants des ethnies de Prudhomgon, la solidarité entre les souverains, et la cohérence d'une gouvernance efficace sur le planétoïde. Il fallait rassurer les populations.

Dans ce but, les monarques homininés, Nexitys, l'ensemble des membres dirigeants de Prudhomgon devaient enquêter, voire épurer leurs rangs de toute présence de sympathisants à Cédrals. Le mage noir avait eu son cercle rapproché de disciples, mais rien ne garantissait que sa doctrine n'ait pas essaimé hors de sa congrégation immédiate.

Ces deux actions servaient aussi à valider les modèles de pluralisme et tolérance chers à la totalité des Prudhomgoniens. Ces interventions chasseraient les images totalitaires, moteurs de la druidesse Asmodèle, ainsi que les dogmes d'eugénismes mono-ethniques de Cédrals. Ces deux êtres se ressemblaient beaucoup sur de nombreux aspects philosophiques, en fin de compte.

L'accueil qui serait fait durant la cérémonie entérinerait l'acceptation d'Axenlysta, en tant qu'être hybride et dévastateur au sein des diverses populations. Serait validée sa mise sous tutelle, par ses proches, en vue de son autonomie. Elfostrus était aussi sur la sellette.

Tous les dogmes avaient été ébranlés, toutes les certitudes acquises malmenées. Les « traitements » et les « soins », pour pallier les désirs de destructions d'Asmodèle et Cédrals, allaient se trouver confrontés à un nouvel état d'esprit des habitants. La prudence, la vigilance, allait être de mise.

Gagner la confiance des peuples, après les événements vécus, apparaissait ardu aux yeux des dirigeants.

☆

Sur la place intérieure du palais, la foule se pressait. Les aquastans étaient venus nombreux. Les habitants des villages et fermes à proximité avaient même créé des bouchons, les ponts d'accès à la citadelle manquaient de s'effondrer.

Le chatoiement des couleurs des robes, des gilets, rivalisait avec les reflets des rayons dans les vitraux des fenêtres. La musique retentissait dans les rues bondées de passants, tous se bousculaient, les animaux familiers gambadaient dans cette liesse.

La cérémonie du balcon était une fête où l'ensemble des peuples étaient conviés. Cet événement coloré emplissait d'enthousiasme les victimes rescapées de la guerre, de la menace de destruction de leur mode vie... de leur planète.

Au palais, l'excitation était à son comble. Les personnes employées aux tâches domestiques s'affairaient en tous sens. Qui trouverait la parure ou le costume, susceptible de rehausser tels atouts ou particularités homininés, sans en faire étalage ? Qui apporterait le rafraichissement nécessaire pour apaiser la tension étreignant ce monarque ou celui-ci, ou cet héritier, ou encore ce dauphin-là ? Les couloirs vibraient d'une vie ouvrière et industrieuse. Les murs bruissaient d'ordres lancés, de chuchotis étouffés et d'injonctions joyeuses.

Les Dames d'Atours se chargeaient de préserver, au mieux, la quiétude des souverains, tout en accomplissant leurs devoirs. L'une d'entre elles, Angédid, avait été aux premières loges des victimes ; la nurse était donc, elle aussi, traitée comme une personne de haut rang, en prévision de la cérémonie du balcon. La gouvernante était choyée par ses paires, entourée et parée telle une personnalité.

Quant aux souverains qui avaient bravé tant d'épreuves, subis des pertes douloureuses, ils avaient la sensation de manquer d'air. La joie d'être réuni, apaiser les différentes populations lors de la cérémonie était aussi une obligation nécessaire. L'impact et les conséquences seraient décisifs. Le constat de cette réalité créait une tension, une anxiété légitime parmi les monarques. Leurs fonctions régaliennes n'étaient pas en jeu, mais leurs choix politiques ultérieurs dépendaient de l'accueil au balcon ; celui-ci avait valeur de référendum, de vote à main levée. Ils craignaient pour leurs descendants..., mais tous avaient eu, jusqu'alors, la confiance de leurs peuples respectifs. Ce qui rassurait un peu les dirigeants, le doute était là pourtant.

☆

Tous attendaient, toutes les nations étaient représentées sur le parvis, sous le grand balcon cérémoniel. Les joueurs de cornes, annonçant le début de l'événement, se faisaient entendre. Une fièvre, une ferveur contagieuse soulevait d'enthousiasme les habitants. Tous espéraient une apparition miraculeuse, une illumination.

Ils étaient las des blessures, des cris et des combats de tout ordre. La vie et ses bienfaits étaient leurs objectifs maintenant. Ils voulaient leurs meneurs, leurs guides éclairés de sagesse et empreints de justice. En finir avec les faux prophètes, croyances, et idéologies aux vues étroites.

La garde rapprochée ouvrait le début des festivités, en même temps que les fenêtres s'entrebâillaient pour laisser passer les gens en armes. La soldatesque s'installait de part et d'autre du grand promontoire. Une ovation s'élevait des spectateurs. Puis survint Angédid. Des applaudissements la portaient jusqu'à son arrêt et inclinaison devant la foule assemblée, elle se décalait sur un des côtés.

Les monarques, accompagnés des dirigeants invités, arrivaient ensuite : le dragon Nexitys, Sterros et sa femme Lalie se regroupaient sur l'angle opposé où se tenait la nurse. Une clameur les accueillit. Puis les souverains d'Aquasta pénétraient sur le balcon, se répartissaient de part et d'autre de la porte-fenêtre. Les observateurs situés plus bas trépignaient et pleuraient de joie. Les royaumes étaient entre de bonnes mains. Certes les rois et reines avaient les traits fatigués, mais ils étaient là, au grand soulagement de leurs sujets.

Puis les dauphins arrivaient enfin, main dans la main. Des diadèmes ceignaient leurs fronts, contrairement à leurs parents qui étaient venus dépourvus de couronnes, signifiant ainsi la continuité dans les lignées régaliennes. Les héritiers avaient été portés en triomphe par des vivats dès leurs apparitions sur la balustrade. Toutes les angoisses accumulées se dissipaient sous les hourras et les bravos qui montaient vers eux ; c'étaient aux parents et proches de fondre en larmes à leurs tours.

Les émotions que véhiculait la foule entérinaient l'acceptation des deux adulescents, hybrides d'espèces, et de genres aléatoires aussi. Tous sentaient et voyaient un lien particulier entre ces deux-là. Tant aux parents, qu'aux spectateurs, il semblait qu'une aura enveloppait les derniers arrivés.

☆

# Épilogue

Le temps s'écoulait, la citadelle hébergeait désormais un couple de monarques ambivalents. Leurs parents siégeaient aux grands conseils, comme précédents dirigeants, et consultants avisés. Lalie, Sterros, Hélias et Nymphéa avaient passé la main..., le sceptre plutôt, et tous les symboles régaliens de leurs règnes respectifs à leurs descendants.

Les différentes populations avaient accepté la transition monarchique, la fusion des royaumes solrys-zhoms bleus avec celui des forgosses-elfes sans trop de heurts. Les deux gouvernements étaient eux-mêmes issus de l'union de leurs souverains entre eux. Que les enfants de ces mariages formassent le couple en place sur la scène politique était l'aboutissement logique du système de pensée de Prudhomgon.

Prudhomgon...

Un territoire d'homininés et de dragons.

Ce qu'il adviendrait de cette nouvelle distribution des terres était une autre histoire...

**FIN**

☆

Paysage de Prudhomgon

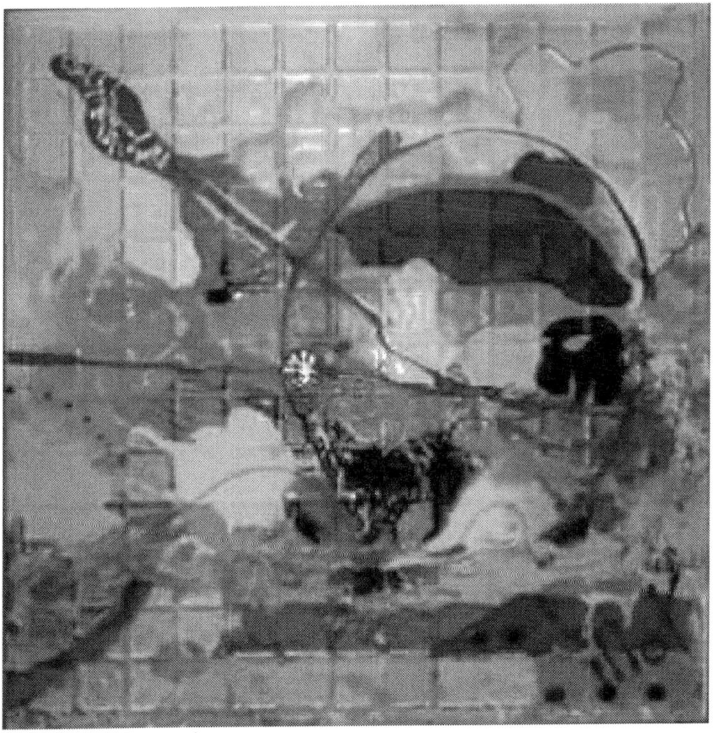

Par Yolli Mousin

# Index

## Le contexte — le décor

— Utopie :

Petite galaxie de deux globes proches l'un de l'autre, Absurdie et Prudhomgon aux caractéristiques géologiques identiques. Mais la première planète n'abrite ni homininés ni dragons, contrairement à la deuxième. Leurs gravités respectives s'influencent mutuellement.

Une lune, satellite commun aux deux sphères, est plus près de Prudhomgon ; un soleil, source d'inspiration religieuse pour certains.

— La citadelle

Situé sur une colline, à son pied, la ville capitale des zhoms bleus : Aquasta ; le promontoire est cerné de bois de feuillus au gibier abondant, frais l'été, protecteur l'hiver pour ceux allant vers la place forte aux fonctions militaires et logis.

La défense, avec une enceinte en pierres de taille, monumentales, une armurerie, des écuries, et des douves profondes. Un pont-levis pour les chariots et les animaux, un autre plus étroit pour les piétons afin de filtrer et inspecter ce qui y entre ou sort de la forteresse. Aquasta s'étale à l'extérieur de la première muraille.

Une deuxième enceinte abrite la résidence royale agrémentée d'espaces verts. Elle possède huit tours reliées par des murs aveugles sur l'extérieur. La bâtisse donne sur les jardins de la cour principale par de larges ouvertures, amenant la luminosité, tout en la protégeant du froid hivernal par sa face externe pleine.

— Aquasta

Ville capitale, du royaume des zhoms bleus, dont les rues marchandes sont garnies d'échoppes colorées et très animées.

## Les princes

— Elfius

Héritier des Nobles elfes télépathes, il épouse Lalie. Possède la capacité de se fondre dans son habitat. Quelle que soit la teinte de l'habillement, sa peau s'adapte à la couleur de celui-ci, ainsi qu'à l'environnement où il évolue. Son derme oscille entre le blanc laiteux et l'ocre léger, lié au fluide circulant dans ses veines.

— Sterros

Souverain des forgosses de belle stature, a succédé à son père ; il maîtrise les techniques de forges d'armes au tranchant redoutable. Bien utiles lors des conflits contre les dragons proligrognes. Concurrent d'Elfius pour le cœur de l'élève magicienne Lalie. Il devient son deuxième conjoint.

— Hélias

Prince-Chambellan, puis roi des solrys. Comme chacun d'eux, il possède une peau cuivrée et des yeux transperçant toute matière en virant au rouge. Ses mains fluidifient, par élévations thermiques, tout obstacle ; il peut réchauffer une ambiance par sa seule présence. Diplomate aguerri. Mari de Nymphéa, victime d'un sort lancé par Asmodèle, qui le transformera en rayon de soleil.

— Elfostrus

Fils d'Elfius et de Lalie. Le jeune prince a le teint Pierre de Lune, gris perle minéral semblable au liquide des alchimistes. Il dispose des capacités issues de son ascendance : magie et télépathie.

— Axenlysta

Enfant conçu lors de la fusion de Nymphéa et Hélias sous leur apparence ensorcelée. C'est un hybride hermaphrodite à la sexualité non définie. Il possède la peau cuivrée de son père, du dos zébré de lianes bleues, où volètent des papillons de sa mère. En liaison avec Elfostrus avant même sa naissance. Solzhom à la santé mentale fragile, mais à la puissance énergétique dévastatrice.

## Les futures reines

— Nymphéa

Héritière de la nation des zhoms bleus. La nymphe de petite taille, et longue chevelure brune aux mèches dorées possède un dos zébré avec un tatouage de lys, colibris et papillons. Ses yeux vert lagon constellés de paillettes ambre lui donnent un regard félin. Sa peau azur transparente peut foncer sous le coup de la colère. Elle a la capacité de se dissoudre dans les environnements aquatiques selon son humeur. Faculté qui s'étend à toutes les matières après l'adolescence, y compris dans le corps d'un autre être.

— Lalie

Cousine de Nymphéa. Une zhom bleue apprentie mage, puis Archimage. Sa chevelure rousse provient d'une infime quantité de gènes infomnèmes dans les chromosomes de ses cellules germinales. Un caractère d'espèce dominant, transmis à sa descendance : Elfostrus. L'association des fluides, dragon et homininé, a conduit à l'expression visible au niveau de la zone capillaire de cette fusion. En partie responsable des facultés de la jeune magicienne.

## Les dragons

— Asmodèle

Sur la scène dirigeante, grâce à la magie noire, la saurienne aspire à la domination totale de tous les espaces que les reptiles possédaient naguère. Sa détermination n'égale que son ambition. Asmodèle est issue du croisement d'une spiritaile et d'un infomnème. Elle cumule les capacités des deux espèces. Après de multiples tentatives de sorcellerie, elle s'approprie celles des proligrognes. La druidesse maléfique ne peut avoir de descendance, facteur déclenchant de sa psychose : la Nation Dragon est son enfant.

— Les dragons-feux ou proligrognes

Maîtres des terres et sous-sols ; ce sont de rudes combattants. Massifs, imposants, lourds, ils comptent sur leurs puissances de « lance-flammes » et force physique pour détruire tout obstacle sur leur passage. Toujours à grogner de manière prolixe. Leur vol est peu fluide, tandis que leurs mouvements au sol, même bruyants, sont d'une grandc rapidité ; incontournables lors d'incursions en surface et souterraines.

— Les dragons-eaux ou infomnèmes

Règnent sur les marécages, les tourbières et les lacs. Leurs facultés mimétiques rendent leurs déplacements inaperçus. Par l'intermédiaire de leurs yeux, ils communiquent les informations grâce à la télépathie. Utilisé de manière symbiotique, collectivement, tous savent instantanément, quel événement majeur se déroule, et en quel lieu. Ils peuvent occulter la transmission avec leur ethnie propre. L'expression par la pensée et la téléportation sont les progressions maximales de leurs capacités, mais rarement atteintes.

— Les dragons-airs ou spiritailes

Ils vivent aux confins des nuages et résident sur les hauts sommets. Leur aspect fuselé et gracieux leur apporte vitesse et légèreté. Très habiles dans les airs. Ils ont évolué vers le transfert induit par la concentration. Certains présentent une amélioration de cette capacité : l'ubiquité de lieux : être à deux endroits en même temps. Les spiritailes possèdent la vivacité de l'esprit, la faculté de voir l'avenir à court terme. Ce sont les dirigeants de l'ensemble des sociétés sauriennes.

— Nexitys

Infomnème, un ex-camarade d'Elfius sensible à la cause homininé. Un des reptiles les plus résistants parmi ceux sous l'emprise du charme de camisole d'Asmodèle. Chancelier, il est chargé de l'intendance, avec la fonction de « Maître du lit » par la suite. Puis représentant élu de la nation dragonne sur Prudhomgon dès la trêve et la paix installées.

## Autres

— Angédid

Gouvernante, nourrice depuis la naissance de la mère de Nymphéa, elle entoure Lalie durant sa maternité. Par la suite, elle devient la nurse du jeune prince des elfes.

Angédid a toujours résidé au palais où la famille royale est celle de son cœur, sans prendre la place de ses aïeuls. Pour cette Suivante, les liens du sang sont primordiaux, elle croit en la lignée pure. À son insu, elle correspond à la voie d'accès pour les actions et idées extrêmes de son frère Cédrals.

Son rôle auprès d'Elfostrus est, à ses yeux, celui d'une surveillance des conséquences des croisements interethniques, pouvant survenir du fait de la multigénicité de l'enfant.

— Cédrals

Archimage expulsé de l'école de magie d'Aquasta puis de l'Ordre des Sages à cause de son instabilité. Très conservateur, sans tolérance sur les questions de progrès et d'évolutions en rapport avec la mixité génétique. Frère ainé d'Angédid, il prône une idéologie agressive avec un prosélytisme guerrier. Il devient le meneur d'un groupuscule rebelle.

— L'équipe de sauvetage de Sterros

Se compose d'un forgosse barbu et trapu nommé Gronoss, et un zhom bleu Auréal.

— Le Ridleylien

L’association des facultés psychiques de plusieurs individus forme cette entité énergétique. Élément projeté à partir d’un organisme hébergeur, c’est une structure éphémère, autonome à but unique. Sa force mentale propre, reflet des volontés et choix de ses créateurs, propulse et guide ce rayon dévastateur.

La capacité d’extermination de-du solzhom est le carburant principal du Ridleylien. La puissance de destruction d’Axenlysta est le moteur de l’arme. C’est un arsenal d’attaque dissuasif très peu employé.

# Éva Cayeux

Rien ne me destinait à écrire, pourtant de fils en aiguilles, d'encouragements en doutes, et interrogations, je me suis « jetée à l'eau ». Par défi personnel, puis en réponse à un challenge lancé par une amie de longue date. Éva Cayeux est née à cet instant, en novembre 2013. Entrer dans son univers, un peu le mien, c'est pénétrer dans des ambiances passionnées, et romanesques, parfois sensuelles. Fictives, évidemment.

Mon côté scientifique peut apporter un aspect aseptisé, disséqué, « d'observation » des contextes. Je souhaite à la lectrice ou au lecteur, d'être « avalé(e) », emporté(e) par mes écrits. Surprendre, faire vibrer l'âme, suggérer, ainsi que créer des images par la force des mots serait pour moi, déjà, un gage de réussite.

J'espère donc que le voyage proposé vous transporte sur les rivages de l'imaginaire.

Photographie par Gabriel Martinez®.

35009368R00206

Printed in Poland
by Amazon Fulfillment
Poland Sp. z o.o., Wrocław